# Hi, Dr. Kim

# Hi,
# Dr. Kim

축소판

김영태 M.D. 지음.

좋은땅

# Forward

---

## 머리말

글을 쓰기 시작하니 조그마한 고민에 빠집니다.

경험 부족에서 나오는 나 스스로도 누구를 대상으로 하는 것인지 확실치가 않습니다.

초등학생일 수도 있고, 중고등학생 혹은 대학생이 될 수도 있고, 일반인들일 수도 있는데, 또한 그 수준이 어느 정도인지 잘 알지 못합니다.

하는 수 없이 필자의 중학교 1학년 시절, 어려운 영어 교과서였던 《Let's learn English》의 'I···am···a···boy···and···you···are···a···girl' 정도로 이해하시면 읽을 수 있는 수준 쪽으로 낙착했습니다.

이 책은 토플, 토익, 테솔 등 각종 시험의 성적을 향상시키기 위한 책은 아닙니다.

영어가 어렵다든가, 영어에 재미를 못 붙이신 분들을 북돋아 주기 위하여, 그리고 무엇보다도 앞으로 살아 나갈 방향, 자기 career를 못 찾으신 분들에게 무언가 나도 할 수 있다는 자신감을 붙여 주기 위해서 역사적 사실에 입각하여 부담 없이 소설책 읽듯이, 흥미 위주로 읽어 내려가게끔 쓰여졌습니다.

앞으로의 생활에 도움이 될 수 있는 많은 정보를 수록하였습니다.

모든 fact는 historical event에 기초하였으며 accuracy에 충실하도록 노력하였습니다.

모두 실화에 의거하여 쓰여졌습니다.

외국어를 배우는 과정에서의 어려움, 그리고 어쩔 수 없이 손해 보아야 할 여러 가지 사건을 수록하였습니다.

인생의 종반을 달리고 있는 제가 여러분에게 드릴 수 있는 조그마한 기회라 자부심이 생깁니다.

바깥바람은 거세고 국제 정세는 빠르게 변화하고 있습니다.

'영어'는 반드시 배워야 하는 추세입니다.

발간 전 출판사 사장님은 우선 전체적인 Content의 분량이 너무나 방대해 이것을 1/4 정도로 줄이는 것이 어떠냐고 조심스럽게 제안을 해 주셨습니다.

책의 두께가 두꺼워질수록 독자들이 어려워하거나 짜증을 낼 수 있으니, 차라리 의과대학/의학에 관한 얘기는 따로 빼고 남은 영어에 관한 얘기는 e-book으로 읽어 볼 수 있게끔 하는 것이 어떠냐고 아이디어를 주셨습니다.

그래서 결과적으로 이 책 안에 담긴 의과대학/의학에 관한 분량은 원판에서 추출해 온 축소판입니다. 원래 계획했던 모든 이야기들은 원판에서 만나 보실 수 있습니다.


많은 분량의 dictation을 written format으로 바꾸는 데에 많은 typing의 수고를 해 주신 Ashley Kim에게도 감사를 드리며, 그녀의 effort 없이는 이 책이 written transcription으로 바꾸어질 수가 없었을 것입니다.

또한 editing(편집)과 illustration(삽화) 등 도움을 주실 출판사 사장님과 관계 직원 여러분들께도 감사의 말씀 드립니다.

글쓴이 드림

2023년 가을

# Table of Contents (축소판)

Chapter 1.

# 유학 생활

Steve는 미국서 자란 한인 2세다.

희정이는 미국 유학 생활을 시작한 지 1년 정도밖에 되지 아니한다.

다른 친구의 소개로 2-3주 전에 미팅에서 잠시 만난 일이 있고 오늘 다시 한번 만나기로 서로 약속한 사이인 듯하다.

Steve는 신사도를 발휘해 친절하게(kindly) 희정에게 전화를 해 자기가 약속 시간에 차로 데리러(pick-up) 갈 것임을 연락하려는 중이다.

"저 스…티브… 예요."

희정이는 반갑게 인사한다.

"안녕하세요."

"저… 오늘 6시에…"

분명 여러 번 연습을 하였건만 제일 중요한 ending action verb가, 차로 pick up 한다는 한국어로의 동등어가 별안간 생각이 나지 아니한다.

희정은 숙녀의 입장에서 남자 쪽보다 차마 앞서 먼저 어떻게 하겠다는 말을 결정지을 수 있는 상황이 아니다.

그 짧은 순간이지만, 반대쪽에서 기다린다고 생각하니 더욱더 초조해지기 시작한 스티브는 더 당황하게 되고, 순간 초조해진 스티브는 다급히 소리 지른다.

"줏으러 갈게요."

헉.

"저를 여섯 시에 줏으러 와요?"

스티브는 자신 있게 대답한다.

"Yes."

스티브가 자신 있어 한 것은 6시가 정확하다는 뜻이었고, 희정이의 물음의 뜻은 "줏으러 온다?"라는 말이 맞는 말이냐는 뜻이었다.

홍일점이라 불리우는 희정이는 어느 순간 자기 신분이 보잘것없는 공깃돌 조각으로 바뀐 것 같은 기분이다.

In my best recollection, Steve did succeed to pick her up. (내 좋은 기억에는, Steve가 그녀를 줏는 데는 성공했다.)

아마도 희정이의 넓은 이해심의 발로였나 보다.


선배 '창호' 형님의 경우는 반대의 경우가 되었다. (in reverse situation)

Mary 자체가 미국서 태어난 한인 2세 고3년생이고 창호 형님은 대학 유학 생활이 불과 2년 정도 되었다.

지금 그 아파트 안에는 친구들이 모여 있는데 마지막 한 친구가 제 시각에 나타나지 못하여 골프장으로는 향하지 못하고 기다리고 있는 상황이다.

그는 용기를 내어 다음 주 extra curricular activity(과외활동)를 미리 예약하고자 메리의 집으로 전화를 건다.

그의 친구들은 걱정스런 눈으로 쳐다본다.

그의 선천적 성격과 그동안의 성공률로 추측건대 심히 걱정스럽지 않을 수가 없다.

"Hello."

그쪽에서의 목소리가 들린다.

금상첨화가 따로 없다. 전화는 Mary임이 틀림없고 그 전화를 까다로운 Mary의 어머님이 받으시지 않은 게 너무 다행이며 모든 일이 술술 잘 풀린다는 첫 징조이다.

"저 창호예요."

"안… 영… 하세요."

실은 Mary 입장에서는 너무 많은 남자들의 데이트 신청 전화에 창호가 누구인지 알 리 없다.

"저 안녕하지 못해요."

"왜요?"

"저 좀 많이 아파요."

"어디가요?"

"그것 때문에 병원을 다녀왔는데 선생님이 뭐라 그러시더라… 상…, 사… 병이라고 하던가?"

그 순간 창호 형님은 별안간 통증을 느낀다.

뒤쪽 쇼파에 있던 pillow(베개) 쿠션들이 공중을 갈라 그의 등과 어깨를 강타한다.

"내 너 그럴 줄 알았다. 너 어쩐지 걱정스럽더라."

"그런 낮은 단수로 어떻게 지금까지…, 나한테 전화 바꿔."

"야 그 어린애가 어떻게 그런 어려운 단어를 알겠니. 하여간 너는 안 돼."

계속되는 쿠션의 융단폭격을 받으면서도 창호 형님은 끝끝내 전화기를 빼앗기지 않았다.

"메리께서 절 만나 주시면 제 병이 낫는대요."

He didn't make it. (창호 형님은 실패작으로 끝났다.)

결국 기다리는 친구 한 명이 제시간에 도착하지 않자 나머지 일행들은 아파트 문 앞에 어디로 오라는 메모를 붙이고 전부 사라진다.

PGA에서는 승리하는 자가 상금을 타지만 자기네들끼리의 룰은 지는 자가 저녁을 내야 하는 economic burden(경제적 부담)이 있다. 이러하니 한 타, 한 타에 신중을 기할 수밖에 없다.

공이 바위 밑으로 들어가도 절대 벌타를 먹고 뒤로 내보내는 rule이 있을 리 없고, 오기로 클럽을 악착같이 무리하게 스윙하다 클럽이 크게 상한다.

그날 저녁 그들은 저녁을 먹는다. 식삿값이 다른 이의 부담이라는 생각에 제일 비싼 것만 시키고 식욕이 그렇게 좋을 수가 없다.

"공부만 잘한다고 성공하는 것이 아니야. 사람은 성공하려면 대인관계가 좋아야 해. 그러기 위해서는 많은 사람들을 만나야 해."

그렇기 때문에 본인은 두 번째 샤워를 저녁에 한 번 더 하고 바로 나이트클럽으로 나가야 한다는 것을 강조한다.

이렇듯 금요일 저녁은 데이트로.

토요일 하루 종일은 매주 대학 간의 벌어지는 미식축구 경기 응원으로 한 semester(학기) 전체가 다 지나간다.

일요일은 골프로.

모든 시간이 지나고 the inevitable time has arrived. (피할 수 없는 시간이 온다.)

월요일이 도착한다.

시험이 오후 1시에 있는데 그나마 큰 희망은 open book test라는 점이다.

같은 교수가 담당하는 똑같은 과목의 오전 9시 수업을 택한 친구가 나오길 기다리다 11시 정도에 시험이 끝난 그 친구에게 점심을 나중에 사준다는 조건으로 시험문제(예를 들어 how to maximize profit, 혹은 complicated economic 이론 같은)가 무엇이 나왔는지 전수받아 곧장 도서관으로 향해 해당 문제들에 걸맞는 책들을 8권이나 주문하여 껴안고는 오후 1시에 다급히 시험장으로 들어간다.

대부분 학생들은 한두 권 정도의 책과 synopsis(요약본)를 들고 들어오기 마련이지만 무려 8권의 든든한 책으로 무장하고 등장한다.

친구가 한마디 안 할 수 없다.

"넌 여기가 도서관인 줄 아냐?"

"Mind your own business. (신경 꺼.)"

오픈북 테스트의 어려운 점은 누구든지 책에서 내용을 찾아서 맞는 답을 쓰고 좋은 점수를 얻을 수 있지만, 주어진 시간 내에 답을 essay book에 옮기기에는 턱없이 부족한 시간이다.

아는 답도 쓸 만한 시간이 없이 essay book을 거의 empty한 상태로 제출하고는 스스로 아무리 긍정적으로 생각해도 위기임이 틀림없음을 감지한다.

그의 예감은 틀리지 않게 학교에서 3주 후에 letter가 날아온다.

'분발하지 않으면 심히 걱정스럽다.'

Academic deficiency(학사경고)에 대한 warning 편지이다.

그나마 눈에 익은 편지라 그렇게 shocking(충격적) 하지는 않다.

지난번 학기인지 지난번 학년인지 비슷한 종이를 미리 받아 본 경험이 있기 때문이다.

이제 고민은 이 과목을 과연 drop(포기)을 할 것인가 계속할 것인가이다.

Drop을 할 경우 이미 지불한 등록비만 아까워지는 경우에 속한다.

이렇게 어려운 난관을 극복하고 무사히 유학 생활을 마친 그는 빛나는 졸업장을 손에 쥐고 금의환향한다.

집안에서 아버지 사업을 이어받은 그는 그동안 대학에서 터득한 knowledge로 사업을 더 번창시켜 큰돈을 번다.

그리고 10-15년 후, 모교를 방문할 기회가 있을때 학과장과 만나 악수를 하며 $5,000의 기부금(donation)을 전달한다.

학교 신문에 한 코너를 장식한다.

'자랑스러운 우리 동문, 모교 발전을 위한 기부금을 쾌척하다.'

> **Question 02-03: In golf, by definition, Par 5 differs from Par 3 that: (골프에서, 정의에 의하면, 파5는 파3와 어떤 면에서 다른가?)**
> A) Only by the distance to play (거리상의 차이)
> B) One has to consider number of hazards (sand bunkers, water, etc.) (앞에 놓인 장애물의 개수)
> C) One has to consider difficulty or slant/slope of putting green (퍼팅 그린의 경사와 난이도)
> D) All of the above (위 답변 모두)

골프를 칠 때 불과 1미터 정도 되는 거리의 퍼팅이 실패했을 때 그 agony(좌절감)는 겪어 본 사람은 누구나 알 것이다.

또한, 20미터 거리의 퍼팅을 성공적으로 넣었을 때 그 ectasy(기쁨)란 말로 표현할 수 없다.

You want less for the former, and more for the latter?

(전자'의 경험'을 줄이고 후자'의 경험'을 늘리고 싶어 하십니까?)

이제 걱정 놓으셔도 됩니다.

자동차의 자율주행의 software를 minimize(축소화)하고 self-propelling(자가) 모터를 공 속에 장착한 골프공이 만들어지는 데 성공했습니다.

이제 여러분은 가볍게 공을 치면 그 공은 신기하게 장애물을 피해서, 벙커를 피해서, 연못을 피해서, 꾸역꾸역 거슬러 슬로프도 올라가서 그린에서 땡굴땡굴 굴러 기가 막히게 컵 홀로 들어가게 됩니다.

마치 heat-seeking(열추적) 미사일이 목표물을 찾아다니듯.

The catch. (함정.)

불편한 진실은 이 골프공이 정확하게 컵 홀에 들어가기 위해서는 지금 시점의 technology로는, 카메라를 반드시 필요로 합니다.

고로 딴 친구들이 bogey(보기; par+1)와 더블보기로 허덕이고 있을 때 당신은 eagle(이글; par-2)과 hole-in-one이 적힌 score card(스코어 카드)를 제출하는 그 묘기에 전부들 의아해할 때 이제 그들은 동서남북으로 하늘에 혹시 이란의 혁명 수비대 사령관을 제거한 드론이 떠 있지 않나 쳐다볼 것입니다.

만약 떠 있는 드론에서 카메라가 발견될 경우 당신의 less than honest 행동은 들통날 위기에 처할 것입니다.


출판사 사장님께서는 문제의 난이도를 좀 올려 달라고 부탁하신다.

1990년대 말 혹은 2000년대 초에 한국에서 계셨던 Johnny Yoon이란 토크쇼 호스트의 멘토 되시는 미국의 Johnny Carson이라는 분이 계셨다.

어느 날 그의 초청 게스트의 한 사람이 나와 얘기를 하는 도중에 자기가 최근 California Driver's license를, 운전면허 갱신 테스트를 봤는데 우수한 성적으로 패스했다고 자랑한다.

Johnny Carson은 물었다.

어떤 문제가 나왔길래 그렇게 좋은 성적으로 패스를 하셨습니까?

그분이 예를 들어 준다.

시험문제가 운전하는 도중에 다 마신 콜라 캔이 있는데 이것을 차 창문 바깥으로 던져도 되냐는 질문이었다. 그는 주저없이 no라는 대답에 마크해서 우수한 성적으로 패스했다는 얘기다.

Johnny Carson은 낄낄 웃으면서 그건 시험문제라기보다는 집에서 가정교육만 좋아도 충분히 패스했을 거 같다는 식으로 얘기하자 그분도 '하긴 그렇소' 하면서 동의한다.

어찌 보면 미국은 대국다운 면이 없지 않다.

꼭 제대로 된 시민의 준법정신을 되묻는 정도로, 확답받는 정도로 pass 시켜 주는 경향이 있다. 꼭 문제를 어렵게 비틀어 떨어트리려는 의도를 나타내지 않는다.

그러나 이 소식을 들은 시민 단체는 발끈하여 시험문제를 관할하는 기관에 압력을 넣는다.

어떻게 시험문제가 얼마나 쉬웠길래 이렇게 토크쇼에서 joke로, 웃음거리로 만드냐는 항의였다.

하는 수 없이 그 압력에 굴복하여, 그들은 시험문제를 대대적으로 뜯어고쳐 그 후에는 상당히 어렵게 만들어진 모양이다.

이 바뀐 소식을 모르는 다른 시민은 별 준비 없이 시험을 치러 갔다가 덜컥 떨어지고 만다.

Johnny Carson이 물어본다.

아니 어떻게 그렇게 쉬운 California 운전면허 시험을 패스 못 했냐고.

그분도 시험문제가 쉬운 줄 알고 요약본 핸드북 한 번 본 적 없이 시험 보러 갔는데 문제들이, 어린이 등하굣길에 차가 지나갈 때 속도제한이 얼마냐 하는 질문인데, 주어진 선택(choice)이 15, 20, 25, 30마일과 같이 5마일 간격으로 촘촘이 나와 있어, 등하굣길에 어린이들이 보이면 무조건 천천히 서행으로, 어린아이들한테 위험하지 않게 정도껏 지나가면 되지, 그 숫자를 어떻게 일일이 다 외워야 하냐는 항의였다.

어디 그뿐인가.

'간단히 한 잔만' 하면서 사고 치는 사람이 많아지자, 음주 운전에 관한 질문들이 시험 전체의 거의 50%를 차지하게 된다.

걸려들었을 때 알콜 농도가 얼마면은 위법인가를 묻지를 않나, 초범으로 걸렸을 때 벌금은 얼마고, 징역은 몇 개월인지까지 나오지 않는가 하면, 재범일 경우에 어떻게 되는지까지 일일이 다 묻는다.

한술 더 떠, 위반자가 응하지 않으면 어떻게 되는지까지 묻는다.

그는 불만을 털어놓는다.

이게 도대체 변호사 사법고시의 형법 질문이지 어디 운전면허 갱신 시험인가라고.

**Question 02-04: Alcoholic effect on the body is:**

A) Stimulant

B) Depressant

C) Both A and B

D) Neither A nor B

**Question 02-05: Which function is affected first on alcoholic consumption?**

A) Vision

B) Speech

C) Cognition

D) Balance

Question 02-06: Even _____% of BAC(Blood Alcohol Concentration) is illegal on DUI probation:
A) 0.08
B) 0.01
C) 0.05
D) 0.10

어쩔 수 없이 출판사 사장님의 강압에 못 이겨 나도 난이도를 높일 수밖에 없다. Thus, don't blame it on me please. (그러니 나에게 원망 마시오).

Here it goes:

Question 02-07: Which of the following is the most significant single event of the 20^{th} century? (1900년대의 제일 의미심장한 사건은?)
A) Assassination of the President John F. Kennedy (케네디 대통령 피살)
B) World War II (세계 제2차 대전)
C) Drop of Atomic Bomb (원폭 투하)
D) Man's moon landing (인간의 달 착륙)

Chapter 2.

# 학위 Nomenclature
# (명명 / 이름 부르기)

이번 session에서는 diploma의 nomenclature에 대해서 간단히 얘기를 해 보고자 합니다.

우리는 의무교육인 초등학교와 고등학교를 졸업할 경우 그냥 그 과정을 다 끝냈다는 졸업장 diploma를 받습니다.

거기에 수식어를 조금 보태면 '빛나는 졸업장'이라고 합니다.

거기에 또 다른 수식어를 붙이면 '앞에서 끌어 주고 뒤에서 밀어주어서 받은 빛나는 졸업장'이라 합니다.

요즘은 한술 더 떠 유치원(kindergarten)에서도 그곳을 떠날 때에 수료증을 줍니다.

Title은 한국어로는 무엇인지 모르지만 somewhat 거창합니다.

Certificate of Completion(수료증서)일 수도 있고,

Certificate of Attendance(재직증서)일 수도 있고,

또는 Certificate of Participation(참여증서)일 수도 있습니다.

어떨 때에는 어린아이 몸 사이즈가 고등학생보다 적어서 그런지 증명서류 크기가 어린아이의 몸의 1/3 내지 1/2가 될 정도로 큽니다.

고등학교를 졸업하고 대학 4년을 끝낼 경우 'bachelor's degree'라는 학사학위를 받습니다.

조금 더 구체적으로는 bachelor of arts(A.B.) 혹은 bachelor of science(B.S.)로 바뀌면서 거기다 in major(전공과), either mathematic도 될 수도 있고 fine art가 될 수도 있고, biology, chemistry, physics, English 등등 여러 가지 전공이 될 수도 있습니다.

대학 학사과정이 끝난 후에 2년을 더 공부하게 될 경우 Master's degree(석사학위)가 주어집니다.

Master's degree에는 MBA(Master's in Business Administration), Master's in Finance, Master's in Business Science, Master's in Economics과 같은 degree가 따라붙습니다.

그런데 일본제국주의 교육의 산물인 의학 제도는 이상하게도 의예과 2년과 본과 4년, 총 6년을 공부하고도 의과대학을 졸업할 때는 '의학사'라고 부르곤 했습니다.

다른 데서는 4년 후에 학사인데 왜 medicine은 2년을 더 하고도 master's degree도 아니고 '의학사'라고 하는지 controversial issue가 되곤 했습니다.

그래서 그런지 그후 이제는 '의학 석사'라고 바꿔 부릅니다.

의과가 아닌 다른 과의 6년 공부의 master's degree에 동등시 하기 위해서 붙여진 이름인 듯합니다.

의과가 아닌 학문은 master's degree를 받은 후에 2년 혹은 4년을 더 공부하여 doctorate degree를 받는데 이때 받는 degree는 Ph.D.(Doctor of Philosophy, 철학박사)라고 합니다.

Masters를 끝낸 후에 Ph.D.까지는 주어진 공부 과정이 아니라 indepen-dent study이기 때문에 미국에서는 formal education으로 제일 긴 학문은 대학 4년 끝난 후에 another 4년을 공부한 MD degree입니다.

한국에서는 master of medicine(의학 석사)을 받고 난 후에 수련의 과정을 마치고 independent로 practice medicine을 한 후 논문을 쓴 후에, 자기가 다녔던 학교나 혹은 다른 대학에 논문을 제출한 후, 그곳 심사 com-mittee가 해당 논문을 통과시키면 박사학위를 수여합니다.

이 자체는 Ph.D. degree인 철학박사인데, 의과를 끝내고 받는 학위라 혹은 의학에 관한 연구라서 그런지, 그때부터는 의학박사라고 부르는 것 같습니다.

그런데 미국에서는 의과대학이 본과가 4년인데 그 본과 4년에 들어가기 위해서는 일반대학에서 예과에 해당되는 bachelor's degree를 따고 들어와야 합니다.

물론 예외가 조금 있기는 하지만 고등학교 졸업 후에 8년이나 더 공부를 해야 의과대학을 졸업할 수 있는데, 그때 수여되는 degree는 Doctor of Medicine(M.D.)라고 합니다.

한국어로 얘기하자면 '의학박사' 학위에 해당이 됩니다.

미국에서는 임상에 관해서는 의학박사(M.D.)라는 개념이 조금 다릅니다.

의과대 본과를 졸업할 때 받는 학위가 의학박사이기 때문에 특별히 그후에 다른 한국과 같은 Ph.D.가 임상(!)에서는 없습니다.

즉, 다시 말하면, 우리는 왜 의학박사라고 하면 나이가 지긋하게 많이 들고 경험이 많은 사람이라고 한국에서는 생각하는데, 미국에서는 의과대학 졸업과 동시에 의학박사라고 불리우기 때문에 별로 의과대학을 갓 졸업한 사람이 어떻게 임상경험도 많지 않은데 의학박사라고 불리는지 somewhat 의아해할 것입니다.

미국에서의 생각은 임상이란 시간이 지나가며 많이 practice 하면서 자연히 경험이 쌓이기 때문에 거기에 대해서 한국과 같은 뒤늦게 논문을 발표하여 주는 의학박사라는 개념이 없습니다.

그렇기 때문에 한국에서 6년제 의학 석사를 끝낸 candidate이 미국으로 올 경우 한국과 같이 additional 논문을 써서 내지 않아도 title 자체는 의학박사로 자동 승격화됩니다.

그 이유는 licensing issue에 MD degree는 정규 의과대학에서의 공부를 끝낸 자로 명시되어 있기 때문입니다.

모순된 이야기지만, 그런데 미국도 사실 MD와 PhD.의 combined program이라는 것이 존재합니다.

Doctor of medicine(의학박사)의 degree를 받은 후에 additional 공부를 해서 Ph.D.(철학박사)를 받는것입니다.

그것은 임상에 관한 것은 절대 아니고 대부분 기초의학에 의한 것입니다.

고등학교 후 8년간 의과대학을 끝나고 예를 들어 해부학(anatomy)이나 약학(pharmacy가 아닌 pharmacology)이나 생리학(physiology) 같은 것을 더 additional 공부를 해서 Ph.D. degree가 붙을 수 있습니다.

의과대학을 졸업하고 Ph.D.를 또 수료하려면 보통 3년 내지는 4년이 더 걸립니다.

그러나 의과대학에서 offer 하는 combined program으로 들어오게 된다면 일반대학 4년 졸업 후의 7년짜리 프로그램이 많이 있습니다.

즉, high school 후의 11년 프로그램입니다.

요즘은 computer 학과까지 combined program이 여기에 가세합니다.

의과대학을 졸업하는 M.D.와 computer program에 관한 additional 공부를 하고 Ph.D.를 받게 되면 combined program의 degree(M.D., Ph.D.)를 받게 되는 것입니다.

보통 의과대학을 졸업하고 바깥에서 practice 하는 경우에는 이런 additional Ph.D. 프로그램에 들어가지 않고, combined M.D., Ph.D. 프로그램은 대부분 academic 의과대학 교수로 가고자 하는 사람들이 많이 진출하는 과정입니다.

그런데 미국에서는 Bachelor's degree를 받고 대학을 졸업한 학생이 M.D. 4년제 대학을 졸업하기 전에 Master's degree in Medicine(의학 석사, 'M.M.')을 받는 경우가 희귀하게 발생합니다.

이 somewhat unique 한 경우는 초창기에 의과대학이 창설될 경우, 아직 fully set-up 된 임상을 할 수 있는 병원이 없을 경우, 들어온 학생들에게 medicine의 기초과목을 2년간 들은 학생들은 agreement에 의해서 그 근처의 다른 대학으로 보내지게 됩니다.

A 의과대학에 들어와서 2년을 공부했지만 임상준비가 되지 않아 B라는 학교로 자동적으로 옮겨 가게 될 경우 A 학교에서는 학생들을 떠나보낼 때 master's in medicine(M.M.)이라는 title을 수여하게 되고, 학생들이 최종적으로 졸업하게 되는 B 대학에서 B 학교 이름의 M.D. degree를 수여하게 됩니다.

고등학교를 졸업하면서 보통 걸리는 8년제의 M.D.를 7년 만에 끝내게 하는 shortened(줄여 준) early program이 있습니다.

한때는 6년 만에 끝낼 수도 있었는데 대부분 폐지되고, 요즘 제일 빠른 것은 7년 만에 끝나는 프로그램입니다.

이 프로그램은 고등학교 때 성적이 아주 우수한 제한된 학생들에게, 더 이상 의과대학에 들어가기 위해 competition에 시간을 허비하지 않고, 미리 guaranteed acceptance에 대해 assurance를 줌으로써 의과대학 본과에 들어오기 전에 다른 분야에 대해서 조금 더 freely 공부할 수 있게 해 주는 제도입니다.

그 옛날에는 7 year program에 되었을 경우 성적에 관계없이 본과로 이동할 수 있는 자격이 주어졌으나 요즘은 자격을 조금 더 강화해서 3년간 대학 공부를 끝낼 경우 본과를 들어오기 전에 예를 들어 total 학점은 얼마가 되어야 하고 그중 science 계통의 학점이 4.0 만점에 3.2 혹은 3.5 이상이 되어야 한다는 조건이 붙습니다.

그 조건을 충족시킨 high school 졸업생은 bachelor's degree 없이 의대 본과로 진학하여 본과 4년을 마치면 바로 M.D. degree가 수여됩니다.

한편으로는 의과 본과가 대학 4년 예과 후에 그 치열한 경쟁 때문에 그 즉시 들어가지 못해 계속 다른 공부를 지속해 의과 예과에 관계없는, 예를 들면 neuroscience, chemistry 혹은 physics Ph.D.를 받은 후 성공적으로 합격할 경우 high school 후 12년 후에 의과 본과를 졸업하게 됩니다.

학교에서 동문들에게 보내온 학교 소식에 의하면 2020년도에 들어와서 2024년에 졸업 예정인 학생 중에 약 30%가 의과대학 본과에 진학하기 전에 additional degree인 Master's Degree나 Ph.D를 받았다고 합니다.

Additional degree를 받지 않은 재수생을 포함해서 계산할 경우 아무런

지체 없이 본과로 바로 들어간 학생 수는 약 50% 정도 된다고 합니다.

미국과 동등한 Canada를 제외한 다른 영연방(other commonwealth) 나라들, 호주, 싱가포르, 혹은 인도 같은 나라에서는 Bachelor of Medicine, Bachelor of Surgery(MBBS)라는 title이 있습니다.

이 프로그램은 고등학교 후 6년 안에 끝낼 수도 있고, 8년 안에 끝나는 프로그램도 있습니다.

인도에서는 high school 후 6년 후에 MBBS를 수여하고, 호주에서는 대학 4년 후 additional 4년을 공부한 경우 MD degree를 주는 학교가 있고, MBBS를 수여하는 학교도 있습니다. 그러나 요즘은 MBBS보다는 MD를 수여하는 것이 트렌드입니다.

MBBS를 획득한 경우, specialty(전문의) 과정을 끝내고 전문의 자격을 획득하면 MD title을 수여받는 듯합니다.

인도에서도 competition이 너무나 steep해서 새 학기 시작인 September 전인 6월에 합격자 발표가 있는데, 그 brilliant 한 학생들 중 합격하지 못한 몇몇 학생들이 극단적인 선택을 한다는 뉴스가 많이 있습니다.

미국에서는 의예과라는 개념이 한국과 다릅니다.

한국에서는 의예과라고 하면 이미 의과대학에 guarantee로 붙은 학생이 처음 2년간 기초 학위를 수련할 때의 과정을 의예과라고 부르는 모양이며, 본과는 임상에서 4년을 보낼 때 쓰는 단어인 듯하나, 미국은 의예과라는 개념이 꼭 의과대학에 합격되었다는 보장은 없습니다.

누구나 자유스럽게 다른 학생들과 같은 대학에서 4년간 한 전공 분야를 (major) 이수하면서 동시에 반드시 의과대학으로 진출하기 위해서는 최소한의 요구하는 과목 몇 개를 이수해야만 합니다.

그렇다고 합격이 모두 되는 건 아니지만 그 과목을 모두 이수한 자들이 다시 4년제 대학을 졸업하면서 다시 4년제 의과대학 본과에 지원을 해야 합니다.

이상하게도 A 대학 졸업생은 B 대학 의과 본과에 합격할 확률이 많고, B 대학 졸업생은 A 대학 의과 본과에 합격할 확률이 높습니다.

각 대학마다 자기 대학에서 공부한 학생이 다른 대학에서 날개를 펴 주길 바랍니다.

A 대학에서 A 대학 의과 본과로 진학은 훨씬 드뭅니다.

의과대학 본과에 들어오면 첫 2년간은 기초학문(basic science)이며 나머지 2년은 임상 학문(clinical science)입니다.

의과대학으로 지원하기에 요구되는 학문 이수 관련 requirement는 학교마다 물론 다 다르지만, 대부분이 1년간의 영어, 1년간의 수학, 1년간의 무기화학, 1년간의 유기화학, 1년간의 physics, 1년간의 biology 정도를 대학 4년 공부할 때 minimum으로 해 주길 바랍니다.

각자 다양한 대학 major를 전공하였기 때문에 들어오는 학생들이 다 다른 background를 가지고 의과대학 본과에 진학합니다.

대부분 학생들이 science 계통인 biology, physics, chemistry로 전공을 끝내면서 의과대학 본과로 지원을 하는 학생들이 많으나, 그중 어떤 학생들은 전혀 과학과 관계없는 piano 전공이나 ballerina(무용) 전공, 혹은 music 전공을 한 후에 의과대학 본과에 지원하기도 합니다.

의과와 비슷한 약학(pharmacy)이나 치과(dental), 간호학과 (nursing)은 크게 배제시킵니다.

Traditional 의과대학 본과 졸업 시에 주어지는 학위는 M.D. degree지만 그와 유사한 D.O.로 불리우는 degree가 있습니다.

Doctor of Osteopathic Medicine이라 불리우는데 한국에서는 뭐라고 불리우는지 확실치 않습니다.

Chiropractic이라는 접골원 혹은 접골 의학(Doctor of Chiropractic; D.C.)이 있기도 한데 이것은 M.D.와도 다르고 D.O.와도 다른 프로그램입니다.

D.O.의 main concept은 M.D.가 모든 질병의 근원을 각 장기에 침입하는 다른 issue 때문에 병이 발생하는 개념으로 쳐다보지만, D.O. school에서는 모든 병의 발생은 사람 몸의 가운데 있는 척추가 모든 병의 근원이라고 생각하여 약간의 치료하는 approach가 다르긴 하나 거의 90% 가까이는 의과대학 본과 과정과 비슷합니다.

한때 혼동된 M.D.와 D.O.가 갈아타는 것을 허가한 시기가 있었습니다.

California에서는 1960년대 중반인가 후반에 그 한 번 갈아타는 것을 허가하였습니다.

대부분 D.O.가 M.D.로 갈아탔지만 반대로 M.D.가 D.O.로 갈아탄 경우는 거의 없습니다.

더 혼동스럽게도 D.O.라는 degree가 있는 대신 O.D.라고 불리우는 degree도 있습니다.

Doctor of Optometry라고 불리우는 이 degree는 검안의에 해당됩니다.

이 학위 또한 대학 4년이 끝난 후에 additional 4년간의 공부로 대부분 눈에 들어오는 안경이나 굴절에 대한 학문입니다.

D.O.는 상당히 미국에 제한된 학교만 있습니다.

서부에 몇 개, 중부, 동부에 몇 개.

D.O. school을 졸업한 후에는 M.D. school을 졸업한 학생들이 수련의 과정의 자리를 많이 차지하기 때문에 자기 D.O. 스스로의 병원을 확보하지 않는 이상 그 많은 학생들을 수용할 수가 없어 residency program을 옮기는 데에 조금 어려움을 겪습니다.

대부분 family practice(가정주치의)라 불리우는 과목으로만 많이 진출합니다.

Trump 대통령의 COVID-19 감염 당시의 주치의 Dr. Conley도 D.O. title입니다.

그들이 M.D.에서도 competition이 센 프로그램에 들어가기 위해서는 어떤 때는 일단 family practice residency 3년 정도가 끝난 후에 본인이 가고 싶은 다른 specialty 학문으로 다시 시작하는 경우가 많습니다.

고로, specialty가 끝날 때까지 걸리는 시간은 M.D. 학생들보다는 조금 더 걸릴 수 있습니다.

대학에서 공부를 어느 정도 해냈고 medical school로 가기 위해서 학교에서 요구하는 모든 minimum 과목들을 다 이수한 후에 medical school에 accept되지 않을 경우 조금 난감해지기 시작합니다.

어떤 때에는 paramedicine, 의과의 약간 외곽으로 벗어난 과목으로 돌리는 방법도 있습니다.

청각을 전문으로 하는 hearing aid 쪽의 방향으로 가든지, laboratory나 방사선 쪽의 technician이나, 혹은 초음파 technician 같은 기술 분야로 진출하는 방법도 있습니다.

혹은 laboratory 쪽의 science에서 research project로 갈 수 있을 것입니다.

그 경우 Ph.D. degree가 될 것입니다.

꼭 의과대학에 가고 싶을 경우 미국이 아닌 외국으로 눈을 돌릴 수도 있습니다.

그중에 미국 학교를 졸업한 많은 학생들이 눈여기는 곳이 미국과 붙어 있는 멕시코 쪽으로 옮겨 타는 방법도 있습니다.

한때 Mexico에서는 미국의 한 학교당 정원이 평균 100명이었을 때, 미국 학생들을 상대로 장사를 하듯이 정원 5천 명을 받은 학교도 있었습니다.

9월 새 학기에 해부용 시체가 부족하여 그 마을의 모든 애완견이나 유기견들이 다 사라지고는 했습니다.

또 하나는 미국 동쪽의 카리브해의 몇 군데 미국서 대학을 졸업한 학생들이 대부분 눈독을 들이는 조그마한 학교들이 몇몇 있습니다.

상당히 steep한 competition에서도 조금 밀린 학생들이기 때문에 그들의 성적은 매우 우수합니다.

그중에서도 아주 superior 한 학생들만 골라 뽑습니다.

주로 미국 대학 졸업생 중심으로 뽑습니다.

다만 그곳의 학교는 미국 본토에 있는 의과대학같이 여러 각 분야의 전문화된 교수들이 teaching 하는 것보다는 주로 미국 license 시험에 패스하기 위해서 시험문제 위주의 공부만을 아주 제한된 instructor들이 면허 시험문제 중심의 공부를 하여 Part One 기초 국가고시에 패스할 경우 임상은 그들과 contract이 되어 있는 미국 동부나 중부에 인력이 딸리는 미국 병원과의 contract에 의하여 그곳의 임상 residency program에 들어가게 됩니다.

그 캐리비안 학교를 나온 학생들도 미국 본토 학교를 졸업한 학생들과 똑같이 M. D. degree가 주어집니다.

의과대학 본과에 들어가기 위해서는 당연히 대학 4년을 공부하는 동안 그들의 예과 대학에서의 school performance, undergraduate grade가 상당히 중요한 척도를 차지합니다.

전국적으로 동시에 치러지는 medical college admission test(MCAT)이라고 불리우는 시험은 평가 기준 능력을 보는 것입니다.

세월이 흐를수록 format이 많이 바뀝니다.

요즘은 없어졌지만, 한때는 MCAT의 세분된 섹션들에서는 English, Mathematics, Science, and general knowledge information(일반 상식)들이 있었습니다.

일반 상식에는 지리, 역사, 문학, 종교, 음악, 미술, 등등 광범위한 시험 범위는 높은 점수를 위해 단기간 공부를 하기에는 제일 힘든 섹션으로 손꼽히기도 했습니다.

일반 상식 섹션에서는 심지어 비틀즈의 음악에 관련된 질문도 나오기도 했었습니다.

이러한 섹션들이 다시 부활한다면 요즘 트렌드에 맞는 방탄소년단이나 블랙핑크 노래나 K-pop 등에 관련된 질문이 나올 수도 있습니다.

어느 쉬운 대학에서 받은 성적 A와 어려운 대학에서 받은 성적 B의 차이는 MCAT 평가 기준에서 전반적으로 competition을 측정할 수 있는 시험입니다.

각 대학에 다니는 동안 professor들에 의한 recommendation letter(추천서)들이 상당히 큰 작용을 합니다.

아마 3통 이상 지망하는 의과대학으로 보내야 할 것입니다.

이 종합적으로 여러 가지 application과 essay를 작성을 한 후, 1차 서류

심사에 합격한 학생들은 interview를 보게 됩니다.

Essay의 중요성은 굉장히 중요합니다.

무언가 독특한 차별화된 information이 들어 있지 아니하면 눈에 띌 수가 없습니다.

Essay composition에 어마어마한 노력을 들여야 합니다.

보통 정원의 3배 정도의 interview를 진행합니다.

Interview 통지를 받은 학생들은 적어도 어느 대학에선가 합격될 chance가 높습니다.

의과 교수들이 각각 20-30분가량의 interview를 진행한 후 그 professor들의 평가를 다시 admission committee에 보내서 final decision은 committee에서 하게 됩니다.

요즘은 format이 많이 바뀌었던지 현재 학교에 재학 중인 의대생들도 interviewer로 참석할 수 있는 제도가 많습니다.

또한 예전에는 purely professor의 evaluation에 의하였으나 요즘은 여러 가지 mini handling case를 주어서 짧은 시간 내에 그 학생이 기본 instruction에 따라 어떻게 handle 하는지를 평가하는 시험도 있다고 합니다.

본과 tuition(학비)은 1년에 6-7만 불정도 되었지만, 점점 더 비싸지는 추세입니다.

약 2-3만 불의 생활비는 제외한 금액입니다.

4년후 본과를 졸업할 때 학생 한 명당 적어도 20-25만 불 정도 빚을 지고 학교를 나옵니다.

아마 지금은 오르는 학비로 인해 훨씬 금액이 커질 수도 있습니다.

몇몇 학교들은 학비가 너무 비싸 학비 면제 프로그램이 등장하기 시작합니다.

졸업 후 군대에서 몇 년간 복무하는 조건으로 military school의 학비 면제도 생각해 볼 만합니다.

베트남전쟁 당시에는 미군에 입대를 하게 되면 학비 면제와 더불어 생활비 보조와 영주권이나 시민권까지 취득이 쉽게 가능했는데, 요즘은 시민권이나 영주권이 없으면 미군 입대 자격조차도 안 될 수도 있습니다.

군대에서 군의관 확보가 어렵게 되자 의회에서 독립된 자금을 확보해 군의관 양성을 위해 군인들을 위한 Armed Force Medical School을 메릴랜드주에 있는 Bethesda에 설립을 해 왔습니다.

일반대학에서는 의대로 진학을 하기 위해서는 모든 학생들과 경쟁을 해야 하지만, 차라리 대학을 사관학교로 들어가게 된다면 수많은 사관학교 학생들은 의대가 목표가 아니기 때문에 Armed Forces Medical School로 진학하기에 점수 받기가 훨씬 수월할 수밖에 없으니 경쟁률이 훨씬 수월해지는 경향이 있습니다.

이렇게 군 의대로 진학하게 되면 군에서 의과대학에 들어가는 비용과 생활비까지 받으며 공부할 수 있게 됩니다.

졸업 후 군의관이 되면, 군에서 지정한 기간, 적어도 8년에서 10년 정도 반드시 복무를 해야 하며, 그 이후에는 군 연금도 확보하게 되고 제대가 가능해 민간인으로 개업을 하거나 다른 민간 병원에서 근무할 수 있습니다.

의과대학 인터뷰는 각 학교마다 evaluation 기준이 다를 수 있으나 어떤 때에는 어느 학교에 관계없이 공통분모에 해당되는 기본적인 질문이 많이 overlap 됩니다.

그 overlap 되는 공통 30여 가지의 질문을 추려 보았습니다.

#1. Why do you want to be a doctor? (당신은 왜 의사가 되기를 원하십니까?)

#2. Why would you be a good doctor? (당신은 왜 좋은 의사가 될 거라고 생각합니까?)

#3. Tell me about yourself. (당신에 관해서 얘기해 보시오.)

#4. What do you do in your spare time? (시간이 남을 때는 어떻게 시간을 보내십니까?)

#5. What are three things you want to change about yourself? (당신 스스로를 바꾸기 원하는 3가지 정도를 얘기해 보시오.)

#6. How do you handle stress? (스트레스를 어떻게 극복하십니까?)

#7. What are your two decent strengths? (당신의 괜찮은 두 가지 장점이 무엇입니까?)

#8. What are your two greatest weaknesses? (당신의 두 가지 큰 단점은 무엇이라고 생각하십니까?)

#9. What are your hobbies? (당신의 취미 생활은 어떤 것입니까?)

#10. What is your favorite book and why? (당신이 좋아하는 책은 무엇이고 이유는 무엇입니까?)

#11. Define success. (당신이 정의하는 '성공'이란 무엇입니까?)

#12. Who is the most influential person in your life? (당신 인생에 큰 영향을 미친 사람은 누구라고 생각하십니까?)

#13. Describe your volunteer work. (자원봉사를 하신 게 있으면 얘기해 보시오.)

#14. Describe your research experience. (연구 프로젝트에 참여한 적

이 있으면 얘기해 보시오.)

#15. Why are you a good fit for our medical school? (당신은 왜 우리 학교에 적합하다고 생각하시오?)

#16. How do you handle failure? (실패를 어떻게 극복하십니까?)

#17. Are you a leader or a follower, and why? (당신은 이끌고 가는 사람입니까, 아니면 따라가는 사람입니까? 그 이유는 무엇입니까?)

#18. What do you feel about ○○○? (당신은 이 점에 대해서 어떻게 생각하십니까?)

    A) Health Care System (의료시스템)

    B) Abortion (낙태)

    C) Euthanasia (안락사)

    D) Stem cell research (줄기세포 관련 연구)

    E) Medical service to underserved (무의촌 봉사)

#19. Let's say there are 1000 applicants as qualified as you. Why should you be accepted into our medical school? (예를 들어 당신만큼 자격을 갖춘 사람이 1천 명이 있다고 합시다. 왜 그중 당신이 뽑혀야 한다고 생각하십니까?)

#20. What will you do if you are not accepted into medical school? (당신은 의과대학에 합격하지 않을 경우 어떻게 하실 것입니까?)

#21. If you couldn't pursue medicine, what would you pursue? (만약 의학을 선택하지 않았을 경우, 어느 커리어를 선택했을 겁니까?)

#22. In your opinion, what is the most pressing health issue today? (당신 생각에 오늘날의 의료시스템 중 제일 큰 문제점은 무엇이라고

생각하십니까?)

#23. Why do you want to attend our medical school? (당신은 왜 우리 학교에 오기를 원하십니까?)

#24. What is your favorite class in college and why? (대학에서 혹은 예과에서, 제일 좋아했던 과목은 무엇이고 그 이유는 무엇입니까?)

#25. Tell me about a leadership role you have had in college. (대학이나 예과에서 우두머리의 역할을 한 게 있으면 얘기해 보십시오.)

#26. What are your specific goals in medicine? (의대를 마치고 구체적으로 무엇을 하려고 하십니까?)

이 질문들 자체는 의과대학 admission interview에 base 하였지만 실은 의과대학 대신 의과가 아닌 학생이라도 본인이 가고자 하는 대기업이나 취직하고 싶어 하는 기관에 의과대학이란 단어를 빼고 비슷한 format으로 생각해 볼 만한 질문들입니다.

그곳에서도 비슷한 형태의 질문들을, 왜 우리 기업이나 기관에 들어오길 바라느냐라는 식으로 생각하면 될 것 같습니다.

시간이 허락하는 동안 물론 많은 수능 공부와 준비 시험이 눈앞에 있다고 하지만, 한번 진지하게 미리 생각하여 거기에 가고자 하는 곳에 걸맞는 대답으로 정리를 해 볼 만도 합니다.

이 간단한 인터뷰나 30가지 질문들은 어떤 때에 어떻게 candidate이 답하느냐에 따라서 그 짧은 시간에 그 사람의 honesty(정직성), decency(성실성), attitude(태도성)과 성격(character) 등을 드러내게 됩니다.

Interview를 conduct 하는 사람들은 그 분야에 많은 오랜 경험을 쌓은

professional들입니다.

그들은 그 짧은 15-20분 내에 당신이 조리 있게 말하는 포인트를 보면 대강 당신이 어떤 사람인지 여러 가지 오랜 경험으로 당신에 대한 평가를 쉽게 끝낼 수 있을 것입니다.

물론 일사천리로 답을 외우고 와서 쏟아 내는 candidate와 진실되고 솔직하게 답하는 candidate를 쉽게 구별할 것입니다.

Chapter 3.

# 의대 본과 1학년 때

Medical school curriculum은 traditional 하게 각 과목별로 많은 학교들이 전통적으로 진행하여 왔다.

1학년 때는 해부학(anatomy), 조직학(histology), 미생물학(microbiology), 생화학(biochemistry), 생리학(physiology) 등 과목별로 공부를 하는 학교가 주종을 이루나, 어느 학교에서는 과목 subject 대신에 몸의 각 장기인 organ system에 기반하여 heart, lung, kidney, 이런 식으로 15-20개 정도의 장기별로 가르치면서, 장기별로 강의를 할 때마다 거기에 수반되는 anatomy, histology, 그 장기에 적용하는 biochemistry, 장기의 function 기능을 대신하는 physiology, 그리고 그 장기에 작용하는 pharmacology, 장기에서 발생하는 pathology 같은 것을 각각 장기별로 공부하는 학교도 있다.

그리고 각 학교마다 own policy of 시험제도가 있는데, 어느 과목은 중간고사 두 번과 final exam 한 번으로 total 끝에 가서 75%를 확보하면 pass가 되는 과목이 있는가 하면, 즉 그 말은 한 exam에서 50%를 받고 다른 시험에서 100%를 받으면 평균 75%를 받아 과목을 pass 한 것으로 간

주되지만, 어떤 수업들은 각 시험 때마다 최소 75% 이상의 점수를 받아야만 과목을 pass 할 수 있는 requirement이 있기도 하다.

그 말은 간하고 심장 부분은 잘했는데, 폐와 콩팥 부분은 잘 못했다고 하면 pass 하지 못하고 각각 장기별로 시험 때마다 75%를 minimum으로 받아야 그 과목을 이수한 것으로 인정해 주는 학교도 있는것이다.

어느 학교는 아예 처음의 기초 2학년 동안 과목에선 시험 자체가 없고, 어차피 넘어야 할 산인 국가고시 Part I을 pass 하면 1, 2학년 과목을 전부 기초 science를 터득(pass)한 것으로 따지고, 3학년으로 넘어가는 학교가 있는가 하면, 어느 학교는 국가고시는 어차피 개개인이 넘어야 할 산이기 때문에 관여하지 않고, 오히려 각각 방학 같은 시간에 공부해 알아서 pass 하라고 하고, 국가고시의 pass와 no pass는 관계없이 오히려 각 과목의 professor가 주는 시험 성적으로 과목을 pass 하는지 아닌지 determine 하는 학교도 있다.

본과 1학년 초, 어느 과목인지 기억이 희미하나, discussion group이 있었다.

학생들이 그 주어진 subject에 대하여 간단한 얘기를 진행하는데 어느 흑인 학생 하나는 상당히 talkative 한, 말을 잘한 건지 말이 많은 건지 그 content 자체는 별로 중요치 않고, 그리 중요하지 않은 것 같은데 하여간 말이 굉장히 길고 자신 있게 떠벌리는 것 같은 학생이 한 명 있었는데, 아직도 기억나는 것은 그 학생은 얘기하는 도중에 우리는 보통 자기가 carry 하는 볼펜을 pocket 안쪽에서 꺼내기도 하는데, 그 학생은 솜사탕처럼 부푼 머리카락 속으로 자기 손이 들어가더니 그 속에 숨겨져 있는 볼펜을 꺼냈던 게 아직도 기억이 난다.

그런데 그 학생은 두 번 정도 그런 그룹에 있다가 어느 순간 한 2주도 안 된 timing에서 보이지가 않았다.

그런데 알고 보니 그 학생은 어느 순간 medical school을 포기하고 law school로 이동하였다.

아마 해부학이 진행되고 있는 동안 메스꺼워서 그런지, 마음이 뭔가 변했다든지, medical school dean인 학장에게 가서 자기 career에 맞지 않는다며 pleading 한 것 같다.

그런데도 surprise 하게 학장은 그 즉시 전화 한 통으로 law school dean(학장)에게 전화하여 그 학생을 법대로 보내고, 법대 쪽에서는 거기에 해당되는 한 명인가 두 명의 학생을 medical school로 즉시 맞교환 이동시켰다.

그 귀중한 빈자리를 서로가 낭비하지 않기 위해.

사실 다시 한 학과를 떠나 다른 학과로 전학하려면 또다시 그 많은 paper process와 많은 준비 일 년 정도의 시간을 다시 감수해야 할 판인데, 학장끼리 서로 전화 한 통으로 그들의 어려운 점을 그렇게 빨리 그 즉석에서 그들의 어려움을 이해해 주고 도와주고 favorable 하게 consider 해주는 그런 서로의 respectable 한 행정절차에는 감명 깊을 수밖에 없었다.

어떤 학생은 새 학기 시작 1-2주일 정도 후에도 생각치 않은 빈자리 vacancy가 생기자 waitlist에 있던 대기 학생에게 연락되어 즉시 우리 학년에 add 되었다.

또한 우리 class에는 average age에서 전혀 동떨어진, 한 10년 내지 12년 더 앞서가는 아저씨 같은 한 학생이 있었는데, 알고 보니 그 아저씨 학생은 사실 10년 내지 12년 전에 우리와 같은 1-2학년 코스를 다 끝내고 3

학년의 임상을 시작했던 학생이었는데, 그만 그 당시 alcoholic이 되어서 clinical rotation에 제 시각에 잘 나타나지 못하여 disciplinary sanction으로 학교에서 제적당하는 위치에 있었던 모양이다.

학교를 떠난 후 사회생활을 회사에서 10년 가까이 했던 모양인데, 그 사회생활을 하는 동안 그는 무슨 생각이 났는지 또다시 의과에 대한 미련을 버리지 못하고 또다시 의학을 하겠다고 마음을 먹고는 학교에 다시 apply 한 것이다.

Admission committee는 그의 application을 정말 여러 가지 각도로 쳐다보았을 것 같다.

궁극적으로 학교는 그에게 다시 한번 기회를 주고, 그 전에 1-2학년은 다 끝냈지만 다시 그는 1학년부터 잊어버렸던 subject을 우리와 똑같이 공부를 하였다.

그가 4년 후 졸업장을 의대학장으로부터 받을 때 그의 아내와 부쩍 자란 어린애들이 아버지 쪽으로 달려가서 껴안는데 모든 사람들이 일어나서 박수를 쳐 주곤 했다.

아주 감명 깊은 장면이었다.

학교 시험 탈락자 애들은 그 한 과목을 pass 하지 못할 경우, 그 과목에 대한 학기 retaking exam(재시험)의 opportunity가 주어진다.

재시험을 잘 보면 그 과목은 pass지만, 재시험에서도 fail로 끝날 경우, entire 학년을 다시 다 repeat해야 한다.

한 given 학기나 학년에서 동시에 두 과목을 재시험에서 fail 하게 되면 entire year를 repeat 하는 게 아니라 자동적으로 학교에서 퇴학으로 마무리가 된다.

새 학기 9월이 되면 의과대학 학장은 별안간 분주해진다.

새 학년으로 들어오는 신입생들의 anatomy course의 사체를 확보하기 위하여 그들은 각 학교마다 연락을 취하여 어느 학교에서 surplus(잉여) 사체가 있는지 확인하고 사체가 부족한 학교 쪽에게 할당 분배한다.

남아도는 학교에서 부족한 학교로 분배한다.

포르말린이란 방부제에 처리된 사체는 plastic wrap에 싸여져 있고 그 anatomy에 대한 해부를 시작하기 전, body를 donation 한 그분들에 대한 간단한 appreciation 예식을 진행한 후, 주어진 해부학 manual에 따라 오른쪽과 왼쪽에 각각 두 학생이 dissection을 시작한다.

오른쪽 왼쪽이 각각 똑같기 때문에 결국 한 사체당 4명의 학생이 involve 된다.

그 두 학생이 한쪽당 한 사람은 자르고 한 사람은 manual을 읽고, 또한 서로 바꿔 가면서 주어진 time 내의 amount를 잘라 나가야 한다.

준비가 잘 안 된 팀들은 겁 없이 잘못 자르고 난 후에 manual의 조심하라는 warning을 나중에 읽게 된다.

자르기 전에 바로 아래의 신경을 자르면 안 된다고 써 있는데, 이미 자르고 난 후에 조심하라는 그 문구를 읽게 된다.

양쪽 학생들이 미리 공부를 하지 않고 들어온 경우이다.

모든 것이 엉망이 되었을 때 그들을 도와주고 있는 assistant professor 들에게 도움을 청한다.

교수가 다가와서는 이 부분은 수술 시에 절대 자르면 안 되는 부분이라며 우리들을 주의시킨다.

어찌나 빨리 진도가 나갔는지 감기 몸살 때문에 하루 빼먹은 학생은 자기 인생에 창자 구조를 한 번도 제대로 보지 못했다고 투덜대기도 한다.

처음 시작하고 2주 정도는 유일하게 먹어 왔던 protein source인 KFC를 먹을 수가 없는 정도가 되어 버렸다.

시험 날짜가 가까워져 오면 밤늦은 시간에 사체실로 뛰어들어 현관의 불을 켜고 plastic wrap의 지퍼들을 open 한 후 다들 또다시 그 근처의 복잡한 구조를 들여다보고 위치를 찾아야 한다.

시험 때가 되니까 복도에서 기다리고 있는데 교수의 지시를 받은 assistant가 한 4-5군데의 사체에 각각 번호를 매긴 바늘을 그 identify 하라는 structure에 꽂아 놓았다.

우리에게 주어진 지시는 숫자만 보고 종이에 1번부터 30번까지의 structure를 써서 내야 하는 시험이었는데, 어느 겁 없는 학생이 건들지 말라는 지시를 어기고 손가락의 힘줄인 ligament를 살짝 당겨 본다.

해부하는 동안 축 처졌기 때문에 늘어진 전선줄같이 연결이 어디로 된 것인지 확실하지 않으니, 살짝 잡아당겨서 몇 번째 손가락이 움직이는지 봤던 모양인데, 그 과정에서 찔러 놓은 바늘이 떨어졌다.

그는 선생님이 보지 않을 때 잽싸게 주워 올려 ligament에 꽂았는데, 그는 original position이 아닌 그 옆의 ligament에다가 찔러 넣었던 모양이다.

결국 그 학생이 일을 벌리기 전에 답을 적은 학생들은 3번째 손가락에 연결된 ligament라고 답을 적었지만, 이 학생이 빠졌던 바늘을 다시 꽂은 이후에는 학생들이 전부 4번째 손가락에 연결된 ligament라고 답을 적었다.

시험지 답안이 바깥 게시판에 붙자 어느 학생은 과감하게 교수한테 달려가 항의를 하였다.

자기네들이 봤을 때는 분명히 4번째 손가락에 연결된 ligament라고 주장을 하는데, 그 친구들 몇 명이 같이 그의 말이 맞다고 주장하니, 선생님이 조금 의아스러워하는 점이 생겼던 모양이다.

전체적인 답안을 보니 많은 학생들이 3번째 손가락을 답으로 적어 냈지만 상당한 percentage들의 학생들도 4번째 손가락으로 답이 작성되어 있었던 것 같다.

Assistant를 다시 그곳으로 보내 그 사실을 확인하니, 다른 곳에 바늘이 꽂혀져 있었다.

결국 그 학생의 protest 때문에 양쪽 다 맞은 걸로 결정이 내려졌다.

그런데 1970년도 말 혹은 1980년도 초에 computer system이 많이 발전하기 시작하자 중서부 Chicago 근처의 남자 여자 사형수 두 명이 형이 집행된 후, 그들의 body를 medical science에 donate 하기로 결정했다.

형이 집행되고 난 후, 그들의 body는 곧 minimal preparation이 된 후에, 그 당시 첨단 장치인 MRI scan에 의하여 아주 미세한 millimeter당으로 단층촬영이 되어져 모든 anatomical structure가 CD-ROM 혹은 그 후 DVD 형식의 format으로 만들어져서 그 이후의 많은 anatomical class들이 일일이 사체 해부에 들어가는 대신에 그들은 간단한 DVD disc 1장만 컴퓨터 노트북에 집어넣게 되면 자유자재로 마우스 클릭에 의하여 모든 anatomic connection과 연결과 detail structure를 쳐다볼 수 있을 정도로 medicine이 진보되었다.

Computer science의 advance 덕분에 시험은 multiple question 중에 select 하는 답보다는 continuous use of management plan에서 임상의 지속되는 decision making을 test하기 위하여 시험문제가 특수 paper coating으로, 주어진 special alcohol contained magic pen으로 쓰여져 있

는 given choice 옆을 긋게 되면 거기에 대한 처음에는 눈에 보이지 않는 hidden information이 나타나는 system으로 바뀌었다.

어떤 test는 자기가 알고 싶다고 해서 그 line을 긋게 되면 그것이 정말로 필요한 test였으면 hidden 숫자가 나오기도 하고, 전혀 관계가 없는 test였으면 숫자는 나타나지 않고 그냥 쓸데없는 patient total expense인 $25가 더 추가되었다는 정보만 등장한다.

결국 잘못 그었기 때문에 틀렸다는 얘기와 똑같다.

다음 중의 어느 procedure를 해야 하냐는 질문에 제대로 된 procedure를 긋게 된다면 patient's condition has improved라고 나오는데, 어떤 것은 자신이 없어 가만히 놔두면 그것도 틀릴 뿐만 아니라, 더 worse 한 경우, 내 친구는 더욱 더 해야 해서는 안 될 procedure에 줄을 그었더니 환자가 사망하였다고 나온 모양이다.

형편없는 경우 스스로가 어느 길로 가고 있는지 감이 전혀 없이 맞게 가고 있는 건지, condition을 악화시키는 건지 알지 못하고 시험지를 제출하게 된다.

이렇듯 continued decision making에 대한 exam은 아무래도 그 특수 처리된 paper에 의하여 시험지를 만드니 상당히 여러 가지 제약이 많은데, 이제 computer가 많이 발전한 이 시대에서는 많은 학생들이 시험장으로 주어진 시간에 뛰어드는 것이 아니라 오히려 자기한테 배당된 시간에 요즘은 library로 향하여 자기의 ID를 입력한 후, computer monitor screen에 나오는 문제를 클릭, 클릭, 클릭하고는 나올 뿐만 아니라, 그 옛날 우리 시절의 exam에서는 여러 가지 영상 과학에 대한 앞의 큰 screen에다 project 해야 하기 때문에 그 quality가 아무래도 뛰어나지 못한 단점이 있었으나, 이제는 detailed 영상 과학에 대한 모든 그림들이 computer 상으로 상당히 뚜렷하게 나타나기 때문에 좀 더 다양하고 깊이 있게 많은 문제들이 computer 앞에서 쳐다보면서 하는 exam format으로 바뀌었다.

시대가 바뀌고 advance technology 때문에 여러 가지 시험제도도 더 다양해지고 복잡해진 것 같다.

어찌 보면 우리 같은 old-fashion이 차라리 더 행복하지 않았나 생각된다.


고등학교 때에나 대학교 때 시험문제의 instruction은 상당히 simple 하였다.

다음의 어느 항목이 맞는 것인가 혹은 틀린 것인가라는 질문이었다.

Which of the following statement is true, or which of the following statement is false/incorrect?

그런데 의과대학 본과에 들어오자 시험문제의 pattern이 좀 더 복잡해졌다.

우선 간단히 맞냐 틀리냐의 문장도, all but the following statement is false 혹은 all but the following statement is true로 나오니, 나는 시험문제의 자체보다도 주어진 지문 자체가 지금 맞는 문항을 찾으라는 건지, 틀린 문항을 찾으라는 건지, 그 영어 지문 자체가 아예 혼동스러워진다.

그러니 문제를 풀기 위해서는 주어진 instruction 자체가 영어가 달리는 나에게는 더 복잡한 상황이 되고 만다.

항상 영어 해석 때문에 어렵게 주어진 문제를 아는데도 불구하고 잘못 대답하는 것이 적어도 시험문제 때마다 한 문제씩은 억울하게 틀리곤 하니 기막힐 뿐이다.

어렵게 문제의 핵심 포인트를 아는데도, 맞은 걸 찾아야 하는지 틀린 걸 찾아야 하는지 헷갈리는, 아주 엉망이 되는 상황이다.

거기에다가 그냥 한 항목당 맞다 틀리다의 selection이 아니라 주어진 format 중 4개의 statement를 각각 분석한 후, 맞게 분류된 답이 어떤 것인지 선택하라고 한다.

예를 들면 문제의 format은 이렇게 나와 있다.

Which of the following statements are correct? Answer according to the given format:
I. Statement 1
II. Statement 2
III. Statement 3
IV. Statement 4
    A) I, II, and III only
    B) I and III only
    C) II and IV only
    D) IV only

이러하게 적힌 사지선다 유형의 문제들이 보인다.

문장 1, 2, 3번이 맞으면 A, 1번과 3번만 맞으면 B, 2번과 4번만 맞으면 C, 4번의 문장만이 맞다면 D를 선택해야 하는 것이다.

문장 하나하나마다 힘들게 맞고 틀린 것을 분석한 후에 A부터 D까지 정확한 답을 선택해야 하는 것이다.

그렇지 않아도 영어가 달려 시간이 항상 부족한데, 아마도 physiology, 생리학 시험이었던 것 같다.

어떠한 문제는 totally independent, 그 자체 하나하나가 독립적인 질문이었지만, 이 physiology exam에서는 한 그림이나 그래프를 두고 3가지 문제가 출제되었다.

아마도 심전도(EKG, ECG)에 관한 문제였는데, 심장의 SA node에서부터 electric pulse가 ventricle까지 내려오는 과정에서 그 연결의 QRS Complex에 연관된 문제였는데, 일일히 EKG graph에 속하는 눈금까지 따져서 대답해야 할 판이다.

그러니 너무나 graph와 그림에 집중하느라 시간이 많이 뺏길 수밖에 없는데, 마침 교수님은 남은 시험시간이 15분 남았다고 마지막 경고를 학생들에게 준다.

대부분 어느 시험에나 시험지 답안을 걷어 가기 전에 한 번 정도 warning을 주는 routine은 당연한데, 그날 그 시험에서는 순간적으로 웅성이는 소리가 훨씬 커졌다.

나는 당연히 struggle 하지만 다른 학생들도 struggle 한다는 impression 이었다.

하는 수 없이 남은 문제들을 더 빨리 보기 위하여 작전을 바꿔야 했다.

IBM computer 채점에 의존하는 점수는 당사자가 얼마나 힘들게 시간을 보내서 답을 한 것인지 간단히 짧게 쉽게 답을 한 것인지는 아랑곳하지 않기 때문에 한편으로는 나름 억울한 생각도 들었다.

어렵게 문장을 하나하나 답했는데 다른 질문은 너무 간단한 질문이고, 그래서 나도 작전을 달리하여 independent 한 짧은 문제부터 빨리빨리 답변하여 답안지를 작성하였다.

그리고 나서 주어진 given format에 따라서 항목 4개를 analyze 한 후 주어진 instruction에 따라 1/2/3이 맞으면 A, 1/3이 맞으면 B, 2/4가 맞으면 C, 4만 맞으면 D를 골라야 하는 문제들이 약 6-7개가 남아 있다.

지금까지 어찌 보면 순진하게 하나하나 다 읽고 나서 analyze 한 후에 답을 선택하였는데, 시간이 너무나 달리고 남은 시간 가지고는 도저히 다 analyze 할 수 없는 급박함에 부딪히자, 갑자기 이상한 아이디어가 머릿속에 번뜩였다.

내가 왜 굳이 하나하나 전부 다 analyze를 해서 맞고 틀리고를 판단하고 있는가?

가만히 보니 시간 내에 풀 수가 없는 것 같은데 아무리 봐도 순서를 달리해야겠다는 생각이 들었다.

주어진 instruction대로 답을 하되 일단 4가지 문장 중에서 제일 먼저 4번의 맞고 틀림을 판가름 후 2번의 문장의 맞고 틀림을 판가름한다면 나머지 1, 3번의 문장은 읽을 필요 없이 답이 나오는 것 같았다.

4가지 문장을 다 읽지 않고도 올바른 답을 할 수 있는, 시간을 단축할 수 있는 변칙적인 방법이었다.

결론은 아래와 같았다.

4번의 문장이 맞을 경우, 올바른 대답은 C와 D 둘 중 하나이니, 두 답의 차이점인 2번 문장을 보면 된다.

2번 문장이 맞다면 답은 C이며, 2번 문장이 틀리다면 답은 자동적으로 D가 되는 것이다.

마찬가지 방법으로, 4번이 틀린 문장이라면 답은 A와 B 둘 중 하나가 되는 것이고, 두 답의 차이점인 2번 문장을 보면 된다.

2번 문장이 맞다면 답은 A, 2번 문장이 틀리다면 답은 B가 되는 것이다.

이 모든 대답들은 1번과 3번의 문장들을 처음부터 읽지 않아도 고를 수 있는 방법이었던 것 같다.

그 촉박하고 다급한 시간 동안 이 방법을 사용해서 아슬아슬하게 남은 문제들을 겨우 완료하고 답안지를 제출하였다.

인생에 시험문제를 읽어 보지도 않고 답한 이런 일이 그 전에는 없었다.

그 후 40년이 지난 후에 언뜻 도서관에 있는 문제집을 볼 기회가 있었는데, 같은 format의 문제들이 조금 달라져 있었다.

1번과 3번이 맞으면 A, 1번과 4번이 맞으면 B, 2번과 3번이 맞으면 C, 2번과 4번이 맞으면 D와 같은 형식으로 변경되었다.

내 작전이 들통이 난 것인가?

바뀐 format으로 하면 문장 4가지를 전부 다 일일이 analyze 해야 하는 것 같다.

머리가 복잡하다.

나는 더 이상 시험을 칠 이유가 없는데 요즘 학생들이 다시 머리를 굴려 봐야 할 issue인 것 같다.

Biochemistry라는 과목은 화학구조의 structure가 굉장히 복잡하다.

Glucose structure부터 복잡한 amino acid라든지 fatty acid라든지, 육각형 carbon structure 위에 달라붙는 복잡한 chemical structure가 눈에 혼동스러울 정도로 머리가 아플 지경인데, science 중에서도 아주 핵심인 과목임에도 불구하고 담당 교수가 class beginning에 두 번의 중간시험은 multiple choice로 나오지만 마지막 final exam은 essay 형식으로 진행하겠다고 한다.

문과의 economics라든지 sociology 등의 subject에서 essay 시험은 아

주 흔하고 당연한 test format인데 science 과목 중에서 복잡한 chemical 구조를 가진 biochemistry를 essay 시험으로 보겠다는 것 자체가 너무 충격적이다.

예상 문제집에서 essay가 나오는 걸 들어 본 적도 혹은 본 적도 없다.

아니 어떻게 이렇게 복잡한 science의 복잡한 molecular structure를 essay로 낼 수 있는지 이해가 될 수 없다.

중간고사 두 번은 그런대로 multiple choice였기 때문에 여러 가지 chemical reaction과 거기에 수반되는 enzyme, co-enzyme 화학반응 같은 걸 모두 multiple choice question으로 그럭저럭 pass를 하였는데, 이제 나는 final exam을 전체 subject에 대하여 essay format으로 낸다는 자체를 가늠할 수가 없다.

하는 수 없이 다른 classmate들은 어떻게 생각하는지 물어보았다.

도대체 나는 biochemistry를 essay로 시험을 본다고 하니 어떻게 preparation을 해야 하는지 아느냐고 친구한테 물어봤을 때 대부분의 학생들이 본인들도 전혀 알 리가 없다는 식으로 대답을 한다.

어떻게 준비를 해야 할지 감을 못 잡아도 시험 날짜는 점점 다가오니 준비는 해야 하는데, 무엇을 어떻게 어디서부터 그 책 전체를 준비를 해야 하는지 막막해지기만 한다.

교과서나 참고서를 봐도 essay로 물어보는 질문은 하나도 찾을 수가 없다.

Previous class, 즉 우리보다 한 학년 위인 학생들에게도 그런 식으로 essay 형식의 시험문제가 나왔는지 물어보고 싶은데, 궁극적으로 어느 누구도 contact 하지 못하고 알아볼 수도 없는 상황이었다.

Final 시험 몇 주 전에 작전을 달리하였다.

주어진 situation에 걸맞게 준비하는 수밖에 없다.

지금까지는 recognition, 주어진 복잡한 구조를 눈으로 인지하고 대답을 했었는데, 이제는 혹시 복잡한 biochemical compound의 structure를 직접 써서 내라고 하면 이 구조를 만들어야 하니 모든 biochemistry에 나오는 structure들을 하나하나 내 스스로 백지 essay 책에 그릴 수 있도록 준비를 해야 한다.

그러니 guessing game은 도저히 할 수도 없고 무엇이 나올지도 모르니 철두철미하게 모든 복잡한 biochemical structure들을 연습장에 그리고 또 그리고, 종이를 찢고 또 그리고, 그 structure들이 다 맞을 때까지 구조를 완벽하게 그릴 수 있을 때까지 연습을 하였다.

그리고 나서도 어떤 문제가 어떻게 나올지 모르니 하는 수 없이 교과서의. each chapter마다 내가 학생이 아니라 반대로 교수의 입장에 있으면 어떤 내용을 꼭 알아야 하는지, 무엇을 알아야 하는지, 요구를 할 것인지 반대편 입장에서 생각을 하였다.

각 chapter마다 핵심적인 포인트, 중요한 점, 꼭 알아야 하는 key biochemical step은 무엇인가 생각하며 preparation을 하였다.

시험 날짜는 가까워져 오는데, 얼마 남지 않았는데, 준비를 하는 중에 이놈의 Washington 봄 날씨는 왜이리 꽃가루가 많이 날리는지, 꽃가루 알러지 반응이 너무 심하게 나타나기 시작한다.

재채기, 콧물과 더불어 눈이 따끔거리기에 하는 수 없이 drug store에 들어가 알러지 약을 사서 먹었는데, 그 당시에 약의 성분이 요즘만 못 하였던지 약을 먹은 즉시 콧물은 멈추고 재채기도 잦아들었는데, 다만 그 side effect(부작용)으로 졸음이 오기 시작한다.

한쪽이 좋아지는 중세이긴 한데, 그 반대 부작용으로 졸음이 오니 시험이 가까워져 가고 준비는 해야 하는데 졸음을 떨쳐 내기가 너무 힘들다.

시험 전 마지막 최후 점검을 하겠다고 나름 내 스스로의 test로 structure를 그려 보고 마지막 안간힘을 다 쓰고 있는데, 이번에는 별안간 아파트에 정전이 난다.

아니, 시험을 몇 시간 남겨 놓은 판에 시험공부 중에 정전까지 되니 한심하기 짝이 없다.

하는 수 없이 주차장에 있는 자동차로 가서 비상용 hand flashlight을 가져다 켜 놓고 또다시 공부를 하고 있는데, 손전등 배터리가 얼마 안 남았는지 약 십 분 후에 불빛이 약해진다.

도대체 언제 다시 정전이 restore되는지 알 수 없는 데다가 안 되겠다고 생각하여 한참 거리에 있는 지인의 집에 전화를 한다.

"형님, 그쪽 불 사정은 괜찮습니까? 여긴 정전이에요."

"아니 여긴 아무 일 없는데?"

"아, 그럼 저 내일 시험이 있는데 형님네 지하실에 앉아서 시간 조금만 보낼 수 있을까요?"

"그럼, 와. 와서 저녁도 먹고 가."

고맙기 짝이 없다.

다만 그 집에 갑작스럽게 들이닥쳤을 때 잠시 어린애까지 봐달라고 하면 큰일이다.

때마침 그날은 아이를 봐달라는 소리는 안 해서 다행이었다.

한두 시간 남짓, 대충 겉핥기로 어느 정도 준비를 하고 다시 아파트로 돌아오니 전기가 다시 들어와 있었다.

다음 날 아침, 그 전까지의 시험은 어느 정도 단단히 준비를 하고 달려들었는데, 오늘 시험은 대체 어떻게 나올지 전혀 알 수 없는 format이라 불안하기 짝이 없다.

아침은 뭘 먹을 여력도 없고 그냥 아무거나 남아 있는 초콜렛을 대충 챙기고 시험장으로 향했다.

빈(empty) essay 공책만 챙기고 시험장으로 향했다.

시험장에 도착해서 시험문제를 받았다.

7문제 정도 나온 것 같은데, essay book에다가 그리고 써 내라는 뜻인데, 각자 자기가 제일 마음에 들지 않은 한 문제는 선택하여 skip(탈락)해도 된다는 instruction이 주어진다.

40년이 훨씬 지난 지금 문제를 모두 기억하지 못하지만, 첫 번째 문제는 상상을 뒤엎었다.

"Question 1: 오늘 큰 biochemistry final exam을 앞두고 긴장된 상태로 아침 식사도 못 한 채 초콜릿 두 개만 겨우 삼키고 시험장으로 들이닥쳤다.

당신이 삼킨 밀크초콜릿이 어떻게 당신에게 에너지 차원을 발생시키는가를 biochemistry 포인트에서 대답하라."는 첫 번째 질문이었다.

헉!!

나는 복잡한 biochemistry 구조를 직접 그려 내어라는 정도의 수준을 기대하고 있었는데….

이게 도대체 무슨 시험문제가 이런 것인가?

그래도 자기가 원치 않은 한 문제는 skip 해도 된다는 freedom이 있으니 당연히 이 문제를 탈락시키고 다음 문제들을 계속 봤는데, 나머지 문제들도 지금 기억을 다 하지는 않지만, 읽어 보니 그 문제들도 모두 다 탈락시키고 싶어지는 심정이었다.

결국 하나도 마음에 드는 문제들이 하나도 없구나, 먼저 자신 있게 대답할 수 있는 질문이 하나도 없었던 것 같다.

그러니 1번을 탈락시키면 적어도 2번부터 7번까지 다 답변을 써야 한다는 계산이 되고, 다른 문제들 중 하나를 skip 하게 되면 반드시 1번 문제는 대답을 써야 한다는 계산이 나온다.

처음 몇 분간은 어느 문제를 탈락시킬까에 집중을 하다가, 모든 문제가 맘에 들지 않자 진퇴양난의 고민에 빠지게 된다.

마음을 다시 가다듬어야 했다.

어느 문제를 최종 탈락시키는 것이 중요한 게 아니라, 모든 문제들 전부 다 대답을 해야지만 이 course에서 살아남을 수 있을 것 같은 심정이었다.

그래서 굳건히 탈락시키는 문제에 집중을 할 것이 아니라 7문제 모두 다 답변을 쓰기로 마음을 고쳐먹었다.

다시 첫 번째 문제로 돌아갔다.

처음에는 이걸 어디서 시작으로 어떻게 답해야 하나 하는 아찔한 질문이었는데, 조금 마음을 가다듬고 생각해 보니 어떻게 대답을 해야 하는지 핵심 포인트에 대해 어렴풋이 조금 감이 잡히기 시작한다.

사람 몸이 glucose라는 에너지를 필요로 하는데, 그 glucose의 핵심적인 biochemical structure가 세포로 들어갈 경우 세포 속에 있는 화로 격인 mitochondria(마이토콘드리아) 내에서 힘의 원천인 chemical 요소가 발생한다.

질문 자체는 어떻게 milk의 구성 분자인 fructose가 mitochondria에 들어가서 화학적 반응인 Krebs cycle을 돌아 나와서, 힘의 원천인 Cyclic

AMP(C-AMP), 혹은 ATP에서 molecule이 등장하는지를 써서 내라는 질문 같다.

일사천리로 답을 써 내려간다.

밀크초콜릿의 구성분인 우유는 길게 연결된 fructose chemical의 지속인데 이것을 enzyme을 사용하여 long chain fructose를 짧게 자른 후, 다른 chemical enzyme을 이용하여 fructose를 glucose로 바꾼 후에 glucose의 molecule이 mitochondria에 들어간 후, 12시 방향부터 시작하는 each step을 시계 방향으로 돌아가는 Krebs cycle의 biochemical reaction이 일어날 때마다 각 step에서 enzyme과 coenzyme을 필요로 하는 chemical을 그려 놓고 이 structure에서 glucose가 시계 방향으로 계속 돌면서 어느 위치에서 에너지의 source인 C-AMP와 ATP가 나오는지 그려 넣었다.

그리고 산소 공급이 있을 때와 없을 때의 차이점도 써 내려간다.

이 biochemistry 과목을 공부하는 학생들 모두가 싫어하는 복잡함의 끝판왕인 Krebs Cycle의 모든 step마다 각각 설명과 그 복잡한 structure들을 그려 넣고, enzyme과 coenzyme이 필요한 설명도 그려 놓고, 각각 어디서 C-AMP와 ATP가 나오는지도 그려 넣었다.

이 한 문제만 쓰고 그려 넣는 데도 한 20-25분 정도 시간이 흘러갔다.

그다음 문제들은 기억이 나지 않지만, 뒤로 물러설 수 없는 사면초가이니 마구 그리고 써 내려가기 시작한다.

최대한 많이 맞길 바라면서.

무엇이 정답인지 전혀 모르면서.

나중에는 아예 더 이상 아는 것이 없으니 배 째라는 심정이었다.

Essay 시험의 단점이라고 하면 아무것도 주어지지 않은 백지상태에서 모든 걸 그려 나가야 하는 어려움이 있지만, 큰 장점은 전혀 동떨어진 틀린 답이더라도 아는 것이라도 그려 내게 되면 혹시라도 이 친구가 헛잡았는데 다른 분야는 좀 알긴 아네 하는 마음으로 일부분만이라도 정답 처리, 즉 partial-credit이라도 받을 수 있는 가능성이 있기 때문이다.

7문제의 답변을 모두 나름 그럴듯하게 쓰고 난 후에는, 어느 문제가 맞고 어느 문제는 틀렸는지 나 스스로는 잘 모르겠지만, 주어진 instruction대로 한 문제는 탈락시켜야 하기에 문제 하나를 콕 찝어서 X 마크를 표시한다.

'이 문제를 카운트하지 마시오'라는 무언의 메세지이긴 하지만, 그래도 꼭 6문제만 답변하고 한 문제를 빈 것으로 내는 것보다 7문제 모두 다 답변을 하고 낸다면 혹시나 내가 빼 달라고 표시해 놓은 질문이 오히려 맞고, 다른 문제가 완전히 틀렸을 시에 교수의 재량으로 적당히 봐달라는 심정이기도 하다.

다른 과목의 multiple choice 시험들은 모두 다 OMR 카드에 답을 마킹한 후 제출하고 나오면 불과 두세 시간 후에는 컴퓨터에 결과 그래프가 다 그려지고 나의 고유 번호의 performance가 그대로 출력되어서 엘리베이터 옆 게시판에 바로 결과가 붙지만, 이 essay 시험은 질문 하나하나 다 채점을 해야 하니 담당 교수의 assistant(조교)는 아마 PhD candidate들일 테니 답변 하나하나를 읽어 보고 채점을 한 후, 교수에게 보여 주고 마지막 confirm을 받고 과목 최종 점수를 post 하기까지 시간이 많이 걸릴 것으로 보인다.

Final exam이 끝나자마자 많은 학생들이 자기들 고향 집으로 잽싸게 달아나 버렸다.

나는 무엇이 맞고 무엇이 틀린지 모르기 때문에 불안하기 짝이 없다.

만약 낙제를 받아서 재시험을 쳐야 하면 어쩌지 하는 불안감은 어쩔 수가 없다.

이런 식으로 또 한 번 지나가야 한다면….

그런데 다른 시험지는 정답을 발표는 해 주는데, 이 시험은 정답이 무엇인지도 posting 해 주지 않으니 더욱 더 불안하기 짝이 없고, 만약에 재시험을 쳐야 한다면 준비를 처음부터 다시 어떻게 해야 하는지 난감하기만 하다.

똑같은 문제가 다시 나온다 하더라도 정답이 무언지 모르는데….

그래서 시험 결과가 더욱더 궁금하여 2-3일 이후 주기적으로 아무도 없는 교실 쪽의 display판으로 차를 몰고 들어와 쓱 훑어보고 가는데, 올 때마다 하나도 시험 performance에 대해 고지가 있지 않다.

3일 정도마다 초조한 심정으로 계속 basic science building을 드나들면서 final exam 성적이 나오길 초조하게 기다린 지 2주 정도 후에 엘리베이터 옆 게시판에 final grade가 공고되었다.

초조한 심정으로 내 고유 identification number가 적힌 줄을 찾아보니 'High Pass'라고 적혀 있었다.

너무나 놀랐다.

지금까지의 대부분의 과목들이 pass 혹은 fail만 목맸었는데 처음으로 'high pass'라는 점수가 있다는 걸 알았다.

한편으로는 안도의 마음이, 그러나 그보다 더 괘씸한 생각이 들었다.

Pass를 했으면 조금 더 빨리 공지를 해서 알려 줬어야지, 이렇게 애간장 타게 만들어 놓고 궁극적으로 essay 시험의 점수는 알 수는 없고 최종

course 성적으로만 HP가 등록된 것이다.

패스했다고 생각하니 더욱 더 괘씸한 생각만 잔뜩 들게 된다.

이걸 조금 더 빨리 알았더라면 다른 친구들처럼 마음 놓고 타 지역으로 놀러 갔을 텐데, 아깝게 아무것도 못 하고 꼬박 결과만 기다리다 억울하게 총 방학 기간인 6주 내지 8주에서 2주를 아무것도 못 하고 날린 셈이 되어 버리는 것이었다.

당연히 기분 전환 겸 매주 월요일이면 항상 시험으로 찌들었던 이 장소를 벗어나기 위하여 간단히 짐을 싸 가지고 자동차에 싣고는 미국 대륙 횡단 vacation으로 캘리포니아 서부 쪽으로 차를 몰고 달려갔다.

처음으로 대륙 횡단을 해 보니 전혀 알지 못했던 패턴이 일어났다.

어느 주를 진입하는데 한 5-10분 지나자 아침 일찍 어느 한 사람이 highway patrol한테서 속도위반 딱지를 떼고 있었다.

아침 일찍부터 좀 너무했다고 생각하고 지나쳤는데, 그 딱지를 뗀 운전자가 30분 정도 지나자 어마어마한 속도로 내 옆을 지나갔다.

아마 그 사람은 아침부터 재수 없게 속도위반 딱지를 뗌으로써 억울한 마음을 표출하기 위해 더 빨리 달리는 것 같았다.

그러나 그렇게 내 앞에서 순식간에 사라진 그 차, 몇 시간 지나니 또 똑같은 차가 또 내 옆으로 지나갔다.

아마 그 친구는 나와 주유하는 시간이나 화장실 가는 시간들이 달라 서로 앞서거니 뒤서거니 하는 패턴이었다가, 두세 시간 후에는 점심시간이 엇갈려서 그런지 내가 한참 달려가는데 또 무서운 속도로 나를 지나쳐서 갔다.

그날 하루 동안 세 번 이상 그 친구랑 마주치게 되었는데, 두세 시간 정도 후에는 그 주를 벗어나기 한 10분 전에 아깝게도 그 친구는 또 갓길에 highway patrol에 의하여 정지되어 티켓을 떼고 있는 것을 봤다.

그는 아마 화가 나서 상당히 오랫동안 경찰관과 씨름하는 것 같았다.

되게 운도 없는 친구였다.

하루에 두 번, 즉 주에 진입할 때 한 번, 그 주를 벗어나기 전에 한 번, 속도위반 딱지를 떼었으니 어떤 면에서 참 대단한 친구다.

그리고 뉴멕시코주를 지날 때 중간 정도에서 나는 인디언의 공격을 받았다.

갓길로 선 내 차에 approach 하는 highway patrol officer, 분명 복장은 highway patrol 유니폼이었지만, 골격은 영락없는 이 근처에서 유명했던 Navajo(나바호족)의 인디언이었다.

나는 제한속도보다 빠르지 않았다고 주장했으나 씨알도 안 먹혔으며 하소연해도 방법이 없었다.

결과적으로 캘리포니아주에 도착해서 하는 수 없이 벌금을 우편으로 송금하였다.

그러나 그 당시 우편으로 송금하는 것은 그나마 다행이었다.

요즘 어떤 주들은 교통 위반으로 걸렸던 그 카운티의 courthouse에 직접 출두하여 벌금을 납부해야 하는 상황들도 있다.

대륙 횡단을 하다가 거주하지 않는 주에서 딱지를 떼었는데 직접 출두를 해야 한다면 지정된 날짜에 비행기를 타고 날아가서 직접 출두를 한 후에 벌금을 납부해야 하니, 우편으로 보낼 수 있는 것은 정말 lucky 한 상황이었다.

그 후, electronic device가 발전하기 시작하자 더욱더 편리해지기 시작했다.

Radar detector가 나타나서 여기에 눈독을 들였다.

한번 사서 장착을 하니 참 편하기 그지없다.

Police가 radar를 쏘기 전에 다른 차에 bounce된 X-band나 K-band가 내 radar detector로 들어와서 빨간불의 경고가 나타나면 나도 잽싸게 그 근처에서 속도를 줄이고 지나가면 영락없이 highway patrol이 숨어서 속도위반 차량들을 단속하고 있어도 나는 무사히 잘 지나갈 수 있었다.

그런데 technology가 발전하고 레이저가 등장하니 그나마 radar detector도 highway patrol이 직접 날 aim하고 레이저를 그대로 쏘게 되면 그 빠른 laser speed 때문에 나의 detector가 경고등을 켜고 내가 브레이크를 밟기까지의 속도로는 교통법 위반 고지서를 피할 수가 없었다.

나의 속도가 경찰관이 쏘는 speed gun에 정확하게 찍힐 수밖에 없는 타이밍 때문에 이런 경우에서는 나도 어쩔 수가 없었다.

Chapter 4.

# 의대 본과 2학년 때

매주 월요일마다 들이닥치는 시험들 때문에 한 번도 의과대학 교육이라는 subject에 대해서는 생각해 볼 겨를이 전혀 없었다.

　그런데 모든 것을 다 끝내고 먼 거리에서 다시 생각해 보니 의과대학 curriculum은 결국 1학년 때는 사람의 정상적인 기능과 구조가 어떻게 되었는가가 핵심 포인트이고 2학년 때는 결과적으로 사람 몸에서 일어나는 잘못된 병적인 pathologic condition이 어떤 것이 있는가를 배우는 것이 주 subject인 것 같다.

　그러니 학생들을 괴롭히는 1학년 때는 아무래도 해부학이 제일 골칫덩어리고 2학년에 올라와서는 병리과인 pathology 과목이다.

　들고 다니는 책 사이즈가 다른 과목의 3배 정도 되는 두꺼운 volume이다.

　이 책 한 권만 들면 다른 과목의 전공 서적을 들 수 없을 정도로 무겁다.

　그리고 읽어야 할 분량이 너무나도 많은데, 한참 읽다 보면 조금 전에 읽은 내용이 다 기억에서 무엇을 읽었는지 없어지는 판이다.

　거기에다가 어떤 내용이 중요하고 어떤 내용이 덜 중요한지도 모르겠고, 알지도 못하는 단어들도 마구 등장한다.

영한사전을 들춰 봐도 그런 설명이 하나도 있지가 않다.

그 당시 그 지긋지긋한 혼동되는 단어들, fibrin, fibros, fibrinolous 등등 전부 'fib-'로 시작하는 많은 단어들이 있는데 하나도 제대로 분간을 못 하니 모든 문장이 다 혼동스러워진다.

나는 항상 과목에서 처음에 주어지는 시험을 망치는 징크스가 있다.

이 pathology 시험도 똑같은 패턴을 반복한다.

첫 번째 시험은 평균 점수에 훨씬 못 미치는 결과가 나타났다.

그나마 1학년 때에 physiology(생리학) 시험은 점수가 시험마다 각 75점 이상이어야 패스인데, 이 과목은 total 끝에 가서 평균 점수가 75점이면 pass이니 아직 희망은 있는데, 첫 번째 subject별로 그리 중요치도 않은 일종의 사람 몸에 상처를 입었을 때 어떻게 아무는가(healing) 하는 subject임에도 불구하고, 평균 점수에서 꽤 떨어진 점수를 받았으니, 그다음에 다가올 더 큰 subject, 심장, 폐, 콩팥, 간, 임파선, 뇌 등등 수두룩하게 많은데 무언가가 굉장히 헛짚고 있다는 위기감을 느낄 수밖에 없다.

그러니 공부하는 방법을 바꾸지 않고서는 계속 허덕이게 될 것이 뻔한 결론으로 이어진다.

그러니 우울해질 수밖에 없다.

그 무거운 책을 들고 pathology department 교실 근처를 지나가면서 그곳에 붙어 있는 옛날 50년 내지 100년 전에 졸업한 학생들의 historical picture들을 향해서 화풀이를 한다.

저기 먼저 졸업한 대선배님들, 나는 지금 이렇게 무거운 책과 그 많은 분량의 공부에 허덕이고 있는데, 선배님들은 우리 학교에서 같은 diploma를 받았을 텐데 그 당시 별로 알려지지도 않은 pathology 공부, 별로 어려울 게 없었을 텐데, 어떻게 학교 당국에서는 같은 diploma를 줬을까 하는 형편없는 망상에 젖어 본다.

그나저나 그 historic 한 사진을 보고 쏟아 내는 화풀이는 아무런 도움이 되지 않는다.

하는 수 없이 또 책을 읽기 시작한다.

이 pathology subject은 어찌나 방대한지 그럼에도 불구하고 전 분량을 한 semester 내에 다 끝을 내니, 불과 3-4개월 만에, 그 진도가 매우 빠를 뿐만 아니라, 교수님이 주는 lecture도 중요 포인트들만 수박 겉핥기식으로 강조할 뿐 나머지 자세한 내용은 알아서 책을 읽고 시험에 임하라는 그야말로 각자도생으로 견뎌 내라는 스타일이다.

결국 위기의식을 느낀 나는 첫 번째 시험처럼 준비하다가는 또다시 형편없는 점수로 기결될 것을 예상하여 무언가 어떻게 해서든지 공부하는 format(방식)을 바꿔야겠다고 발버둥친다.

결국 시험문제에서 틀린 포인트를 다시 책에서 찾아서 시험문제를 거꾸로 맞춰 본다.

몇 번 틀린 문제를 다시 교과서에서 찾아서 읽어 볼 때에 아주 구세주 같은 결론을 터득하였는데, 나는 무심코 pay attention 안 하고 그냥 읽어 내려간 어느 부분들이 알고 보니 교과서에서는 글씨체가 반듯이 보통 글씨체의 두 배의 크기로 굵고 크게 쓰여진 것을 발견한다.

읽을 때는 그 글씨체 size difference의 의미를 몰랐는데, 거꾸로 답을 찾아보니 모든 문제의 답변들이 이 굵은 글씨가 핵심 포인트라는 것을 깨달았다.

결과적으로 교과서를 만들어 낸 사람이 강조하기 위하여 다른 글씨들과 다르게 두 배의 크기인 글씨체를 썼음에도 불구하고 나는 별다르지 않게 생각하고 읽어 내려갔기 때문에 어떤 것이 중요하고 어떤 것이 덜 중요한지 전혀 감을 못 잡고 허덕이고 있었던 것이었다.

아, 이 두꺼운 pathology 서적의 key point들은 모두 다 이렇게 두껍고 살짝 크게 쓰여진 글씨체로 구분을 할 수가 있구나, 하는 걸 이때 알게 되었다.

어떤 때에는 괘씸한 생각이 들었다.

차라리 이렇게 중요한 포인트는 책 첫장인 앞머리에 clear 하게 '이 책을 읽을 때에는 굵게 쓰여진 character들은 반드시 이해하고 지나가야 하는 포인트이다'라는 문장만 있어도 첫 번째 시험을 그렇게 못 보지는 않았을 텐데.

그나마 위안은 physiology와는 달리 하나하나 시험 다 75%를 받아야 하는게 아니라 overall course에서 총 75%를 넘게 받으면 패스하는 것이기 때문에 아직 희망이 있다는 것을 알았으며, 이제 이 많은 분량을 읽으면서도 반드시 두껍고 굵게 쓰여진 문장들은 그 부분의 key point라는 걸 확실히 느꼈다.

그리고 나니 이렇게 중요 포인트 위주로 condensation(축소)을 시작하니 모든 것이 그 많은 분량에서도 핵심 포인트를 알았기 때문에 자신감이 조금씩 생기기 시작하였다.

그렇게 준비를 하고 왔건만 또 한 번 이상한 문제에서 막히게 되었다.

분명 그 subject을 이해한 시험문제였는데, 도대체 주어진 답 보기 B), C), D), 정확히 기억나지 않지만 예를 들면 B) hypersion(고혈압), C) diabetes(당뇨), D) smoking(흡연) 모두 답이 와닿지가 않는다.

그러나 보기 A)는 의학적 용어와는 전혀 상관없는 간단한 영어 단어인데 한 번도 본 적이 없는 이상한 단어다.

A) Nulliparous.

이게 대체 무슨 단어란 말인가.

Pathology 교과서에서나 교수님이 화면에 project 한 강의에서 한 번도 이런 단어를 본 적 없는 전혀 알지 못하는 단어가 A)에 나와 있다.

그러니 고민이다.

내가 무엇을 잘못 이해해서 B), C), D) 중에 답이 있는데 그걸 찾지 못하고 있는 것인지, 답이 하나도 마음에 들지 않는데 그렇다고 알지도 못하는 단어 A)에다가 동그라미를 치려고 해도 너무나 마음에 와닿지 않는다.

하는 수 없이 이 문제는 다시 돌아와서 나중에 생각하기로 하고 다음 문제로 넘어갔다.

그러나 다음 문제를 푸는 와중에도 계속 조금 전 그 문제가 생각이 나면서 내 머리를 계속 괴롭힌다.

Nulliparous의 의미가 무엇인가?

단어의 뜻을 모르니 해결책은 과감하게 시험 감독하는 교수 앞에 나가 '교수님, 이 단어의 의미가 뭡니까?' 하고 묻고 싶은데, 그분은 나한테 그 의미를 가르쳐 줄는지도 모르겠고, 오히려 자기는 그냥 시험만 conduct 하고 조용히 답안지만 받아서 나오라는 지시만 받았다고 하실 수도 있고, 또한 시험지에 나온 단어에 대해서 질문하면 안 된다고 딴지를 거는 학생들도 있을 것 같았다.

그러니 이건 완전히 단어의 의미를 모르는 나 혼자만 끙끙 앓아야 하는 고민이다.

다른 친구들은 다들 의미를 아는데 나만 모르는 것 같다.

아니면 할 수 없이 제일 그럴듯한 보기 D), 흡연에다가 동그라미를 칠까 하는 생각도 들었다.

차라리 질문 자체를 몰라서 오답을 택한다면 덜 억울할 텐데, 문제의 핵심 포인트가 무엇인지까지 이해했는데, 그 답으로 쓸 수 있는 답이 없다.

마음을 잡지 못하고 답안지 제출 시간이 다 되자 아이들이 앞으로 나가 답안지를 내고 시험장을 나가기 시작한다.

나도 그 순간까지 마음을 정하지 못했다.

무슨 뜻인지 알지 못하는 단어인 A)를 답이라고 써서 제출할 건지, 아니면 내가 뭘 잘못 알아서 D)가 정말로 정답인데 아니라고 헛짚고 있는 건가 하고 고민하다가 결국 나도 하는 수 없이 답안지를 제출하기 위해서 감독 선생님 앞으로 걸어 나갔다.

바로 내 앞의 애가 답안지를 내고 옆으로 빠지자 나는 그 순간 어차피 내가 그 문제의 정답이 무엇인지 알려 달라는 것이 아니니, 그냥 밑져야 본전이라는 생각으로 그냥 과감히 선생님께 물었다.

"선생님, nulliparous라는 단어의 뜻이 무엇입니까?"

나 스스로도 어디서 그런 용기가 나왔는지도 모르겠다.

그런데 전혀 예상치 못한 나의 질문에 선생님한테서 답변이 나오기도 전에 내 뒤에서 답안지를 제출하려고 서 있던 학생이 먼저 얘기해 준다.

"Which means no pregnancy."

그 학생은 다른 학생 옆에서 본인이 답을 빼먹지 않고 다 적었나를 확인하는 듯한 다른 학생에게 그렇지 않냐는 식으로 질문을 한다.

"Isn't it? (그렇지 않니?)"

그러니 그 학생도 고개를 끄덕이면서 맞장구를 친다.

"Correct, which means no prior pregnancy."

그 'pregnancy'라는 단어를 듣자마자 별안간 '바로 이거다!' 하는 생각이 뇌를 스쳤다.

그 문제의 답이 번쩍였다.

임신과 관련된 답이 틀림없었다.

그 줄에서 옆으로 순간 벗어난 후, 내 답안지에 그 질문의 답으로 A)를 동그라미 치고 나왔다.

얼마나 속 시원한 상황이었던가.

모르는 문제를 틀리면 덜 억울했을 텐데, 아는 문제를 모르는 단어 하나 때문에 틀린다는 게 얼마나 억울한 일인지 한 문제, 한 문제 살얼음판을 걷듯이 지나간 많은 시험문제들 중 영원히 잊지 못할 단어가 되어 버렸다.

원판 chapter 9에 등장한 군의관은 citation이라는 단어는 그분에게 영원히 잊지 못하는 단어가 되었고, 나에게는 이 nulliparous라는 단어가 일생 동안 잊지 못할 단어가 되어 버렸다.

다른 학교와의 lecture style이나 content를 비교할 길은 없으나 우리 학교에서는 병리과 lecture가 진행되는 도중에 소그룹으로 나뉘어져 이 대학병원에서 치료를 받다가 사망한 환자들의 케이스들을 곧 다가올 다음 학년에서의 임상 training을 시키기 위하여 소그룹으로 나뉘어진 discussion session들이 있다.

입원환자 사망까지의 병원에서 벌어진 일지를 축소하여 case study로 나누어서 종이를 distribute(분배) 하고 각 학생들이 몇 pathology 교수들에 의하여 나뉘어져 들어가서 집중적으로 질문에 대답을 한다.

우리는 각자 받은 종이를 그 수업에 들어가기 전에 최대한으로 책을 찾아보고 질문이 어느 쪽으로 나올지 모르니 최대한 방어할 수 있게끔 내용을 숙지하고 준비했다.

한 문장 한 문장 읽어 내려가면서 아무 때나 선생님이 잠시 멈추라고 하고는 질문을 한다.

분명코 폐에서 발견된 균인데 이상하게도 똑같은 균이 stomach, 위장에서도 발견이 되었다.

선생님은 reading을 stop 시키고 질문을 한다.

어떻게 폐에서 발견된 똑같은 균이 위장에서도 발견되었냐고 물어본다.

임상경험이 없는 나는 과감하게 direct penetration, 즉 직접 번졌다고 했다.

아주 무모한 대답이 될 수 있다.

마포에서 여의도로 균이 헤엄쳐서 건넜다는 비유가 될 것 같다.

선생님은 옆 사람한테 또 물어본다.

그는 제법 그럴듯한 대답을 한다.

아마 패혈증이 있었으니 피를 통하여 번졌다고 한다.

그것도 정답이 아니었던 모양이다.

하는 수 없이 그 옆에 있는 다른 학생은 pathology 공부를 하는 학생답게 더 그럴싸한 임파선, 즉 lymphatic channel을 통하여 건넜다고 한다.

그러나 그것도 답이 아니었다.

또 다른 그 옆의 학생은 뭐라고 대답을 했는지 기억하지 못하지만 전부 선생님이 원한 대답이 아니었다.

모두 틀리자, 선생님은 우리가 생각을 할 수 있도록 조그마한 힌트를 줬다.

전 학년에 배운 anatomy stucture에 의하면 폐에서 위장으로 어떻게 해부학적으로 연결이 되는가 한다.

순간 아무리 봐도 폐에서 위장으로 연결되는 tunnel은 존재치 아니한다.

그렇게 puzzling한 입장에 놓여 있는데 머리 좋은 여학생 한 명이 대답한다.

Anatomical connection이 있다고 하면 반드시 목구멍을 통했어야 한다고 한다.

그제서야 선생님께서도 맞장구를 친다.

"Exactly!"

폐에서 생긴 염증이 결과적으로 가래 형태로 목구멍으로 올라왔는데 무언가 올라올 때마다 바깥으로 내뱉을 상황이 안 되었던지 환자가 그것을 삼켜 버렸다고 한다.

그렇게 위로 염증이 들어갔다고 한다.

임상경험이 없는 우리는 전부 생각도 못하였는데, 이 여학생은 폐하고 위장에서 멀리 떨어진 throat 혹은 pharynx까지 생각을 했던 것이다.

순간 감탄할 수밖에 없었다.

같이 같은 anatomy 수업을 끝낸 학생들인데 어떻게 저 여학생은 저기까지 생각을 할 수 있었던 것인가?

나는 사실 여자애들이 머리가 좋다는 것을 국민학교 2학년 때 벌써 터득했다.

국민학교 선생님은 우리들한테 "어린이 여러분, 우리가 감기 몸살이 있을 때는 내과 의원을 찾아가고 맹장염처럼 배가 아플 때는 외과 병원을 찾아갑니다. 그러면 우리가 코나 귀나 목이 아플 때는 어느 병원으로 갑니까?" 하고 질문했었다.

고사리 같은 손들이 "저요, 저요!" 하면서 자신 있게 든 학생들이 많다.

선생님은 randomly(무작위로) 한 학생을 뽑아서 칠판에 답을 쓰게 하는데 그 학생은 '이비누과'라고 썼다.

선생님은 틀렸다고 하고 다른 학생을 부르는데 그 학생은 '이빈누과'라고 썼다.

다른 학생이 또 나갔는데 그 친구도 틀린 답을 썼다.

나는 손을 든 거 같지 않은데 선생님은 나를 지적한다.

그러나 나는 걸어 나가면서 칠판에 쓴 애들이 전부 맞춤법이 틀렸다는 것은 알았다.

나는 과감히 '이빈후과'라고 썼다.

당연히 이것도 선생님이 틀렸다고 했다.

'아이 쪽팔려.'

그다음 학생도 틀렸는데 부반장의 영희를 지적한다.

영희는 우리 반에서 아주 예쁜 친구였지.

걸어 나가는 뒷모습도 우아했고 영희의 어머니도 꽤나 미인이셨다.

영희는 양 갈래로 머리를 땋고 다녔는데, 양쪽 머리 끝에는 예쁜 리본도 묶었었다.

흔한 김, 이, 박 같은 성씨를 가진 친구는 아니었지만, 오히려 최, 정, 전 같은 성을 가지고 정말 예쁘고 똑똑했어.

이 영희는 선생님 부름에 사뿐히 칠판 앞으로 나가서 '이비인후과'라고 정확하게 답을 적었고 선생님께 많은 칭찬을 받았다.

그때 나는 느꼈다.

여자애들 머리가 좋다는 걸.

의과대학 수업에서도 방금 맞은 대답을 한 여학생도 그렇고, 의과대학을 졸업할 때 최우수 성적을 거둔 학생도 인도계 여학생이었다.

그때 분명히 느꼈다.

요즘 논문에서도 여성들의 머리가 두뇌 발전이 남성들과는 다르기 때문에 훨씬 지능이 빠르다는 말이 있는데, 그런 발표가 나오기도 훨씬 전에 나는 이 사실을 터득하고 있었다.

'남자애들은 여자한테 대적하면 안 돼.'

이것이 내가 내린 중요한 결론이었다.

Condition이 악화된 환자는 결국 사망하였다.

선생님은 이 환자의 결정적 사망 이유는 무엇이냐고 묻는다.

나는 congestive heart failure(울혈성심부전)라고 대답했다.

다른 학생은 DIC(파종성 혈관내 응고) complication이라고 했고, 또 다른 학생은 kidney failure(신부전)이라고 대답했다.

서로가 다 다른 결론으로 되어 버렸다.

선생님은 사망한 환자의 각 장기의 부검 결과인 pathologic slide를 프로젝트로 보여 주셨다.

그럼에도 불구하고 어떤 때에는 무엇이 정답인지 그 순간에도 모르겠다.

이렇듯 처음 beginning에는 마구 헛스윙으로 대답들을 하였으나, 코스가 후반으로 진행될수록 우리의 대답도 점점 날카롭게 다듬어졌다.

결국 우리는 3학년 임상 때 환자를 앞에 두고 해야 할 여러 가지 질문의 대답을 환자 없이 paper상으로 2학년 초기에 training 되어 가고 있고 다듬어지고 있었다.

소그룹으로 나뉘어진 pathology discussion class는 우리 담당 선생님은 딱딱한 분위기의 classroom에서 벗어나 어느 날 자신의 집으로 우리들을 초대했었다.

나는 남의 집에 갈 때 빈손으로 가면 안 된다고 교육받았기에 무엇을 가져갈까 고민했고, 가는 길에 꽃집에 들러서 조그마한 꽃다발을 들고 갔다.

도착해 보니 주택은 아니고 작은 아파트 형식의 콘도였다.

학교에서 멀지 않고 상당히 깔끔하고 깨끗한 콘도였다.

알고 보니 뭘 들고 온 학생은 나밖에 없었다.

다른 친구들은 개의치 않다는 듯 아무것도 들고 오지 않았다.

그 당시 조금 awkward 한 포인트는 나는 남의 집에 들어갈 때 신발을 벗는 환경에서 자라왔는데, 다른 친구들은 신발을 벗지 않고 들어가고 했었다.

오히려 신발을 벗지 않은 친구들이 날 보더니 이상한 눈치를 주길래 그냥 나도 신고 들어갔지만, 깨끗한 집 안으로 신발을 신고 들어가자니 께름칙한 느낌이었다.

사람들을 집으로 초대했으니 음식도 많이 차려져 있거나 좋은 음식들이 많이 나올 것으로 기대했는데, 준비된 set-up은 깔끔했지만 먹을 만한 건 별로 없었다.

과자 부스러기인 크래커들과 다양한 맛의 치즈 덩어리만 놓여져 있고, 당연히 거기에 수반되는 soft drink들이 몇 잔 있었다.

지나고 보니 그나마 학교 다닐 때 교수에게 초대받아서 집으로 가게 된 유일한 이벤트였다.

이 pathology 과목은 상당히 추억이 많이 남은 subject이었다.

우리를 가르친 교수 중에 상당히 깔끔하고 깨끗하고 잘생긴 젊은 백인 교수가 있었는데, 그는 안타깝게도 소아마비 증세가 있어서 항상 몸을 지탱하기 위한 clutch 지팡이를 짚고 수업을 진행했었다.

그러나 우리를 가르치고 난 이듬해에 사망했다는 안타까운 소식을 접했다.

참으로 하나님은 불공평하시다.

저렇게 어려운 공부를 잘 해내고 젊은 나이에 respectable 한 부교수까지 성취한 그 젊은 선생님이 너무나도 젊은 나이에 세상을 떠났다는 게 너무 안타깝다.

그분은 젊은 나이에 목숨을 잃을 정도의 무슨 지병을 앓았길래 이렇게도 빨리 가 버린 걸까?

병리학을 공부하고 있는 학생들이었지만 쉽게 이해하지 못한 어려운 일이었다.

우리에게 pathology lecture를 주신 몇몇 분의 선생님들 중에 한국분도 계셨다.

전병규 박사님이었는데, 한인 1세로서 그정도 position에 올라와서 미국 의과대학 본과 학생들을 상대로 basic science lecture를 하시다니 상당한 실력임에 틀림없다.

미국에서는 basic science teacher는 임상 clinical teacher들보다 더 많은 respect를 받는다.

한인 1세 치고 영어 발음 또한 전혀 부자연스럽지 않은 깔끔한 영어였는데 그 lecture가 끝난 후에 사무실로 찾아가 인사를 드렸다.

박사님은 나를 상당히 반갑게 맞아 주셨다.

그리고는 덕담까지 해 주셨다.

"나는 2학년 학생들을 가르쳐서 이미 잘 알지만, 1학년 학생들이 어려운 공부를 끝마치고 2학년으로 올라온 것을 보면 김군은 참 대단해."라며 덕담을 해 주셨다.

그러면서 전혀 알지 못했던 얘기를 들려주셨다.

"실은 한 4년 전에 자네보다 먼저 들어온 한국 여학생이 하나 있었지. 아마 서울에 있는 유명한 여자 의과대학의 학생이었을 텐데, 안타깝게도 1학년 때 해부학의 어려움을 넘지 못했어. 학교는 나름 그 학생을 구제하기 위하여 2학년으로 진급한 학생을 붙여 private lesson을 줘서라도 시험을 통과하기를 밀어주었는데 그나마 그것도 운이 없었는지 만들지를 못했어."

학교를 졸업한 후 수련의 과정에 있을때 그 박사님 소식을 들었다.

미국을 떠나서 한국으로 돌아갔는데 어느 대학인지 알 수 없지만 그곳에서 의과대학 학장으로 임명되셔서 후배 양성에 열정을 보이신다는 얘기가 내가 그분에 대해 들은 마지막 정보였다.

내 친구 중에 Lichtenstein이란 학생이 있었다.

발음은 유럽에 있는 나라와 비슷한데 철자는 조금 다르다.

그 친구의 성은 기억나지만 그 흔한 first name(이름)이 기억나질 않는다.

그는 탈의실에서 내 바로 옆 로커를 쓰고 있었다.

한 학년의 2학기에는 유일하게 기다려지는 vacation은 봄 학기인 Easter vacation이다.

대부분은 중간고사가 끝나고 그 다음 여러 가지 공부가 이어지는데, 이 봄방학에 해당되는 기간에 한 일주일 정도 휴식이 있다.

어느 날 내가 로커룸에서 내 사물함을 열고 있는데, 그 친구가 와서 말을 건다.

일이 있어서 학교를 어제 하루 못 나왔는데 중요한 거 뭐 놓친 거 없냐는 그 친구의 routine 한 질문이었다.

학생들은 주말이 되면 금요일에 학교를 떠나 고향 집으로 갔다가 토일 쉬고 월요일까지 도착하기 힘든 친구들이 가끔 월요일을 빼먹는 건 이해가 가는데, 봄방학인 일주일을 꽉 채워 놀고도 월요일을 하루 더 빼먹는게 이해가 되지 않았다.

대체 무슨 좋은 일이 있었길래 월요일 하루를 더 빠진 거냐고 그에게 물었다.

그는 뭔가 흐뭇한 듯이 Daytona Beach에 다녀왔다고 한다.

그런데 나는 Daytona Beach가 플로리다주에 있는 해변 이름이라는 건 알고 있는데 그 해변가 이름에 함축된 여러 가지 의미를 이해하지 못했다.

그는 나의 반응이 그가 생각한 것보다 맞장구가 없으니 그제서야 그는 생각이 난 듯이 얘기한다.

"아 참, 너는 대학 예과 학부는 서부에서 했지?"

그리고 그는 동부에 있는 tradition에 대해서 얘기해 준다.

서부는 늘 날씨가 온화하기 때문에 특별히 어디로 어느 날 놀러 가야 하는 이유가 없다.

서부에서 그나마 그 당시, 1960-1970년대에 많이 놀러 가던 곳은 팜 스프링(Palm Springs)라는 온천 동네가 있다.

허나 지금은 LGBTQ 커뮤니티로 바뀌었기 때문에 팜 스프링이란 단어는 거의 이름을 꺼내지 않는다.

그러나 동부에서는 알고 보니 봄방학 시즌 때에 데이토나 비치라는 곳으로 달려가는 게 하나의 큰 tradition이자 routine 겸 크나큰 이벤트였던 것이다.

그는 'that's the place all the actions are at'이라며 크게 놀 수 있는 중요한 장소라고 설명해 준다.

이 Daytona Beach는 큰 포뮬러1 자동차 경주의 Indianapolis 500 같은 자동차 경기도 유명하지만, 더욱더 유명한 것은 동부의 겨울에 눈과 악천후의 기후에 움츠렸던 친구들이 봄방학을 맞이하여 추운 겨울 동안 쌓였던 욕구를 분출하며 놀 수 있는 장소로 유명하다.

이 Daytona Beach의 Daytona라는 단어는 유명한 영화배우 Paul New-man이 차고 있던 롤렉스 시계인 모델 이름이기도 하다.

우선 이 Daytona Beach에 들어가는 자격을 부여받는 dress code는 남자는 반바지에, 웃통은 벗어도 좋고 아니면 간단한 upper wear면 충분하고, 여자는 당연히 배꼽이 드러나는 핫팬츠나 셔츠, 혹은 비키니가 기본이다.

남자 여자 모두 머리에 cap을 써야 하는데, 여자는 햇빛을 막아 주는 앞창 모자이지만, 남자는 그 모자를 거꾸로 써야 한다.

그리고 여자나 남자나 서로 컴컴한 선글라스를 써야 한다.

그래야지만 서로가 음흉하고 응큼한 짓을 해도 서로 죄의식을 느끼지 않는다.

그리고는 백사장에 크게 설치된 무대에서 나오는 광적인 음악들로 하여금 흥을 돋구고, 계속해서 부어 주는 각종 술들로 채우지만, 경찰관들의 풍기 문란 vice squad 때문에 hard liquor는 금지되었고 주로 무알콜이나

low-alcohol 맥주들이 대부분이었다.

그리고 그 무대가 끝나면 각자 호텔이나 모텔의 수영장에서 계속 이벤트를 이어 간다.

그 tradition이 계속 내려와 요즘도 봄방학 때 광적인 젊은 학생들의 모임은 그 훨씬 아래에 있는 Miami까지 도달하여 온 시내가 Cuba 쪽에서 건너온 Latin 쪽 민족들과의 mix-up들로 아주 광적인 놀자 판 축제가 벌어진다.

이 겉잡을 수 없는 annual 행사에 경찰들은 통행금지까지 만들어 자정 12시부터 새벽 5시까지 시내에 사람들이 나오지 못하게 제제를 가한다.

그리고 몸에 축적되는 알코올 농도 때문에 시간이 갈수록 정신이 혼미해지기 시작한다.

학교로 돌아가기 위해서는 적어도 이틀 정도의 거리이니 늦어도 토요일에 출발해야 일요일 밤에 학교 근처 아파트로 돌아올 수 있는 학생들인데, 시간이 가면 갈수록 여러 가지 아쉬운 이벤트가 많았는지 좀 더 끝을 보기 위하여 학교를 빼먹으면서 마지막까지 일을 저질렀던 모양이다.

그가 나한테 'hop into the panty(팬티 속으로 뛰어들다)'라는 문장의 의미를 가르쳐 준 첫 친구였다.

그러니 요즘 여자애들을 가진 학부모는 자기 딸이 Easter vacation 동안에 Daytona Beach에 있다고 하면 기를 쓰고 차를 몰아 '수렁에서 건진 딸'의 위기의식을 가지고 달려들어야 한다.

위기에 처한 여자애들을 구출하기 위하여.

그러니 내 친구는 그 마지막 순간을 노리고 학교를 빼먹으면서까지 그 재미를 즐겼다는 얘기이다.

그를 다시 만난 건 학교가 끝나고 졸업한 후 인턴 과정에서 medical conference에서였다.

오랜만에 봐서 참 반가웠는데 그가 나한테 미안하다는 말을 전한다.

자기는 사실 2학년까지만 우리 학교에서 공부하고 3학년 때는 미주리 주로 전학 갔다고 한다.

우리는 basic science를 듣던 2학년까지는 수업들이 겹쳐 자주 봤으나, 임상이 시작되는 3학년부터는 각자 rotation assignment가 겹치지 않아서 마주치지 못하였고, 학교를 잘 다니고 있겠지 생각했지만, 알고 보니 우리 학교가 사립이어서 tuition이 너무 비싸서 그랬던지, 다시 자기의 주립/공립대학인 St. Louis로 돌아가 미주리주에서 학교를 졸업했는데, 나를 만나고서 하는 첫 얘기가 그 학비를 아끼기 위해서 전학을 했던 것을 내내 후회했다고 한다.

나는 느끼지 못했지만 자기는 학교를 졸업하고 인턴십을 해 보니 학교 이름에서 나오는 name value가 세인트루이스보다 우리 학교가 훨씬 더 값어치가 있다는 그의 얘기였다.

Chapter 5.

# 정신과 로테이션 중에

Basic science study를 2년간 끝내고 3학년으로 들어서자 임상 rotation 을 배당받는다.

Internal medicine과 general surgery는 각각 2 month assignment가 할 당되는데 internal medicine에서는 각 organ system, 예를 들면 간, 폐, 심 장, kidney 등 굵직굵직한 진단명만 해도 장기 당 20-30개가 훨씬 넘는다. 머리가 아프다.

이 정신없는 core rotation이 끝나면 이번에는 physically demanding(몸 이 녹초가 되는) general surgery에 들어가야 되는데, 들어가기 전 잠시 숨 좀 돌리고 들어갈 수 있는 과목이 내 schedule에는 정신과 rotation이다.

3학년 학생으로서 특히 정신과 환자는 어떻게 분석하거나 복잡하게 치 료하는지 특별한 knowledge가 없다.

Diagnostic category만 해도 크게 잡아 스트레스가 쌓이고 handle 하지 못할 경우 obsessive compulsive(강박관념)에 들어가고, 그것이 악화되 면 up and down인 bipolar depression(우울증)으로 진전되고, 이것이 발 견되지 않을 경우 delusion(망상)으로 들어가서 persecutory delusion(피

해망상) 혹은 과대망상으로 들어가고, 이것이 치료가 안 될 경우 schizo-phrenia(정신분열증)으로 진전하고, 이것이 치료가 안 될 경우 완전히 다른 세상에서 노는 psychosis(조현증)으로 진전된다.

시험은 교수가 환자를 인터뷰하는 entire conversation이 녹음된 비디오가 나오면 거기에 의존하여 그 두 분 사이에 대화에서 드러나는 환자의 정신적 상태를 그냥 아는 만큼 써서 내면 된다. 너무 빗나가지 않게.

미국 애들한테는 연속극 한 편 보는 듯한 기분으로 느긋하게 쳐다보는데, 영어가 달리는 나는 과목은 쉬운 것 같은데 그 과정이 쉽지가 않다.

내 스스로 혼자 찾아보는 것이라면 얼마든지 video tape을 stop, play, forward, reverse를 몇 번이고 할 수 있지만 일사천리로 한번 진행하고 나서 전혀 되감을 수 없는 상태에서는 많은 information을 전부 digest해서 써 내려가기가 힘들 때가 많다.

Rotation 하는 과정에서는 정신병원에 입원되어 있는 환자 배당을 주면서, 그 환자와 각자 인터뷰를 한 후에 보고서를 작성해서 내야 한다. 입원환자도 어디 가는 것이 아니기 때문에 적당히 다른 중요한 일들이 끝난 후에 느긋하게 환자가 있는 병동으로 향한다. 대학병원에서 떨어진 부속병원인 D.C. General 인데 Washington D.C. 안에서 제일 큰 시립병원인데 빈민들로 가득 차 있고 70-80%가 흑인이다.

Nursing station에 drop by 하여 그 환자가 배정된 방 번호를 확인하고 그분의 제일 앞면의 신상 명세서를 한번 쓱 훑어본다.

맞는 환자의 맞는 이름은 그 환자뿐이 없다. 그 아래쪽에 이 환자가 처음에 병원에 들어올 때 이미 담당 조교가 벌써 working diagnosis(진단명)를 적어 놓는다.

나는 당연히 슬쩍 들춰 본 후 대강 어떤 종류의 환자인지의 감으로 미리 알고 들어가 그 진단명에서 너무 동떨어지지 않게, 그런 방향으로 적당히 써 내는 수밖에 없다.

그 방 번호가 적혀진 병실로 갔더니 그 환자가 떨어진 공동 라운지에서 다른 환자들과 같이 시간을 보내는 중이었다.

여러 환자들이 같이 있는 recreational center에 들어간다.

어떤 사람은 책을 읽고 있고, 어떤 사람은 신문을 보고 있고, 어떤 사람은 자기들끼리 게임을 하고 있고, 어떤 사람은 쇼파에 드러누워 벽에 걸린 TV를 시청하는 다양한 모습이었다.

나는 몇몇 사람의 이름을 확인한 후 나에게 배당된 환자를 찾았다.

그 환자는 쇼파에 누워 벽에 걸린 TV를 보는 중이었다.

잠시 medical student라고 소개하고 몇 가지 질문이 있어서 왔다고 소개하니 그러라고 한다.

때마침 그분 뒤에는 장기 놀음에 빠져 있는 두 환자가 있다.

그 옆에는 장기 게임에 훈수를 두는 듯한 additional 추가 환자도 있다.

나는 내 주어진 환자한테 이 얘기 저 얘기 물어보다가 어느 순간 무언가가 맞지 않는 얘기 같아서 다시 확인하기 위하여 그런 얘기는 누가 했느냐고 묻는다.

그런데 그분이 대답하기 전에 그 뒤에 있던 장기 두는 한 분이 먼저 그런 얘기를 한다.

"I did." (내가 했다.)

질문은 나의 환자에게 했는데, 대답은 엉뚱하게 다른 환자에게서 나온다.

나는 어쩔 수 없이 "Who are you?" 하고 물을 수밖에 없다.

그는 "I'm Jesus"라고 대답한다.

순간, 아니 이런 무슨 말 같지 않은 소리야, 하고 맥이 탁 풀리는 듯했으나, 하긴 내가 지금 있는 곳이 정신병동이니 그럴 수도 있겠다고 마음을 고쳐먹는다.

그런데 조금 후에 별안간 나는 무슨 생각이 났는지 나는 그분에게 누가 당신이 Jesus라고 했느냐라는 식으로 묻는다.

그런데 이번에는 그 사람이 대답하는 것이 아니라 그 환자 앞에 있던 장기를 두던 다른 환자가 대답한다.

"I did."

허, 나는 이번에도 또 전혀 관계없는 그쪽 사람에게 또 "who are you?" 하고 묻는 상황에 도달한다.

이번에 그 환자는 이렇게 대답한다, "I'm God."

그러면서 둘이 킥킥 웃는다.

순간적으로 나는 정신없는 두 양반이 결과적으로 한 사람은 예수요, 한 사람은 하나님이라고 하는 상황을 마주하게 된다. 즉, 예수님과 하나님이 지금 장기를 두고 있는 중이다.

속으로는 '아이고 무슨 이런 흑인들이 다 있나, 동양 학생을 깔보고 하는 소린가.' 동시에 별안간 내 머릿속에는 순간, '까마귀 노는 곳에 백로야 가지 마라'라는 황진이가 했던 말인가 내 머리를 친다.

여기 있다가는 나도 어떻게 잘못되겠다 하는 생각과 함께 마지막 남은 몇 질문을 나의 환자에게 물어보고는 병원을 빨리 빠져 나갈 계획이었는데, 이분은 흥미진진한 TV 내용 때문에 잠시 기다려 달라고 한다.

해당 TV 프로그램은 〈Name That Tune〉이라는 곡 제목을 맞추는 프로그램인데, 3명의 contestants(참가자)가 나온 후에 음악이 흘러나올 때 곡명을 알면 whoever hit the button first, 답을 말할 자격을 부여받는다.

그 곡명을 맞추면 금액이 award 된다.

세 사람이 한 20분 정도 맞붙은 후, 제일 많은 돈을 딴 한 사람이 큰 bonus 금액을 타 갈 자격을 부여받는다.

이 마지막 한 곡은 어찌나 액수가 큰지, $1^{st}$ round는 상금이 많아야 몇천 불인데, bonus round 상금은 몇 만 불에서 십만 불 가까이 가는 금액이었다. 나는 그 전에 TV를 켜 놓고 밥 먹을 당시 서너 번 본 일이 있는데, 한 번도 그 큰 금액을 음악 제목을 맞춰서 타 간 contestant을 본 일이 없다.

하지만 이 환자는 나에게 잠깐 기다려 달라는 이유는, 지금 제일 큰 액수의 음악이 나타났고, 참가자가 이 큰 액수에 도전하는 순간이었다.

나도 그 큰 금액이 걸린 음악에 흥미를 느껴 같이 몇 분간 쳐다보았다.

그 bonus 음악이 시작되자 몇 초 후 이 환자는 제법 그 곡명에 흥을 그리면서 쫓아가기 시작한다.

몇 초가 더 지나자 그 환자는 'I know the song! I know the song!!' 하며 곡의 제목을 소리를 지른다.

나는 속으로, 에이 여보시오, 내가 지금까지 몇 번 이 프로그램을 봤지만, 여태 저런 큰 금액을 타 간 사람을 본 적이 없소, 하며 title을 ignore(무시)해 버린다.

하기야, 지금 이분의 입원해 있는 병 자체가 여기에 걸맞는 행동이라며 ignore 한다.

그 큰 금액이 걸린 음악이 끝나자 TV에 나와 있는 참가자는 음악의 제목이 어려웠던지 우물쭈물하다가 밑져야 본전이라는 식으로 아무 제목이

나 갔다 대자 사회자는, 아 안됐습니다, 그 제목은 맞지 않고 이 곡의 정답을 불러 주는데 정확하게 이 환자가 불렀던 곡명과 일치한다.

정답이 본인이 외친 곡명과 일치하다는 것을 인지하자 환자는 소리친다.

"I knew it! I knew it!"

자기는 곡이 처음 나올 때 부터 그 음악을 알았고, 그게 드디어 맞는 거라고 확인하자 팔짝팔짝 뛰기 시작한다.

그 옆의 친구들에게도 마구 announce를 시작한다.

그 어려운 곡명을 맞췄다면서 기뻐 날뛴다.

나는 깜짝 놀랐지만 어쨌거나 축하한다는 식으로 얘기하는데 이분의 행동이 점점 갈수록 이상해진다.

이분이 맞춘 것까지는 이해할 수 있는데, 이분은 시간이 갈수록 본인이 그 큰 금액을 진짜 획득한 거라고 오해를 하는 모양이다.

이분은 그 큰 금액을 지금 어디다 써야 할지 골머리를 썩이는 모양이다.

기뻐 소리치면서도 그 금액을 어디다 써야 할지 정신이 없다.

순간 나는 덜컥 겁이 나기 시작한다.

나는 별로 잘못한 것이 없는데 어쩌다가 내가 인터뷰하는 사이에 뭔가 증세가 더 나빠진 거 같은 불안함이 엄습한다.

나는 그를 고정시키기 위해 그의 몸을 붙들고 다시 앉으시라고 눌렀지만, 그분은 계속 그 곡명을 맞췄으며 그 큰 금액을 땄다고 친구들에게 자랑을 한다.

아, 안 되겠다, 나는 별로 그 사람의 정신상태를 나쁘게 만든 일은 없지만, 이곳에 있다가는 일이 복잡해질 것 같아 이곳을 빨리 떠나야겠다는 마음을 먹고, 나에게 이상한 blame이 오기 전에 간호사 스테이션에 가서 인터뷰가 끝났으니 환자분을 방에 안내해 달라고 말하고는 병원에서 달아났다.

그건 그렇고, 그 어려운 곡을 그 정신없는 환자가 언제 알았길래…. 참 이해하기 어려운 순간이다.

환자분 자체가 정신병동에 있다는 것이 뭔가 엉망이 되었다는 얘기일 텐데.

그 와중에서도 본인이 어렸을때 언젠간 들었던 음악이 머릿속에 그렇게 오래 남아 있다는 것 자체가 신기했다.

오늘은 하나도 제대로 되는 게 없는 것 같다.

진눈깨비가 쏟아지는 컴컴한 밤에 자동차를 몰고 서행 서행을 외치면서도 나의 생각은 어떻게 저 사람이 정신병원에 있으면서도 그 어려운 곡은 어떻게 기억했는지 참으로 신기하기만 하다.

그 후 나는 몇몇 뇌졸중 환자를 다른 rotation에서 봤는데 이상하게도 어렸을 때 배운 memory는 intact(보존)인데 그 후에 쌓인 최근 memory는 다 사라지는 것을 보며 brain 자체 어딘가에는 computer file같이 먼저 들어온 것은 save가 되는데 나중에 쌓인 것은 없어지는 mechanism이 있지 않은가 하는 개인적 경험이다.

어쨌든 brain은 참으로 unknown area가 많아 두고두고 발견될 것이 많은 신기한 structure이다.

# Chapter 6

# 의대 본과 3, 4학년 때

3학년으로 올라오자 의과대학장이 우리를 앞에 두고 간단한 지시 사항을 전달했다.

3학년 학생들은 이제 basic science를 끝내고 각자 clinical rotation으로 들어가는데, 환자를 진찰하거나 대할 때 혹시 여러분이 아무래도 clinical skill이 원만치 못하여 환자분으로부터 당신의 service가 deny 되거나 당신의 서비스를 안 받겠다고 거부될 경우 학장인 본인에게 즉시 연락해 달라는 지시였다.

그분은 우리에게 말하기를 본인이 그런 전화를 받는다면 하던 일을 모두 그만두고 바로 달려가서 환자에게 호통을 치겠다고 했다.

'당신이 우리 대학병원으로 온 것은 아무래도 우리 대학병원이 여러 가지가 다 탁월해서 결정한 것일 텐데, 당신이 우리 학교에서 provide 하는 service를 거부하거나 deny 한다면 언제든지 이곳을 떠나 사립이나 개인병원으로 가시오'라고 얘기하겠다고 한다.

우리 대학병원은 환자를 위해 최상의 서비스를 제공하는 것이 당연한 목표이지만 당연히 future generation of doctors를 training 해야 하는 막중한 의무도 있기에 당신이 그 서비스를 거부한다면 당신은 이곳에 필요 없으니 내쫓겠다는 얘기였다.

당연히 우리 학생들 입장에서는 든든한 후원군이 옆에 있다는 좋은 감정을 갖는다.

한 학생이 뒤에서 소리친다.

'Dr. Utz for president!' (유츠 학장님을 미국 대통령으로!)

몇 가지 지시 사항을 듣고 나서는 각 학생들은 6명 정도의 소그룹으로 나뉘어져 각자의 다른 rotation schedule에 따라 basic science 빌딩을 떠나 clinical science를 시작하는 다른 location들로 흩어졌다.

한 강당에서 2년 동안 같은 수업들을 들어온 학생들이 다 뿔뿔이 스케줄에 따라 흩어져서 볼 수 없고, 졸업하기 전에 다시 한번 만나는 거 외에는 그들을 다시 서로가 볼 수 없는 시간이 온 것이다.

6명 정도의 소그룹은 점심 시간 후에 엘리베이터 앞에 있는 nursing station에서 담당 선생님을 기다리고 있는데, 그분은 우리를 데리고 작은 회의실로 갔다.

그곳에서 선생님은 이 병동에 입원해 있는 환자들의 리스트를 random(무작위로) 하게 한 사람 한 사람한테 전해 주면서 각자 들어가서 그 환자에 대한 history taking과 physical exam을 끝낸 후 그 보고서를 써서 두 시간 후에 이곳에서 만나자고 하면서 우리들을 내보냈다.

나는 내가 배정받은 방으로 문을 정중히 노크하고 들어갔다.

상당히 깔끔한 개인실이었는데, 나는 모든 입원실들이 이런 식인 줄 알았는데 알고 보니 그나마 이 방은 상당히 특실에 해당되었던 것 같다.

환자복을 입고 있는 환자가 링겔을 꼽고 있었다.

나는 정중히 내가 medical student인데 환자에게 질문과 short physical exam을 하러 왔다고 인사드렸고, 환자분은 당연히 괜찮다고 하였다.

나는 환자분께 이곳에 며칠 동안 입원하고 있는지, 어떤 증세가 있는지 물었고, 환자분은 대답을 해 주셨다.

자기는 며칠 전부터 감기 몸살이 좀 도지기 시작했는지 기침이 나오고 했는데, 진찰을 받아 보니 mild 한 폐렴으로 번지고 있는 것 같아서 입원 후 항생제 치료를 받고 있는 중이라고 했다.

그런데 이 환자분께서 모든 information을 주고 나니, 별로 더 이상 물어볼 만한 질문이 없었다.

예를 들면 응급실로 바로 들어온 환자였으면 어디가 아픈지, 열이 있는지 등등 여러 가지 물어봤을 텐데, 이 환자는 서로 스스로가 summarize 해서 대답을 해 주니 어떤 추가 질문을 해야 하는지 난감했었다.

하지만 내가 fill out 해야 하는 종이에는 detail 하게 여러 가지가 상당히 자세하게 써야 하는 것이 과제인데, 마침 국민학교 때 일기장을 써 오라하는 한 달 동안 아무것도 하지 않다가 개학 3-4일 전에 한 달 치의 일기를 한꺼번에 몰아서 써 내는 다급함으로, 날씨는 대부분 맑고, 가끔 흐림으로 바꾸며, 할 얘기는 별거 없이 '오늘 인철이가 놀러 와서 같이 놀았음' 정도로 써 낼 만한 게 별로 없는 empty한 상태로 제출하는 것처럼, 내 현재의 상황이 그때를 반복하는 것 같았다.

더 이상 뭐라고 써야 할지 감이 잡히지 않았다.

하는 수 없이 환자분한테 양해를 구했다.

저번 학년 끝에 수업에서 나누어 준 syllabus에는 여러 가지 다양한 질문을 하는 법이 있었는데 하나도 생각나지 않아서 종이를 봐야 할 것 같다고 솔직히 말했고, 환자분은 전혀 아랑곳하지 않고 할 거 하라며 허가를 해 준다.

후다닥 가방 속에 있는 종이를 몇 장 꺼내서 훑어 읽고는 감기나 호흡기 계통의 질환으로 들어온 환자에게 더 이상 무엇을 질문해야 하는지 읽어 보니 고구마 덩쿨을 캐듯이 마구 질문이 나오기 시작한다.

혹시 숨 쉬기 어렵지 않았는지, 열이 많이 올랐었는지, 기침이 심했는지, 기침이 있었더라면 가래도 동반되었는지, 가래가 나왔으면 가래 색이 어땠는지, 혹시 가래에 피가 섞여 있었는지 등의 질문이 그 종이에 적혀 있었는데, 그 많은 것들이 하나도 생각도 나지 않았던 것이다.

통증이 있었는지, 통증이 있었다면 한곳에서 다른 곳으로 이전이 되었는지, 통증이 얼마나 심했었는지 등등 많이 나오기 시작한다.

이제 조금 더 자세히 모든 대답을 알아낸 후 history section에 노트를 더 자세히 쓸 수 있는 자신감을 얻었다.

간단히 physical exam을 해야겠다고 얘기했다.

나는 가방에서 handheld pressure cuff를 꺼내 팔에 감고는 혈압도 재 보고, 학교에서 유명한 심장과 의사가 학생들에게 하나씩 선물용으로 준 비싼 청진기도 꺼내서 앞가슴에 대서 심장소리도 들어 보고, 뒤에 등 쪽의 소리도 들어 보고, 손으로 손등을 두들기는 것도 해 봤다.

나름 해 볼 만한 것은 다 시도해 봤다.

제약 회사에서 무료로 나눠 준 여러 가지 기구들, hearing를 testing 하는 기계도 있고, vibration conduction module을 측정하는 기계도 있고, knee-jerk reflex를 testing 할 수 있는 조그마한 망치처럼 생긴 기구도 있고, 발바닥이나 손이나 팔의 힘으로 얼만큼 오른쪽 왼쪽이 다 equal 하게

strong 한지 알아보게 하고, 최대한의 할 수 있는 physical exam을 다 해 보았다.

제일 어려운 것은 portable ophthalmoscope, 눈을 들여다보는 기계였는데, 아무리 봐도 뭐가 정상이고 비정상인지 분간하기 힘들었다.

그도 그럴 것이 안과의사가 눈동자 안을 들여다보려면 동공을 크게 벌리는 atropine이란 약을 써서 몇 분 후에 slit lamp라는 특수 광선을 이용하여 사용하는 것이 큰 routine인데 portable ophthalmoscope으로 눈 동공을 dilate 시키지 않고 들여다보니 오히려 불빛에 동공이 줄어드는 판이니 들여다보기가 더욱더 힘들었다.

그나마 나의 오른손을 사용해서 환자의 오른쪽 눈을 관찰할 때는 괜찮았는데, 나의 왼손을 사용하여 환자의 왼쪽 눈을 들여다보려니 상당히 awkward 한 기분이 들었다.

그리고 사실 잘못될 일도 없지만 뭘 쳐다봤는지도 확실치가 않다.

나름 정직하게 써 냈다.

최대한으로 내가 봤을 때는 잘못되어 보이지 않지만 어떤 부분들은 잘 보이지 않는다고 거짓 없이 기재했다.

정직할 수밖에 없었다.

그 당시에 뉴욕에 있는 학생이, 인턴인지 3학년 로테이션 중인지는 모르겠지만, artificial eye를 낀 환자에게 겁 없이 동공에 불빛을 비추고는 아무것도 잘못된 것이 없는 정상이라고 순 거짓말로 꺼내서 크게 제재를 받았다는 소문을 들었다.

최악의 경우에는 중도퇴학으로 끝났다는 잔인한 소문도 들었다.

정직해야 하는 학생이 순 거짓말의 말 같지 않은 소리라며 학교 당국에서 괘씸하다고 생각했던 모양이다.

Physical exam을 끝내고 내가 제출해야 하는 종이를 들여다보니 내가 몇 개 빠트린 것을 인지했다.

환자에게 한두 개가 빠져서 추가로 몇 가지를 더 진행해야겠다고 얘기했고, 손으로 갑상선의 위치도 부었는지 만져 보고, 간의 위치도 부어 있진 않겠지만 혹시 모르니 만져 보았다.

이럭저럭 physical exam을 끝냈는데, 아무래도 skill이 원만치 못해 순서가 약간 왔다 갔다 엉망이었을 것이다.

그러나 나름 내가 작성해야 하는 H&P form(history & physical)을 보니 적어도 모든 area는 전부 커버한 것 같다.

정중히 고맙다는 인사를 하고 병실을 나와 nursing station에 앉아서 많은 information들을 종이에 그려 넣고 써서 제출했다.

다시 conference room에서 모인 우리는 제일 케이스가 복잡했던 학생의 케이스를 듣고는 몇 가지 discussion이 있었다.

내 케이스는 너무나 다양하지 않고 straightforward 한 케이스여서 특별한 질문들이 있지는 않았다.

한 달 정도 대학병원에서 보내고 또 다른 Washington D.C. General hospital, 즉 city 병원으로 갔다.

시립병원이라 그런지 facility 자체가 오래되었고, 대부분 흑인 환자들이 많았다.

그런데 흑인 환자들의 피를 뽑을 때는 피부색 때문에 핏줄이 잘 보이지가 않았다.

오로지 부풀어 오른 정맥을 손으로 만져서(palpation) 위치를 확인하고 바늘로 찔러야 하는 어려움이 있었는데, 그러다 다시 워싱턴 바깥의 fancy private hospital인 Fairfax Hospital로 이동하자 아예 여러 가지 scut work, 즉 피를 뽑거나 culture를 obtain 해야 하는 여러 가지 non-essential 한 일들은 patient order 지시만 내리면 담당 technician들이 와서 알아서 처리했고, 우리는 아주 편하게 컴퓨터에 나타나는 결과만 보고 decision making을 하니, 훨씬 여러 가지 일들이 fancy private hospital일수록 시립 병원에서 일일히 다 해야 했던 일을 하지 않아서 편안함을 느꼈다.

그러다가 두 달 internal medicine rotation이 끝나고 난 후, 다른 과목으로 이동하였다.

처음엔 아마 psychiatry에서 한 달 정도 rotation 했고, 그 다음은 산부인과나 외과였던 것 같다.

그리고 6개월 정도 후에 다시 internal medicine으로 되돌아왔다.

또다시 두 달 internal medicine rotation을 학교에서 아무래도 내과를 중요시하는 것인지 다시 6개월 후에 되돌아왔는데, 우리 그룹 학생들은 엘리베이터 앞에 있는 나무 벤치 앞에 앉아 다시 우리를 책임지는 다른 교수가 자기 private office로 우리를 데리고 갔다.

나는 그 두 번째 담당인 내과 교수를 볼 때 어디선가 본 듯한 얼굴인데 잠시 생각이 나지 않았다.

어렴풋이 어디서 본 분이었던가 하고 familiar한 얼굴을 recall을 겨우 생각해 냈는데, 나는 좀 깜짝 놀랄 수밖에 없었다.

얼굴은 somewhat familiar한데 정확히 누군지가 어디서 한번 본 듯한 impression만 있는데, 그분의 독특한 헤어스타일, 그 당시 평범한 hair color나 스타일이 아닌 somewhat unique한 military cut, 스포츠 컷이라고 부르는 스타일을 보고 순간적으로 어디서 뵈었던 분이었던가 생각을 해 보니 아마도 내가 처음 6개월 전 rotation 때 첫 assignment를 받아서 들어 갔었던 그 환자분이 아닌가 생각이 든다.

아무리 봐도 내가 처음 봤던 그 백인 환자가 지금 우리를 담당하는 내과 교수인 것이다.

순간 당황할 수밖에 없었다.

아니 내가 6개월 전에 exam 한 거 같은데 저분이 우리 학교 내과 교수 란 말인가?

맥이 쫙 빠진다.

이걸 어쩌나, 그럼 내가 그날 모든 밑천을 다 드러낸, 질문을 어떻게 할 지 몰라서 syllabus handout까지 들여다봐야겠다고 양해를 구했는데, 그 분이 날 어떻게 생각할까?

이 생각을 하니 그야말로 한심스럽기 짝이 없다.

내가 exam 할 때도 깔끔하게 위에서부터 아래로 하지 못하고 이쪽저쪽 헤매고 이상한 일들을 벌였는데, 결과적으로 번데기 앞에서 주름잡은 꼴 밖에 되지 않는다.

한편으로는 괘씸한 생각도 든다.

학교 당국이 학생을 evaluate 하기 위하여 멀쩡한 임상 교수를 환자로 위장해서 그곳에 있었나 하는 이상한 생각까지 드는데, 아무리 봐도 그렇 게 잔인한 일까지는 아닌 것 같다.

그날 그분은 링겔을 꼽고 수척한 모습이셨으며, 이미 투약이 끝난 항생 제까지 링겔 IV holder에 걸쳐져 있었다.

그러니 아무리 생각해도 해결책도 없고 이미 쏟아진 물이니, 내가 할 수 있는 일이라고는 아무것도 없는 순간이었다.

나는 그분이 우리한테 무슨 지시나 설명을 할 때 벽에 걸려 있는 아마도 커다란 졸업장 같은 것을 얼핏 보았다.

그런데 내 눈에 들어오는 그 글씨는 아무리 봐도 영어가 아닌 것 같았다.

그 diploma 같은 멋진 종이 제일 위에는 지구본 같은 게 있는데 그 위에는 독수리가 앉아 있는 그림이었다.

모든 글씨체가 영어 같지 않다.

이 교수님께서도 아마 우리 학교에 유명한 외국 학교에서 오신 부인과 암 전문으로 산부인과 전문의가 계신데, 그분 사무실 벽에 아마도 스페인어 같은 글씨체를 본 거 같은 기억이 있는데, 이 교수님도 그런 것 같아서 이분도 남미 어딘가에서 오신 백인 교수님이 아닌가 하는 생각이 들었다.

그럭저럭 시간이 가면서 uneventful 한 rotation이었는데, 아마도 바깥에 다 녹지 않은 눈들이 쌓여 있었으니, 아마 2월 이곳의 holiday인 Presidents' Day가 아니었나 생각이 든다.

그날 lunch 시간 후에 우리는 그분 사무실에 있는 건물의 엘리베이터 앞에서 6명의 학생이 afternoon session을 위하여 기다리고 있었다.

그런데 그 금요일 afternoon에 약속 시간이 훨씬 지났음에도 불구하고 교수님이 등장하지 않았다.

그런데 때마침 월요일이 Presidents' Day 공휴일이라 우리 그룹 학생들이 전부 고향 집으로 달아나고 싶은 모양이었다.

그런데 고속도로에서 공휴일을 맞이해야 하는 정체 때문에 보통 local 길에서 15분만 늦게 떠나면 고속도로 freeway에서는 한 시간 이상 지체되는 꼴이니 애들이 어떻게 해서든지 금요일 오후 session을 빨리 끝내고 각자 고향 집으로 달아날 마음으로 안절부절못했었던 것 같다.

교수님이 약속한 시간 이후에도 나타나지 않자 그들은 크게 마음에 동요되었던 모양이다.

한 학생이 다른 학생들을 설득했다.

'오늘 선생님이 우리 미팅 있는지 잊으신 모양인데, 그냥 더 기다리지 말고 헤어지자.'

다른 학생들도 다 집으로 가기 위하여 그 의견에 동조한다.

그런데 나는 사실 고향 집이라는 게 없다.

학교 근처에 있는 아파트가 내 보금자리이자 안식처인데, 특별히 월요일이 공휴일이라고 금요일 오후 session을 다급하게 freeway condition을 감안하여 빨리 나가야 하는 이유는 없다.

결과적으로 나와 다른 한 친구만 동의하지 않았고, 모여 있던 학생들은 시간이 지나갈수록 교수님은 나타나지 않으셨으니 다양한 각도로 어찌 된 일인지 알아보기 시작했다.

한 학생은 교수님 방에 있는 secretary한테 달려가 하소연했다.

오늘 afternoon session에 교수님이 나타나지 않으셨으니 연락을 취해서 알아봐 달라고 했다.

그 당시에는 beeper availability나 electronic device에 의한 personal contact 이 그리 available 하지 않고, 보통 병원 천장 스피커를 통하여 찾고자 하는 사람을 호출할 수밖에 없었다.

그렇지만 그 병원 전체를 울리는 천장 스피커는 individual doctor가 conference room 같은 어느 private 공간에 들어가 있으면 그곳에는 울리지 않으니 그런 호출 방법은 effective 하게 연결되지 않기도 했다.

그 시스템을 이용한 교수님을 찾는 announcement도 그 교수님한테 전달되지 못했던 모양이다.

점점 시간이 훨씬 지나감에 따라 초조해지기 시작한 그들은 이제 자기네들끼리 스스로의 결정을 내린다.

자기네들이 달아나도 사실 본인들 잘못이 아니라는 합리적 정당화를 하기 시작했다.

즉, 자기네들이 이제 달아나도, 교수님이 제때 오시지 않았기 때문에 충분히 기다렸다는 뜻이다.

제출해야 하는 과제물을 남아 있는 나와 다른 학생한테 dump 하기 시작한다.

"잘 좀 얘기해 줘, 어차피 다음 주에 다시 모였을 때 또 얘기해도 되니까."

난 그때까지만 해도 한국식 system에 따라 이놈들이 허가도 없이 달아났다가는 엉덩이에 빠따 몇 대와 운동장 몇 바퀴 정도 뛰어야 하는 벌을 받을 것이라고 생각하고 있었다.

그들이 전부 사라지고 나와 다른 학생만 남았는데, 그나마 남은 학생도 어느 정도 시간이 지나고 해결책이 보이지 않자 나에게 계속 기다릴 거냐고 물어봤다.

나는 어차피 갈 곳도 없고 그냥 남아서 기다리겠다고 하니까 자기가 인수받은 다른 친구들의 과제물들까지 나한테 전달해 주고 그 학생도 곧 떠나 버렸다.

이제 나만 혼자서 모든 과제물을 인수받고 총대를 멘 채 기다리고 있으니, 교수님이 나타날 때까지 기다리는 중이었는데, 한 시간 정도 지난 시간인 4시 반으로 향하자 금요일이라 그런지 그나마 담당 교수의 personal secretary조차도 office 문을 열어 놓은 채 퇴근을 해 버린다.

건물의 위쪽 floor 전체가 secretary들까지 다 나가 버리자 empty 한 상태가 되어 버리고 조금 더 지나자 방을 청소하는 팀들이 각 방마다 쓰레기를 비우고 청소를 시작한다.

바깥은 훨씬 어두워지기 시작하고 시간은 5시를 넘겼는데도 나는 선택의 여지가 없이 반드시 교수님이 나타날 수밖에 없다고 자신한다.

그의 office 안쪽을 살짝 들여다보니 옷걸이에 양복이 걸쳐져 있고 흰 가운이 없는 것을 보니, 교수님이 흰 가운을 걸치고 퇴근하시지는 않았을 거고, 반드시 옷을 갈아입으러 office에 들를 것으로 확신한다.

한 5시 반 정도 되니 그 조용한 복도에 엘리베이터가 드르륵 열리는 소리가 난다.

드디어 내가 기다리던 교수님이 엘리베이터에서 내린 것이다.

교수님은 별안간 나를 보더니 불현듯 생각이 난 모양이다.

"아참, 오늘 미팅이 있었지?"

그는 나를 보자마자 너는 어떻게 지금까지 여기에 있냐고 물어보셨다.

나는 그냥 아무런 생각 없이 어느 누구도 가도 좋다고 한 지시를 받은 적이 없어서 기다렸다고 간단하게 대답했는데, 그 대답 자체가 교수님을 너무 corner로 밀어붙이는 기분이 들었다.

오히려 내가 도리어 너무나 융통성 없는 대답을 한 것이 아닌가 하는 걱정이 순간적으로 나기 시작했다.

엘리베이터 앞에 서가지고는 특별한 해결책이 없는 상태를 인지한 교수님은 즉시 자기 방 쪽으로 움직이면서 나에게 따라오라고 했다.

그 방에 도착하자 나는 즉시 내 과제물과 친구들한테 인수받은 과제물을 그분 책상에 놓는다.

교수님은 너무 늦었으니 빨리 집에 가라고 나를 재촉한다.

나는 정중하게 인사를 하고 그곳을 떠났다.

그 후에 내과 rotation은 uneventful 하게 지나갔는데, 그날의 그 대수롭지 않은 late encounter가 4학년 때 한 번 더 등장한다.

내과의 rotation을 하는 도중에 나는 어느 날 외과 rotation을 하는 다른 동기 학생의 연락을 받는다.

그 학생은 rotation을 하는 도중 neurosurgery의 department chairman이 나를 보기를 원한다는 메세지를 전달해 주었다.

나는 아직 surgical rotation을 시작도 안 했는데 아직 나와는 전혀 관계없는 neurosurgery department에서 나를 찾는지 의아했지만 일단 지시받은 대로 그 office로 향하였다.

결국 알고 보니 그 교수님의 한 private 환자를 보게 되었는데, 그 환자분은 한국에서 오신 분이었다.

결국 나에게는 통역을 해 달라는 부탁이었다.

한 30대 중반인 듯한 이 젊은 남자분은 미국에 오신지 얼마 안 되었지만, 한국에 계실 때부터 점점 본인의 걸음걸이가 뒤뚱거린다고 사람들이 뒤에서 많이 얘기를 했다고 한다.

자기 스스로가 정말로 뒤뚱뒤뚱 걷는다는 것인지, 다른 사람들이 그렇게 말했다고 하는 것인지는 확실치 않으나 하여간 시간이 갈수록 그 정도가 더 심해진다고 얘기를 들었다 한다.

그런데 이 환자를 진찰한 이후로 neurosurgery 교수님은 영상 촬영 후 뇌의 cerebellum(소뇌)에 큰 tumor(종양)이 있으니 제거해야 한다고 말한다.

나는 그 교수님이 말하는 그대로 그분한테 전달하여 주었다.

그분은 수술하는 것은 agree 하겠는데 미국에는 연고자나 친척도 없으니, 한국에서 친척이나 가족이 도착할 때까지 기다려 달라고 부탁을 했다.

하지만 병원 당국에서는 한국에서 비자를 받기 편하도록 병원에서 편지를 보내면 어느 정도 후에 비자가 나오는 시간이 걸릴지 알 수가 없는 것이다.

그런데 교수님은 될 수 있는 대로 빨리 수술을 하기 전에는 해결책이 없다는 식으로 얘기하신다.

그분은 eventually 처음에는 hesitant 했지만 수술을 하는 것에는 동의한 모양이다.

수술 날짜는 잡혔고 나는 통역만 끝나고는 내 station으로 돌아와서 그 후에는 어떻게 되는지 몰랐지만, 적어도 수술 날에는 때마침 시간이 나서 한번 neurosurgery는 어떻게 진행되는 것인가 보기 위하여 수술방 옆을 지나가 보았다.

언뜻 바깥에서 창문을 통해서 보니 꼭 한국 이발소에서 이발하는 앉아 있는 자세로 수술을 하는 것 같았다.

그리고는 2-3일 후에 중환자실로 시간을 내어 경과가 어떻게 된 것인가 알아보기 위해 지나갔는데 예상한 대로 환자는 ventilator에 계속 연결되어 누워 있었다.

나는 사실 recovery가 얼마나 걸리는지 전혀 그 분야에 대해 아는 것이 없었다.

당연히 수술을 했으니 회복 시간이 걸린다는 것은 알았지만, 사람마다 다 다른 complication이 있을 수 있으니 그저 시간문제일 것으로 예상했었다.

일주일 정도 후에 시간을 내서 또 지나가 보니 아직도 며칠 전에 본 상태랑 별다른 것이 없어 보였다.

호기심에 간호원한테 물어보았다.

그 간호원 말로는 tumor를 도려낼 때 그 종양의 사이즈가 생각한 것보다 훨씬 더 깊게 penetrate 되었다는 정도의 얘기만 들었다.

그러다 내 전문 분야도 아니니 내 rotation에 집중하다가 시간이 나면 한 번씩 가 보았는데도, 계속 똑같은 상황이니, 아무리 surgical field의 임상 경험이 없는 나라도 조금 걱정스러운 마음이 들 수밖에 없었다.

나는 아직 내과 rotation 중이었지만 교수님에게 sidekick으로 슬쩍 물어보았다.

"제가 아는 분이 수술을 받았는데 2주 가까이 되었음에도 계속 ventilator를 달고 있는데, 왜 neurosurgery는 이렇게 오랫동안 이런 식으로 진행되나요?"

선생님은 웃으면서 대답하셨다.

"그건 사실 학생 자네가 들여다봐야 하는 질문인데, 결과적으로 간단히 얘기하자면 사람의 몸이 어디에 부딪히게 되면 통통 붓듯이 neurosurgery 그 자체도 종양 제거를 위해 종양 근처 뇌 조직을 건들게 되면 brain swelling이 큰 issue가 된다."

그리고 그것을 reduce하거나 억제할 수 있는 방법은, 요즘은 약이 많이 발달해 다를 수도 있지만, 그 당시에는 스테로이드밖에 없다는 것을 알게 되었다.

결과적으로 그분은 스테로이드가 brain swelling을 막아 줘서 증세가 좋아지냐 안 좋아지냐의 갈림길에 있던 것 같다.

그 정도 knowledge만 터득하고는 내 rotation 때문에 신경을 못 쓰다가, 어느 날 시간을 억지로 내어서 내가 involve 된 환자의 progress를 알기 위하여 중환자실에 갔더니, 때마침 그 환자가 있던 자리에 환자분이 보이지 않았다.

　그래서 난 그분의 증세가 호전이 되어서 다른 병실로 옮긴 것이라는 생각을 했는데, 병실에 여러 가지 흩어진 물건들을 보니 이곳에서 떠난 지가 얼마 오래된 것 같지 않다는 느낌이 들어, 어느 병동으로 옮겨졌냐고 물어봤더니 지하실로 옮겨졌다고 했다.

　나는 순간 병동 좋은 곳이 많은데 왜 하필 지하실로 갔나 하는 생각이 들었는데, 그당시 morgue(영안실)라는 단어를 처음 들었다.

　상당히 실망스럽고 깜짝 놀랄 수밖에 없었다.

　멀쩡하던 사람이 수술에서 벗어나지 못하여 수술을 끝낸 후 recovery가 안 되고 사망에 이르렀으니 차라리 이런 outcome을 알았더라면 그 후에 옵션이 어떤 거였을지 모르겠지만, 이렇게까지 수술을 해야 하는 결정을 내렸어야 하나 후회스럽기만 하다.

　그것도 내가 교수님의 말들을 그대로 interpret 한 상황이었어도, 내가 involve 된 케이스 중에 첫 사망 케이스가 되어 버렸다.

　내과 rotation을 끝내기 전에 모든 학생들은 임상이 부족하니 일종의 거창한 논문은 아니지만, research paper를 내과와 관련된 아무 subject이나 선택해 제출해야 하는 과제가 있는데, 나는 그때 고혈압, 당뇨, 폐암 같은 크고 방대하게 자료가 많은 subject에 관련해서 써 내는 것보다 무언가 조금 더 단순한 subject을 원하였다.

　이 환자분에 대한 케이스, 그분의 유일한 significant history는 한국에서 있을 때 연탄 중독에 죽을 뻔했다는 기록이 있었다.

일산화탄소에 의한 중독이 cerebellum에 tumor를 일으키는 무슨 연관성이 있는 것 같길래 이 연관성에 대하여 article들을 찾아보기로 하였다.

도서관에 가서 그곳 직원에게 cerebellar tumor와 carbon monoxide의 연관성에 대한 article들을 찾아 달라고 하니 그 당시 막 유행하기 시작한 computer system을 통하여 여러 가지 article들의 title이 출력되었고, 나는 그중에서 마음에 드는 12개에서 15개 정도의 article들을 복사해 달라고 부탁하니, 참으로 빠르게, 더 옛날이었다면 하나하나 index card에서 찾아서 그 많은 도서관 내에 저장된 책이 어디 있는지 찾아서 일일이 Xerox copy machine에다가 복사를 해서 여러 가지 article을 collect 해야 하는 상당히 time consuming 한 effort이 필요한데, 컴퓨터가 발전하니 그대로 article들을 computer screen에 나타내어 즉각 프린트를 할 수 있으니 아주 짧은 시간에 내가 찾고자 하는 12개에서 15개의 article들을 뽑아내어 집에 가져가서 읽고 그중에서 무슨 연관이 있는가를 나름 결론을 내려서 paper를 제출하였다.

이 article이 나를 다시 remind 시킨 사건이 한국에서 수능시험을 끝낸 한 무리의 학생들이 강원도로 놀러 가 펜션에서 숙박을 했다가 일산화탄소중독으로 몇 학생은 사망하고 몇 학생은 병원으로 옮겨진 사건이 있었다.

그 사고를 겪은 학생들에게 나중에 다시 앞의 article에서 말한 뇌의 종양이 생길 확률이 있지 않을까 불현듯 걱정스런 마음이 생겼다.

4학년에 올라와서는 대부분 자기가 전공하고자 하는 specialty에 좀 더 알아보기 위하여 많은 학생들이 elective course로 자기가 가고자 하는 프로그램의 location으로 달려가 한두 달을 그곳에서 rotation에서 시간을 보내면서 그곳에 눈도장을 찍는다.

나는 California로 돌아가고 싶은데 다시 비행기를 타고 그곳으로 다시 rotation을 또 한두 달 하기에는 여건이 맞지 않는다.

4학년 들어서 rotation을 자기가 원하는 과목을 더 free 하게 할 수 있는데, 그 curriculum을 하는 도중에 어느 학생에게나 다 닥치는 두 가지 이벤트가 있다.

그 첫 번째는 졸업을 앞두고 찍어야 하는 졸업 사진이다.

학교 학생들을 대표하는 그룹이 워싱턴에 있는 사진관 몇 군데에 연락을 취하여 그중 우리에게 좋은 quality의 사진을 저렴한 가격에 provide 해 줄 수 있는 스튜디오를 select 하였다.

그쪽에서는 한 학생당 15분 내지 20분 간격으로 두 달간의 기간 동안 와서 졸업 사진을 찍게끔 appointment를 만들어야 한다.

내가 전화를 하여 예약을 받은 시각은 때마침 운이 나쁘게도 surgery rotation을 하고 있던 시기와 겹친다.

나는 그 예약이 있는 날 아침에 내 양복과 셔츠와 넥타이를 차에 그 전날 걸어 놓았고, 아침 일찍에는 예정된 surgery schedule에 있는 수술에 임하고 있었다.

내 original plan은 surgery 중간 정도에 적당한 시간에 내 담당 chief resident에게 오늘 picture taking studio에 예약이 있어 가야 하니 excuse를 해 달라고 부탁할 예정이었는데, 수술 도중에 complication이 발생하여 너무나 의사들이 그곳에 집중하느라 수술 도중에 얘기를 꺼낼 수 없었다.

난 그래도 곧 수술이 어느 정도 안정권에 들거나 bleeding이 control 되면 그 얘기를 꺼내려고 했는데, 계속 내가 생각했던 것보다 이상으로 복잡해지고 있어서 감히 빠져나갈 얘기를 꺼낼 수가 없고 결과적으로 그 얘기를 꺼냈을 때는 내가 예상했던 시간보다 훨씬 더 늦은 시간이라 appointment 시간에 점점 더 늦어지는 상황이었다.

겨우 허가를 받고 수술방을 떠났을 때는 옷을 갈아입을 시간도 없이 수술복을 입은 그대로 자동차에 올라탔다.

그래서 studio에 도착하여 주차장에서 갈아입을 예정이었는데, 그것도 그나마 여건이 안 되어 옷을 들고 스튜디오 안으로 들어가니 그곳에 있는 분이 어차피 사진은 상반신만 나올 것이니 바지는 갈아입지 않아도 된다고 했다.

그래서 할 수 없이 흰 셔츠와 넥타이와 양복 상의만 걸치고 그대로 피가 묻어 있는 surgical scrub 바지는 그대로 입은 채로 studio portrait 의자에 앉았다.

수술하느라 뒤집어 쓴 scrub cap, 혹은 머리카락 감추는 모자가 내 머리를 짓눌러 놔서 머리 모양이 말이 아니다.

빗으로 대강 빗어 넘겼는데도 모양새가 좀 아름답지 못하다.

얼굴 또한 잠을 못자서 그런지 생각한 만큼 깨어 있는 상태가 아닌 것 같았다.

그런 형편없는 그 모양새 그 모습으로 사진을 찍기 시작했고 왼쪽 오른쪽 할 것 없이 flash가 번쩍번쩍 터졌다.

한 7-8장 정도 포즈를 바꿔 가면서 사진을 찍었고 그곳을 떠났다.

그중에서 제일 마음에 든다는 자세로 앉은 사진을 select 하였고 그 사진이 내 finalize 된 사진이 되었다.

그 후 졸업 앨범을 받고 나니 여자 학생들은 참 예쁘장하게 찍었다.

그 정신없는 rotation 중에서 나는 어떻게 그 중요한 순간에 이렇게까지 제대로 폼도 못 잡고 사진을 찍었는지 한심스럽기 짝이 없다.

그리고는 어느 정도 시간이 지나자 의과대학 학장실의 secretary부터 학장님을 만나 뵈라고 연락이 온다.

한국에 있을 때 '자네 교무실로 좀 와' 하는 message를 받으면 무언가 잘못된 좋지 않은 impression이 있는데 나를 개인적으로 알 리 없는 학장이 보자고 하니 조금 걱정스런 마음이 든다.

Rotation 중에 할 수 없이 지시된 날짜와 시간에 학장실에 나타나니 한 학생이 학장실을 나온다.

내 classmate인 그에게 내가 질문한 것인지 앉아 있는 동안 secretary한테 궁금해서 내가 여기 왜 불려 온 것인지 어느 쪽인지 확실치 않으나, 알고 보니 학교 당국에서 자기네 학생들을 수련의 프로그램에 내보낼 때 좋은 추천서를 학교 당국에서 마련해서 보내 주는 것이 하나의 routine이며 tradition인 모양인데 180명의 학생들을 전부 똑같은 sentence로 이름만 바꿔 보내기엔 impersonal 하기 때문에 각 학생들마다 다른 character와 unique 한 포인트를 personal 하게 추천서를 쓰기 위하여 잠시 학생들을 10-15분 인터뷰를 하겠다는 것이었다.

한편으로는 고맙고 한편으론 긴장된 상태로 학장실에 들어가니 학장님이 반갑게 맞아 주신다.

학장님이 내 이름을 알 일이 없으나 내가 좀 더 unique 하게 보일 수밖에 없었을 것이다.

180명 중 동양인은 3명뿐이었는데 그 3명 중 한 명이 나였고, 그리고 미국 시민이 아닌 유학생은 두 명, 그리고 그 유학생 중 비영어권 학생은 나밖에 없었으니 당연히 그분께 unique 하게 보였으리라 생각된다.

다른 유학생 친구는 남미에 있는 Guyana라는 곳에서 온 학생이었는데, 그나마 그는 British territory에 대한 식민지에서 왔기 때문에 영어가 훨씬 월등했다.

학장님은 나에게 덕담으로 대화를 시작했다.

공부가 어려웠을 텐데 그 결실을 이제 다 볼 수 있는 마지막 타이밍이니 어렵지 않았냐고 묻길래, survival 자체가 나도 놀라울 정도라고 얘기했다.

그의 책상 위에는 아마도 나의 여러 rotation에 대한, 나는 한 번도 본 적 없는, evaluation 평가가 다 까발려져 있었을 테니, 나는 기가 죽을 수밖에 없는데, 그는 빙그레 웃으면서 그중에 어느 한 evaluation의 quotation을 인용하여 나한테 들려준다.

'Remarkable industry and discipline.' (탁월한 근면성과 기율성.)

나는 순간 저런 sentence가 어떻게 해서 나온 건가 놀랐으나 곧 그 두 key word인 discipline과 industry라는 말은 곧 내 스스로 그렇게 한 일은 없는데 그렇게 기록된 그 두 단어를 짚어 보니 그 옛날 나의 첫 번째 환자 이자 내과 교수님이셨던 그분이 엘리베이터 앞에서의 사건 때문에 그렇게 기록한 것이 아닌가 순간 급히 인지되었다.

교수님, 학장님은 대강 내가 정한 specialty의 어느 지역으로 가기를 원하냐고 묻자 나는 캘리포니아주 로스엔젤레스 쪽으로 가고 싶다고 대답했는데, 사실 지나고 보니 그렇게 잘한 대답은 아니었던 것 같다.

차라리 프로그램이 좋으면 어디든지 관계없다고 얘기했어야 하는데, 너무나 가고자 하는 프로그램의 지역을 위축시키는 대답이 되어 버렸다.

하여간 그 짧은 인터뷰 동안의 학장님은 나를 굉장히 comfortable 하게 대해 주었다.

되돌아 생각하면 참으로 gentle 하고 nice 하고, clean 하고, kind 하고, 아마 백인 의사분 중에 내가 이렇게까지 존경심을 발휘하고 싶은 사람이나 비교할 만한 사람은 없을 것 같다.

학교에서 자기가 가고자 하는 수련의 과정의 추천서는 결과적으로 학교 당국에서 한 장, 자기가 하고자 하는 전공과목 department chairman이 한 장을 써 주고 나머지는 자기가 좋아하는 혹은 마음에 드는 교수님한테 부탁을 하면 적어도 두 장 이상만 나가면 되는 것 같았다.

2학년 때까지 같은 강당 한곳에서 교육을 받았던 우리 애들은 3, 4학년 때는 각각 다른 rotation schedule 때문에 얼굴을 못 보다가 3월 말쯤에 있는 'Match Day' 때에 한자리에서 다시 만났다.

Residency matching program은 자기 스스로가 matching 된 곳에 안 가고 single non-matching individual program으로 들어가는 방법도 있고, 혹은 computer program에 의하여 select 되는 matching program도 있는데 대부분의 학생들은 이 프로그램에 의존한다.

그날 자기가 받아 든 본인이 어디로 가게 될지 적힌 일종의 합격 통지서를 받고는 같은 지역으로 배정된 학생들끼리 또 환호성을 울린다.

그런데 한 7, 8명 정도의 학생이 computer program으로 매칭이 되지 않은 모양이다.

Matching이란 결국 자기가 가고자 하는 program의 순위와 각 프로그램에서 받아들이는 desire 되는 학생의 순위와 computer matching이 되어야지만 select 되기 때문에 너무나 격에 맞지 않는 matching으로 써 내게 되면은 computer에서 reject 당하여 공부를 못하고 잘하고에 관계없이 matching에 실패한 모양이다.

180명의 정원 중에 7, 8명 정도의 학생 정도가 그날 matching을 못 받은 모양인데, 의과대 학장은 그날 즉시 그 paper distribution이 끝난 후, 자기 방으로 돌아와 그 즉시 막강한 connection을 이용하여 어느 프로그램에 이 학생이 가고자 하는 전공과에 자리 vacancy가 있는지 여러 각도로 알아보아 자기네 학생들을 각각 빈자리에 연결을 시켜 줘서 100퍼센트 학생들을 프로그램에 집어넣어 준다.

아마 matching이 안 되었던 학생들은 일주일 내로 모든 확답을 받았던 모양이다.

나는 너무나 좁은 지역인 로스엔젤레스에 apply 했지만 결과적으로 그 도시에 있는 병원과 match가 되었다.

그리고 나서는 어느 정도 후에 졸업 앨범을 사진관으로부터 다 받았는데, 잔인한 얘기가 들려온다.

분명코 졸업 사진에는 얼굴이 실렸는데, 졸업자 명단에서는 빠졌다는 말을 들었다.

잔인한 생각이 든다.

어떻게 졸업 사진도 찍고 4학년을 다 마쳤는데 또 끝에 pass를 안 시켜 줘서 마지막 졸업자 명단에서 빠졌는지 어떤 학생들에겐 정말 이해가 안 간다.

하지만 그 학생 스스로가 무슨 사정이 있어서 1년 뒤늦게 가기로 한 것인지 그렇지 않으면 정말로 rotation 과정 중에 문제가 있어서 패스를 못 받아 졸업을 못 한 것인지는 구별할 길이 없다.

어쨌든 그렇게 기대하던 졸업식 날짜가 다가왔다.

본인 옷 사이즈에 따라 주문한 가운을 가지고 아침 지정된 시각에 졸업 ceremony가 열리는 Kennedy Performing Center로 향하였다.

Potomac 강이 흐르는 일종의 예술의 전당인데, 백악관에서 혹은 전국적으로 세계적으로 유명한 performer들이 공연하는 아주 high class인 장소인데 학교 당국에서는 학부모들을 생각하여 이곳을 졸업식장으로 채택하였다.

우리는 가운을 입고 주어진 instruction대로 last name 이름순으로 가운데 자리를 잡았다.

Colorful 한 예식을 갖춘 여러 형태의 가운들의 교수들과 학교 administrative 관계자들이 강당 가운데에 자리를 잡았고 중간 podium에 모든 key note speech와 축사와 답사의 형태로 진행되었다.

그런데 그 많은 말들은 귀에 별로 들어오지 않는다.

빨리빨리 우리가 받고자 하는 diploma를 빨리 distribute 하기를 바라는 심정이었다.

모든 의식 행위가 끝나고 한 줄 한 줄마다 이름순으로 앉은 학생들이 일렬로 강당 오른쪽 끝 계단으로 올라가서 이름이 호명될 때까지 기다린다.

본인 이름이 호명되면 서 있는 강당 오른쪽 끝에서 학장님과 podium이 있는 강당 가운데까지 걸어가서, 학장님과 악수 후 돌돌 말은 졸업장을 수여받고 강당 왼쪽 끝까지 걸어와서 계단을 내려가 원래 앉아 있던 자리로 돌아오는 routine이었다.

학생들의 이름이 불리울 때마다 걸어 나갈 때 그 학생의 학부모나 축하하기 위하여 와 준 여러 친척들이 서로 격려의 소리를 마구 질러 준다.

그러니 학생이 동원한 친척들이 많으면 많을수록 소리의 외침이 훨씬 크고, 소리가 크면 클수록 분위기가 더 살아나는 순간이 되었다.

Undergraduate인 대학교 때는 워낙 학생들이 많고 각 단과마다 일사천리로 끝나기 때문에 일일히 단상에 올라가서 졸업장을 손에 받는 그런 행위가 없었다.

아니 지나고 보니 졸업장은 아예 우편으로 받았던가 아니면 식이 끝난 후에 훨씬 뒷좌석에 있는 책상에서 알파벳 순서대로 되어 있는 section에서 본인의 서류를 찾아서 가져가는 형식이었는데, 처음으로 floor에서 단상으로 계단으로 올라간 후에 가운데까지 걸어가는 예식을 해 본 일이 없기 때문에 특별히 무슨 앞서서 생각한 것이 하나도 없었는데, 줄줄이 밀려서 내가 올라가게 되니 별안간 생각치 못한 불안감이 엄습한다.

나 스스로는 아무도 와 준 사람이 없는데 어차피 부모님이 한국에서 비자 받기도 힘들 테고 그 불과 한 시간 반 정도의 졸업식 때문에 먼 거리를 비행기를 타고 올 것도 못 되었을뿐더러, 그나마 워싱턴에 계시는 아는 지인이 2년 전에 비지니스 차 워싱턴에서 뉴욕으로 이사를 해 버려 practically Washington에는 아무도 아는 사람이 없는 상황이 되어 버렸다.

그러나 나는 별로 누가 와 주고 하는거에 대해서는 꺼리지 않았는데, 밀려서 단상으로 올라가기 시작하니 별안간 생각지도 못한 이상한 불안감이 엄습한다.

분명코 내 이름이 불리울 때, 나는 당연히 걸어 나가서 학장이 건네주는 졸업장을 손에 쥐면 오늘 나의 할 일은 모두 끝나는 건데, 다만 정말로 걱정스러운 것은 이 화기애애한 분위기를 아무도 박수 쳐 주는 사람이 없어서 순간적으로 '아니 저 학생은 집안이 왜 저 모냥이야' 하며 싸늘해지는 그 순간에 내가 오히려 졸업식장의 분위기를 망쳐 버리는 것 아닌가 하는 불안감이 나의 머리를 괴롭힌다.

그런데 내가 어떻게 situation을 바꿀 만한 아무런 maneuver 할 만한 재간이 없다.

하는 수 없이 나는 최대한 awkward 한 이 분위기를 탈출하기 위하여 걸어가는 속도를 최대한으로 빨리할 수밖에 없다고 생각하였다.

내 앞의 학생의 이름이 불리우고 그 학생이 걸어 나가자, 그 학생의 집안을 대표하는 친척들이 소리를 지르고 박수를 쳐 줬다.

드디어 그 학생이 졸업장을 받고는 저 멀리 왼쪽으로 걸어 나가자 내 이름이 호명되었다.

나는 곧 어떤 일이 벌어질 것인지 이미 예상을 하고 있었기 때문에 처음에 계산한 대로 빠른 걸음으로 걸어 나갔다.

한 두세 발자국 걸어 나가니 역시나 내가 생각한 대로 싸늘했다.

나는 분위기를 망치지 않기 위하여 더 빠르게 걸었는데 순간 1, 2초 정도 지나 내 상황을 눈치챈 내 친구 한두 명이 소리를 뒤늦게 질러 주었다.

고맙기 짝이 없는 친구들이었다.

그런대로 친구들이 조금 뒤늦은 타이밍이었지만 소리라도 질러 줬으니 최악의 silence보다는 분위기를 망치지 않았다는 생각에 안도를 했다.

빠른 속도로 학장 앞에 나타나자 오히려 학장님이 나보다 더 안도한 듯하다.

분위기를 망치지 않았다는 안도감인 것 같았다.

그분은 오히려 웃으시면서 나한테 반갑게 악수를 하면서 졸업장을 내 손에 쥐어 주었다.

나는 내 자리로 돌아와 앉은 후 다른 학생들이 다 끝난 후에 히포크라테스 선서를 모두 전체가 손을 들고 한 후, 그곳 학교가 위치한 Washington D.C.의 제일 높은 공무원이 우리에게 주어진 diploma는 도시를 대표하는 고급 공무원의 자격으로 모든 학위를 genuine 하다는 것을 인정하는 선포를 하였다.

그때 순간적으로 그런 기분이 들었다.

한국에서는 절대 권력을 가진 대통령이 어느 순간이고 마음대로 법을 바꿀 수 있는, 인정을 하든 못 하든, 뒤집을 수가 있는 power가 있는데, 미국에서는 적어도 한 나라의 한 고급 공무원이 저렇게 선포를 하게 되면 이미 주어진 것에 대한 규정을 어느 누구나 함부로 뒤집을 수 없다는 아주 유익한 event였다.

그리고 나서는 Catholic 계통의 학교인지라 학교의 높은 신부님이 하나님의 이름으로 우리한테 나아가는 career의 모든 길이 순탄하라는 축복을 내려 주셨다.

그 benediction(축도)이 참으로 어느 졸업식보다도 더욱 감명 깊을 수밖에 없었다.

그런데 나보다 더 지독한 한 학생이 하나 있었는데, 그 학생은 아예 졸업식 자체를 나타나지 않았다.

당연히 모든 걸 패스했는데도 불구하고 그는 내과 rotation을 나와 함께 한 친구였는데, 성격이 괴팍하여 졸업식 자체가 시간 낭비라 생각하여 졸업식 날짜보다 훨씬 더 자기가 matching된 하와이주 호놀룰루에 있는 육군 병원에 비행기를 타고 날아가 와이키키 해변에서 선탠을 즐기는 게 더 worthwhile 하다(가치 있다)고 생각했는지, 졸업식장에 나타나지 않은 유일한 학생이었다.

그 학생의 졸업장은 누가 받았는지 기억나지 않으나, 아마 그의 다른 친구가 대신 나가서 받아 내지 않았나 하는 생각이 들기도 한다.

적어도 그 학생의 이름이 불리우는 게 skip 되지는 않았던 것 같았다.

어쨌든, 친구들과의 작별 인사를 끝내고 아파트로 돌아와 그 돌돌 뭉친 졸업장을 열어 보았다.

이 종이 한 장이 국민학교 때 연습장과 수련장과 참고서에 시달렸던 beginning에서 모든 formal education의 끝 마침의 결실이었는데, 그 돌돌 뭉친 상당히 큰 졸업장을 여는 순간 깜짝 놀랐다.

제일 먼저 그 위에 그림이 하나 있는데, 지구본 위에 독수리가 있고, 독수리가 십자가를 잡고 있다.

'아니 이거 어디서 본 듯한 그림인데?'라는 생각이 스쳤다.

말려 있는 졸업장을 마저 풀어서 아래를 읽어 보니, 이해할 수 없는 글자로 채워져 있는데, 아무리 봐도 영어가 아니다.

그렇다고 더 집중적으로 보니 스페인어도 아니었다.

그러고 보니 이 똑같은 그림, 옛날 내과 교수님의 방에 걸려 있던 diploma와 같은 거라는 것을 인식했다.

'아니 우리 학교 졸업장이 이렇게 찍혔었나? 나는 왜 그분이 남미에서 오셨다고 생각했나?'

그분은 나에게 'remarkable industry and discipline'이라는 문장으로 좋은 evaluation(평가)를 주신 같은 대학 출신인 대선배님이 되셨는데, 나는 어쩌자고 그분하고의 인연인지 악연인지가 참 묘하게 엉켰고, 그분한테 어찌 보면 너무나 죽을죄를 많이 지은 꼴이 되어 버렸다.

*Praeses et profefsores Collegii Georgiopolitani*

*Omnibus praesentes literas visuris*

*Salutem in Domino⋯⋯*

스페인어가 아니면 이건 분명코 라틴어이다.

오히려 집안에서 내가 받은 졸업장을 보기를 원했다.

나는 사이즈가 커서 도저히 copy machine의 glass 위에 올릴 수 없다고 했는데, 부분적으로 복사해서 겹치더라도 보내라고 한다.

결과적으로 여섯 장 정도의 조각으로 복사해서 보냈다.

아버지는 그 조각조각 복사된 부분으로 그나마 라틴어를 좀 아신다는 신부님이 계신다는 대구까지 내려가서 물어보신 모양이다.

내가 오히려 아버지에게 질문을 했었다.

"그 신부님이 이거 뭐라고 적힌 거라고 하셔요?"

"아니 뭐 특별한 건 없고, 네가 의학박사 학위를 받았다는 얘기인데, 그냥 앞에 있는 말 그대로를 정확하게 얘기하자면 조지타운대학에 있는 교수들이 온 세계에 고하노니⋯, 뭐 이런 식으로 썼다고 한단다."

그러니 나는 그당시 받은 졸업장에 내 이름 외에는 하나도 알 수 없는 라틴어로 쓰인 졸업장을 받고 45년을 벽에 걸어 놓고 medical practice를 해 왔다.

그러니 여기에 적힌 내 이름 외에는 별로 아는 단어가 없었는데, 더 자세히 들여다보니 졸업 연도도 로마식으로 표기되어 있었다.

MCNLXXVIII

도대체 이 조합이 아라비안 숫자로 무슨 연도인지 모르겠지만 적어도 마지막에 적힌 'VIII'는 로마 글자로 'V'인 5에 'III'인 3을 더한 8이니 내 졸업 연도가 맞는 것 같다.

졸업 연도 아래이자 졸업장 하단에는 두 개의 열에 professor들과 임상 rotation department chairman들, 학교 administrative 관계자들의 signature들이 자리를 잡고 있다.

Chancellor, president, dean 등등 각각 라틴어로 적힌 title들이 보인다.

알지도 못하는, 이해하지 못하는 라틴어로 꽉 채워진 diploma.

유일하게 나의 이름만 영어로 되어 있고, title에는 'Medicinae Doctoris'로 기록되어 있고, 알지도 못하는 content를 벽에다 걸어 놓고 45년간 medicine에 교육받은 대로 종사해 왔다.

이제 모든 과정을 거치고 힘들게 올라왔으니 이제 남은 것은 내려가는 것뿐인데, 이 벽에 걸린 큰 종이, medicine을 practice 하지 않으면 아무것도 필요치 않은 종이가 되는데 이 종이 한 장을 받기 위하여 발버둥 친 내가 이제 이 종이를 어떻게 할 것인가가 생각지 못한 조그마한 골치이다.

어쩔 수 없이 해야 하는 공부라서 그 당시에는 했지만, 다 끝나고 나니 아무한테도 필요 없는 이 종이, burden이 되지 않기 위하여 내 스스로 destroy 해야 될 시간이 가까이 왔지 않나 생각된다.

그러나 해야 할 때 어쩔 수 없이 온 열정을 다하여 했다는 그 유일한 명함이자 기록물이다.

이제 어느 날 이 종이를 다른 사람한테 민폐가 되지 않기 위하여, 아들들에게는 이 종이가 별 의미가 없을 테니, 내 스스로 shredding machine(분쇄기)에 넣어야 하지 않나 하는 생각이 든다.

그러나 하나님이 나한테 이런 축복을 준 것만으로도 감사해야 할 것이다.

Chapter 7.

# "M.D. for Sale"
## – 의과대학 학생의 자리를 팝니다

시간이 흐를수록 공부는 더 어려워지고 좋은 대학에 들어가기 위한 competition은 점점 더 심해지는 모양이다.

그럼에도 불구하고 특히 동양 학생들의 두각이 다른 어느 인종보다도 더 잘하고 있다는 트렌드가 나타나는 모양이다.

근래에 와서 동부 쪽 아이비리그 학교 측에서 아시안 학생들에게 admission policy나 selection에서 상당히 편견적이고 unfair 한 selection을 했던지 집단 legal 소송이 법정에서 벌어졌다.

즉 동양인 학생들의 application에서 상당한 차별을 두었다는 포인트가 법정 공방의 핵심 포인트인데 그 과정 중 discovery phase에서 여러 가지 제시할 수밖에 없는 통에 많은 학교 당국이 행하는 policy가 상당히 불공정했다는 evidence가 많이 드러났다.

학교 당국에서는 학생 candidate을 select 할 때는 그 원서 첫 페이지에 자기 학교는 성별, 종교, 인종에 관계없이 모든 심사를 공정하게 한다는 문구가 적혀 있는데, 이 소송 때문에 많은 학교의 policy들이 결과적으로 그렇지 않고 예전부터 편견이 확실히 있었다는 게 명백하게 들어났다.

학교에서는 희망하는 학생의 원서를 받았을 때 무엇을 염두에 두고 이 학생을 뽑을 것인가 안 뽑을 것인가의 많은 추측이 있었는데, 결과적으로 이 아이비리그 학교들에서 벌어진 소송에서는, 예전부터 사람들이 어렴풋이 생각하던 그 편견이 틀리지 않았던 것이 증명된 것이다.

결국 학교는 원서를 받게 되면 자기네들이 가지고 있는 selection criteria에 아마도 여러 가지 몇 등분으로 candidate을 나누는 모양이다.

그 top choice 중에는 그 학교를 졸업한 alumni의 자녀가 아마도 highest priority consideration을 주는 모양이고, 그다음은 그 학교에 얼마나 많은 contribution을 한 집의 자재인가에서 상당히 많은 포인트를 얻는 모양이었다.

그러니 예전부터 어렴풋이 들려 오던 아버지가 졸업생이면 그의 자녀는 너무나 deficient 한 성적이 아니라면 쉽게 입학할 수 있다는 설이 돌았었는데, 이것이 이번 소송으로 인해서 명백하게 증명이 된 것이다.

대학교 총장을 select 하는 과정도 거기서 별반 다르지 않다.

보통 사람들은 총장의 학벌, 학식, 평판, 리더십 등을 중요시하게 보는 모양인데, 더욱더 중요한 것은 이 총장이 얼마만큼이나 더 학교 발전을 위하여 alumni나 그 다른 gift donation을 하는 사람들의 support을 받아서 재정적으로 돈을 많이 끌어들일 수 있는 능력이 있는가가 총장 selection process에서 가산점이 되는 모양이다.

학교의 admission이 점점 더 힘들어지니 한국에서는 흔히 있는 변칙적인 일들이 더 많이 벌어지는 모양이다.

〈스카이캐슬〉 드라마를 본 적은 없지만 사람들은 한국판 〈스카이캐슬〉과 비슷하다고 말한다.

할리우드나 entertainment 계통이나 체육 계통의 돈 많은 집안의 자녀들이 Rick Singer라는 사람을 통하여, 아마도 대학 입학을 도와주는 consultation business를 하고 있는 모양이었는데, 그는 여러 가지 변칙적인 일을 벌려 돈을 받은 집안의 자녀들을 여러 가지 connection을 통하여 그 학생들이 가고 싶어 하는 학교에 변칙적으로 많이 들여보냈다.

결국 FBI의 'Operation Varsity Blues'라는 작전명에 의하여 이 모든 operation이 발각이 되고 많은 사람들이 기소되어 결국 벌금과 유치장 2주에서 6개월의 제재가 그 부탁을 한 부모들에게 형량 조절 속 case들이 대부분 마무리가 되었는데 이 case를 들여다보면 private assistance의 돈을 받더라도 그 금액이 그대로 학교에 전달된 case는 무죄로 jury들이 판결하였고, 그 돈을 받은 사람 자체가 private fund를 착복했을 경우 여지없이 유죄판결로 끝났다.

그리고 한국과 미국의 culture나 custom이 달라서 그런지 기부금 자체는 학교 발전을 위한 것이기 때문에 그렇게 나쁘게 보거나 잘못된 걸로 판결한 것 같지 않다.

결국 기부금을 주던 받던, 그 fund가 공정하게 그 학교에서 처음에 프로그램의 발전을 위해 쓰여졌다면 별로 문제가 없고, 부탁을 했던 candidate 자체가 조금이라도 그 프로그램에 가까이 가거나 경험이 있는 학생이라면 별로 잘못된 것이 없는데, 전혀 그 분야에 미치지 못하거나 해 보지도 못한 사람이 분야에 대해 어느 정도 talent가 있다고 거짓으로 작성해서낸 경우에는 문제가 된 모양이다.

결국 어떤 학생은 한 번도 수영, 야구, 축구, 농구 등 해 본 적이 없는데 체육 특기생으로 집어넣은 것은 유죄판결을 받았고, fund received를 한 학교 교수나 director, coach들은 금액 그대로 담당 분야에 학교 발전금으로 썼으면 하나의 donation으로 생각하여 제재가 없었다.

하지만 그 recipient가 그 돈을 사적으로 썼을 경우에는 유죄판결을 받은 것 같다.

1970년대 후반, 나는 내 의과대학 동기생 여학생 classmate와 student lounge에서 잡담으로 시간을 보내던 때에 흥미로운 이야기를 들었었다.

그 학생은 아마도 대학 의예과는 일리노이 주에서 끝내고 본과를 우리 학교로 왔던 모양인데 자기가 그 일리노이주의 한 대학을 다니고 있을 때에 공공연했던 이야기를 하나 들려주었다.

원래 우리는 우리가 낸 tuition은 우리의 medical education을 받는 동안의 모든 expense를 커버하는 것으로 생각했었는데 이야기를 들어 보니 전혀 아니었다.

우리가 내는 tuition은 우리가 받는 교육의 4분의 1정도밖에 커버를 못하고, 나머지 4분의 3에 대한 fund는 학생 한 명당 각 주에서 주민들이 낸 세금으로 학교가 보조금을 받는다고 했다.

그렇기 때문에 의과대학이 주립/공립학교일 경우 많은 fund를 그 주의 주민들이 낸 세금의 할당액으로 들어오는데, 하나의 잘 알려진 불문율은 그 fund가 그 주에서 계속 medical practice를 할 수 있는 사람에게 쓰여지기를 주민들이 원하기 때문에 selection process에서는 자기네 주에서 공부했고 자기네 주에서 medical practice를 하려고 할 것 같은 candidate에게 더 포인트를 부여한다.

주립대에 합격한 학생들을 보면, 그 주에 이미 거주하고 있는 학생들을 뽑는 것이 거의 95% 이상 맞는 common rule이다.

그러니 캘리포니아주에 있는 학생이 뉴욕의 주립대학교에 들어가기 힘들고, 마찬가지로 뉴욕에 거주하고 있는 학생이 캘리포니아 주립대에 들어가기 힘들다.

하지만 사립학교의 경우에 이런 논점들에서 자유롭기 때문에 어느 주에 거주하고 있던 간에 selection 과정에서 학생의 거주지는 크게 영향을 주지 않는다.

그런데 이 여학생의 말한 포인트는 합격자 발표 때에 일리노이주는 대부분 95% 이상이 해당 주 출신의 일리노이주 residency를 가진 학생들로 select 된 모양이다.

그런데 한 학생당 보통 적어도 4군데에서 8군데 정도 평균적으로 의과대학에 지망할 경우, 어느 학생은 multiple admission이 허가되어서 합격통지를 보낸 여러 학교들 중에서 결과적으로 학생의 마음에 드는 한 학교를 선택하게 되면, 다른 학교에는 그 학생이 등록하지 않겠다는 편지를 보내게 된다.

그럼 이 학교는 waitlist에 있는 학생들 순서대로 입학허가서를 내보내야 하는데, 이 일리노이주에 있는 동기 학생의 학교의 의대 학장은 philosophically 다른 생각을 했던 모양이다.

이 학생의 말에 의하면 waitlist에 있는 순서대로 합격자 통보를 하는 것이 아니라, 그 학장은 조금 기다리고 있으면 자기 오피스의 전화가 막 울린다고 했다.

그 waitlist에 있는 학생들 중에서 candidate에 관련된 학부모들 중 누군가가 학교 당국에 willing 하게 기부금을 할 용의가 있다는 메시지가 들어온다고 한다.

그 여학생의 말에 의하면 그 학장은 거리낌 없이 얘기했다고 한다.

Waitlist에 있는 학생의 순서는 사실상 모든 의과대학 공부를 능히 해낼 수 있는 서로 비슷한 도토리 키 재기 실력의 candidate들인데 어느 쪽 학생이 자기 쪽으로 학교의 발전을 위해서 donation을 하겠다고 하면 그 학생을 좀 더 serious 하게 consider 하겠다는 말인 것이다.

학교 발전을 위해서는 서로 좋은데 무엇이 타당치 않냐며 당당히 말했다.

그는 더욱 더 자신 있게 본인을 향해 오는 부담감은 일리노이 주민들에게서 받는 자신들의 세금이 일리노이주의 학생에게 쓰여지길 바라는 그 메시지라며, first round의 합격 통지서는 일단 일리노이주에 거주하는 학생들에게 발송한다고 했기 때문에 자기에게 주어진 obligation은 만족시켰다고 하는 자신감이다.

그러니 이미 다른 학교에 입학해서 안 오겠다고 통보하는 학생들의 자리를 대기 명단 순서대로나 일리노이주의 거주 학생을 더 이상 우선순위로 둘 필요 없이, 그 학생의 가족들이 스스로 학교를 위해서 발전금을 기부하겠다고 하는 학생에게 기회를 주는 쪽이 무엇이 잘못되었냐고 한다.

그 여학도의 말에 의하면 얼마나 큰 액수인지 말하지 않았지만, 아마도 그 당시 우리가 내는 1년 tuition의 4-5배 정도 되지 않을까 예상되었다.

또한 obviously, candidate 학생 스스로가 학장실에 전화하지는 않을 거고, 그 학생의 부모나 그 부모를 represent하는 제3자가 다리를 놓아주지 않고서는 이 전화가 울리기 힘들었을 것 같다고 한다.

그리곤 20-25년이 지난 후에 office에 들어오는 medical journal에서 별안간 눈에 띄는 article을 본 적이 있다.

'M.D. for Sale'(의과대학 학생의 자리를 팝니다)라는 컨셉의 기사였는데, 북미 지역에 있는 한 의과대학의 학장이 석유가 많이 나는 중동 한 나라의 학생들에게 그 나라 정부로부터 기부금을 받고 의과대학의 몇 자리를 그 나라 학생들에게 꼭 할당하겠다고 당당하게 인터뷰를 한 내용을 담고 있었다.

당연히 그 학장은 그 인터뷰를 하는 기자에게 assurance를 준다.

당연히 자기네들이 selection 하는 중동에서 오는 학생들은 의과대학을 능히 해낼 수 있는 능력과 undergraduate에서 다른 학생들과 비교해도 전혀 뒤떨어지지 않는 성적을 받았기 때문에 그 eligibility에 대해서는 별로 걱정하지 않아도 된다고 학장은 assurance를 준다.

그리고 자기는 당당하게 그 나라에서 한 학생당 10만 달러를 assist 하겠다는 확답을 받았던 모양이다.

그렇게 입학허가가 된 학생이 총 몇 명인지는 기사는 mention 하지 않았지만, 아무래도 석유가 넘쳐 나는 풍부한 이 나라의 학생들은 그 나라에서 additional fund를 보내 줘서 그 의과대학에서 공부를 할 수 있게끔 나라에서 guarantee를 했던 모양이다.

중동의 천연가스가 풍부한 어느 다른 나라는 두바이의 발전성을 보고 oil이나 gas가 고갈될 날이 올 것이니, 자기네 나라의 발전을 좀 더 diversify 하게 하기 위하여 여러 가지 다른 국가적 정책을 밀고 나가는데 별안간 미국의 유명한 아이비리그 학교들의 교육 시스템을 그 나라에서도 그대로 가져다가 복사하고 싶었던 모양이다.

그들은 아이비리그 학교들에 contact을 하여 모든 교육 시스템을 복사하여 그 나라에 만들어 주기를 부탁하는데 어차피 재정에 허덕이는 많은 미국 학교들이 그 요구 조건을 긍정적으로 받아들여 같은 공부 프로그램을 그 중동 국가에 세우기를 결정하였으나, 한 가지 큰 obstacle은 그 중동 국가에 세워진 나라에 미국 아이비리그와 똑같은 diploma를 issue 하냐가 큰 문제였던 것 같다.

아이비리그의 졸업장을 어떻게 다 identical 한 자격증으로 중동에 있는 학생들에게도 동시에 줄 수 있는가가 그들만의 어려운 결정이었는데 결국 결과적으로 한 학교 전체를 들여놓는 것이 아니라, 중동에 있는 나라에 미국의 한 단과대학 하나씩만 프로그램을 select 하였던 것 같다.

결과적으로 예를 들면 MBA 프로그램이 좋다고 하는 University of Pennsylvania, Wharton School은 business school 단과대학만 그곳에 짓기로 하고, Study of Foreign Affairs라는 프로그램이 좋은 Georgetown School은 그곳에 diplomatic을 트레이닝하는 foreign affair 프로그램 하나를 보내기로 하고, Cornell University에서는 의과대학만 그곳에 세우기로 했던 모양이다.

학교가 세워지고 프로그램들이 시작한 후에 같은 field에 있는 medicine에 흥미가 있어 그쪽 지방을 지나갈 때 facility를 한번 둘러보고 그곳 학장과 잠시 얘기를 나누었다.

캠퍼스를 둘러보니 새로생긴 facility라 깨끗하고 깔끔하고 자본이 풍부해 set-up이 훌륭했다.

간단히 몇 가지만 물어보았다.

제일 먼저 medical school admission policy에 대해서 물어보았다.

학교의 quality를 maintain 하기 위하여 모든 입학 지원 원서는 뉴욕에 있는 코넬대학에서 selection process에 들어가서 합격자 발표를 한다고 한다.

그런데 막상 뚜껑을 열어 보니 지금 미국에서 일어나는 식의 의과대학이 glamorous 하거나, high competition이나 high demand는 아니었다고 한다.

그 이유를 물어보니 이쪽 중동에 있는 학생들의 마음가짐이나 attitude가 미국에서 생각하는 뜨거운 열기의 high competition은 보이지 않는다고 한다.

어차피 이미 넘쳐 나는 석유와 돈 덕분에 그렇게 심각하게 경쟁하지 않고 열심히 공부하지 않아도 정부에서 시민들에게 매년 보조금이 한 가족당 10만 달러씩 나오는 나라인데, 굳이 어려운 공부를 4년이나 힘들게 더 해야 하는 이유가 없는 것 같다고 얘기했다.

그나마 그것도 학교를 졸업할 때까지의 공부고, 졸업 이후에도 training이 계속되어야 하는 긴 학문인데 그렇게 열정적으로 뛰어들지 않는 것 같다고 했다.

그러면 코넬대학의 자격증을 주는 것인데, 그곳 학교를 졸업하게 되면 같은 diploma를 받는 것이냐 물어보니 그 distinction을 하기 위하여 'Cornell' 글자 옆에 'Q'라는 카타르에서 받는 명칭을 넣었다고 한다.

그러므로 뉴욕에서 받은 학생들은 'Cornell'만 적혀 있지만 카타르에서 졸업한 학생들은 'Cornell-Q'로 명시되어 있는 것이다.

그럼 그다음 질문은 이렇게 이 학교에서 졸업한 학생들은 미국에서 졸업한 똑같은 privilege를 받느냐 물으니, location이 본토에서 떨어져 있기 때문에 licensing issue에서는 Cornell 대학임에도 foreign medical graduate으로 분류된다고 한다.

그 옛날 foreign medical graduate은 ECFMG(Educational Council for

Foreign Medical Graduate)라는 eligibility로 한 단계의 licensing exam 을 더 패스해야지만 그다음 단계로 올라갈 수 있는데, 요즘은 더 이상 ECFMG라는 requirement이 없어졌기에 그대로 똑같이 U.S. Licensing Exam Part I, II & III들만 통과하면 미국에서 졸업한 학생들과 같은 자격 을 받는 모양이다.

Teaching method에 대해서도 물어봤다.

그곳의 학교는 뉴욕에서 주는 똑같은 lecture가 video 혹은 digital re-cording 된 후 satellite으로 그다음 날 그 학교 강의실에서 replay 된다고 한다.

추가적으로 미국 교수 몇 명이 한 2개월 정도의 계약으로 중동에 있는 이 학교를 방문해서 직접 additional teaching을 한 후, 다시 뉴욕으로 돌 아가면 지속적으로 그다음 또 다른 professor들이 비행기를 타고 2개월 contract으로 가는 모양이다.

그리고 실습 같은 경우에는 학교의 병원이 아직 set-up이 안 되어 있기 때문에 그곳의 local hospital과 contract이 되어 트레이닝에 들어가고, ad-ditional clinical exposure는 중동학생들이 직접 뉴욕으로 몇 개월간 방문 해서 뉴욕 Manhattan의 Cornell teaching hospital인 Presbyterian Medical Center에서 실습을 하는 것 같다.

의과대학 지망생에게 가장 큰 고민과 issue는 의과 공부를 하면서 본과 에 합격되지 않았을 때가 가장 난감할 것이다.

Competition이 갈수록 심해질 테니까 undergraduate 4년을 끝내고 delay 없이 본과로 직접 입학한 학생들이 약 50% 정도밖에 안 되고, 적어도 의과대학에 입학한 30%의 학생들은 2-3년 동안의 additional 공부, 즉 master's program이나 PhD degree를 받고 오는 학생들이기 때문에 의과대학을 끝낼 때까지의 total duration이 점점 더 길어질 수밖에 없는 것 같다.

만약에 대학에서 예과 4년을 다 끝낸 후에 본과에 진학하지 못했더라면, 그다음에 할 수 있는 opportunity가 무엇인가를 심각하게 고민해야 한다.

우선 제일 쉽게 눈 돌릴 수 있는 것이 미국 본토 바깥에 있는 미국 학교인데, 그중에서도 동쪽 캐리비언에 있는 10개 정도의 학교들도 생각할 수 있다.

그중에서도 St. George University of Grenada가 USMLE 시험 합격률이 제일 높은 학교인 것 같다.

In fact, 그쪽 학교에서는 미국 학교에서 졸업한 학생들만 consider 하기 때문에 대학 4년을 미국에서 졸업했다면 생각해 볼 수 있는 학교이다.

그다음은 미국에서 벗어난 학교는 영어권에 있는 호주나 인도도 생각해 볼 수 있다.

호주는 나름 미국에서 괜찮은 대학에서 어렵게 공부한 몇몇 학생들을 selection process에서 항상 consider하고 있다.

미국 학교의 학생들의 인터뷰는 직접 비행기를 타고 가서 physically 그 학교에 가서 해야 하지만, 호주에서는 원서만 받은 후 전화 면접, 혹은 화상 면접으로 직접 방문하지 않고 끝낼 수 있다.

시차 때문에 양쪽이 mutually convenient 한 시간에 맞춰야 하지만, 대부분 그쪽 selection committee가 책상에 앉는 시간을 기준으로 미국에서 시간을 맞춰야 하는데, selection interview 도중에 공정성을 기하기 위하여 당신이 앉아 있는 location을 그쪽에게 somewhat convincing하기 위해서는 믿을 수 있는 장소를 요구한다.

경찰서, 소방서, 병원, 교회 등 당신이 cheating을 하지 않는다는 mutual 한 장소로 선택되어야 할 것이다.

즉 당신이 어디 사적인 공간에서 다른 사람이 옆에서 면접을 도와주는 그런 장소가 아닌 공정한 장소가 제일 ideal 한데, 하다못해 당신이 거주하는 곳 근처에 있는 호주 대사관이나 영사관이 될 수도 있다.

그다음에 생각할 수 있는 영어권 나라는 인도인데, 의과 예과의 4년을 보내고 난 후 인도로 진출하기에는 조금 억울한 생각이 든다.

그곳은 high school 졸업 후 6년 program인 MBBS program인데, 4학년 대학을 끝내고 다시 6년을 commit 하기에는 너무 억울한 생각이 든다.

오히려 high school을 한국에서 끝내고 직접 뛰어드는 것이 시간 절약이 될 수 있다.

특히 대학 competition에서 밀릴 것 같은 실력이라면 더욱더 시간을 절약하는 전화위복의 기회가 될 수 있다.

대부분의 미국 대학은 의과 예과 4년 후 본과 4년, 총 8년의 commitment인 반면에, 인도에서는 MBBS라는 타이틀을 얻기 위해서는 대학 공부를 고등학교 이후 총 6년을 공부해야 한다.

그중의 마지막 6개월은 무의촌 봉사인데, case by case로 교수한테 잘 말씀드려 이 requirement를 빠져나가, USMLE 시험공부에 6개월을 좀 더 정진할 수 있다.

하지만 미국 의과 예과 4년 공부 후에 인도로 와서 6년을 추가로 공부하게 되면 몇 년을 더 공부해야 할뿐더러 아니라, 체류하는 동안 겪어야 하는 infrastructure는 미국에 비해서 너무나 열악하다.

하지만 눈 딱 감고 공부만 기숙사 안에서 하겠다는 마음가짐이면 어느 정도 참고 해볼 수 있을 것이다.

마치 1800년도의 금강산 안에서 도 닦는 마음으로 기숙사 안에서 오로지 공부에만 집중하며 버텨야 할 것이다.

음식도 한동안 문제가 될 것 같았는데, 요즘은 국제택배가 많이 발전했기 때문에 세관에서 법적으로 걸리는 물건들만 아니면 조금 더 손쉽게 배송을 받을 수 있을 것이다.

STEM 학생들을 제일 많이 배출시키기로 유명한 인도 남쪽 도시인 Bangalore 근처에 있는 Mangalore라는 도시의 Manipal Academy of Higher Education(MAHE)에 affiliate된 Kasturba Medical College(KMC)가 상당히 reputation이 좋은 듯하다.

20년에서 25년 사이에 의과대학에 대한 popularity 때문인지 유학생의 학비는 약 20배 가까이 오른 듯하다.

Mangalore 도시는 세계에서 몇 안 되는 table-top 공항이 있는 곳이다. 즉 도시는 산 아래에 있는데, 오히려 공항이 남산 꼭대기에 있는 격인 것이다.

산꼭대기에 있는 공항인 만큼 활주로가 다른 공항보다 현저히 짧을 수밖에 없다.

공항의 짧은 활주로를 제동거리에 다 사용하지 못하고, 활주로 전체 길이의 1/5 정도를 지난 후에 touchdown을 한 비행기는 결국 활주로 내에서 제동하지 못하고 활주로 끝에 있는 절벽에서 수직으로 추락한 사건이 있었다.

한국에서 의과대학에 들어가지 못했거나 혹은 예과 4년 공부 후에 본과에 진학하지 못하였으면, 이 전쟁 후의 이 나라, 우크라이나가 어쩌면 어느 학생들에게는 본과 진학에 좋은 기회가 될 수도 있을 것이다.

러시아가 우크라이나 침공 시작으로 마구 폭탄과 미사일을 쏟아부었을 때 그곳에서 열심히 공부하고 있던 외국에서 온 의과대학생들이 많이 자기 나라로 귀국을 했는데, 루마니아, 모로코, 나이지리아 등 해외에서 온 유학생들이 많았던 것 같다.

언제 끝날지 모르는 이 전쟁 통에 본국으로 귀국한 이 학생들이 다시 돌아올지도 미지수이며, 어차피 우크라이나는 전쟁 이후에 시스템을 전부 다 복구해야 한다.

평화협정이 되면 이 혼란기 속에서 복구작업이 시작될 것이고, 많은 나라들과 미국의 원조로 사회 기반 시스템 정상화가 가동이 될 것이며, 이 시기에 의과대학 본과 진학에 대해서는 어느 학생들에겐 아주 좋은 기회가 될 수가 있겠다.

예전 같은 selection process를 바로 거치기는 힘들 수도 있을 테고 모든 프로그램들이 accelerated program으로 빨리 움직일 가능성이 많을 텐데, 때마침 다가온 opportunity를 과감하게 잡는다면 의과대학 공부에 뛰어들을 수 있다.

어차피 북새통에 먼저 뛰어드는 사람이 유리한 고지를 점령할 것이다.

이것도 여의치 않으면 러시아에 있는 학교도 고려해 볼 만하다.

그중에서 Volgograd(그 옛날 Stalingrad)에 있는 학교나 모스코바에서 조금 떨어진 Nizhny Novgorod에 있는 학교가 있는데, 후자의 의대는 직접 원서를 넣을 수도 있지만, 한때에는 말레이시아에 있는 학원과 계약을 맺은 상태이기 때문에 그 학원에 등록을 한다면 자동으로 의대에 입학이 되기도 했다.

말레이시아에서 러시아로 떠나기 전 몇 개월 정도 러시아어 기초교육을 받고, 러시아에 도착하면 6개월 정도 intensive 회화 교육을 받고 의대 공부에 들어가게 된다.

전혀 모르는 언어를 어떻게 극복하고 공부하느냐가 첫 질문일 텐데, 사실은 의과대학 공부는 어느 나라에서 하든 모든 standard는 영어 기준이라 교과서에 영어가 많을뿐더러, 어차피 그 나라의 언어로 들어야 하는 수업이나 시험도 원어에 가까운 영어로 준비해야 한다.

그리고 어느 나라의 언어가 생소하던 간에 그곳에서 6개월 남짓 9개월 정도 생활하게 되면 daily conversation에서는 크게 불편함을 느끼지 못할 것이고 금방 catch up을 할 수 있을 것이다.

특히 한국 경쟁에서 내신 중간 등급까지는 누구든 해낼 수 있다.

영어 교재 중심으로 해야 하는 공부와 시험 준비는 수월할 것이고, 요즘 같이 인터넷이 많이 발달된 시기에는 모든 정보를 쉽게 computer와 internet으로 access 할 수 있기 때문에 모든 공부가 훨씬 더 쉬워질 수도 있다.

그리고 졸업을 하게 되면 어차피 미국으로 넘어와야 되고, 충분히 자격을 갖췄다고 미국에서 인정받는다.

미국에서는 어느 나라에서 공부한 학생이 오던 간에 그 학교의 teaching quality에 대해서는 크게 신경 쓰지 않는 것 같다.

공신력을 갖춘 한 나라에서 인정을 했으면 인정된 것이다.

한 나라의 institutional recognition을 하여 자격을 주었으면, 그리고 자격을 부여받았으면 더 이상 제대로 공부했는가 아닌가 이런 것까지 따지지 않는 것이 미국이다.

어차피 당신이 넘어야 하는 산은 USMLE(U.S. Medical Licensing Exam) 1, 2, 3차를 반드시 통과해야 하기 때문에 의과대학 공부를 병행하는 동시에 인터넷을 통하여 다양한 문제집들을 미국 기준으로 연습해 시험에 붙을 수 있도록 공부해야 한다.

그렇게 이 USMLE 시험을 모두 통과하면 미국으로 건너와 residency로 들어갈 자격을 부여받기 때문에 동부, 중부, 중서부 어디던 프로그램에 들어갈 수 있게 된다.

서부에 있는 프로그램은 미국 내에서도 상당히 인기가 많기 때문에 해외 경력으로 들어가기에는 상당히 어려움이 많다.

그렇게 수련의 과정이 끝나면 어느 날 다시 한국으로 돌아갈 수 있는 기회도 생긴다.

지금 한국은 medical licensing 법이 하도 묘하여 하다못해 Harvard Medical School을 졸업해도 자격이 부여되지 않는데, 오직 한국 대학을 나온 사람만이 한국 시험과 그곳 license를 획득할 수 있는 디자인으로 만들어 놓고 해외에서 오는 학생들은 한국 licensing exam을 보기 전 단계인 edibility exam을 1년에 한 번 시행하는데, 그나마 그것도 pass 혹은 no pass의 boundary가 어정쩡한 oral exam(구두시험)이 있어서, 될 수 있도록 외국에서 오는 학생들을 배척하는 design으로 형성이 되어 있는데, 시간이 갈수록 trade war, 예를 들면 농수산물시장을 open하라는 식의 압력 때문에 어차피 외국에서 오는 medical license와 medical setup을 언젠가는 여러 나라와의 trade war 때문에 어쩔 수 없이 개방하는 시간이 올 것이다.

요즘 근래에 와서 Hungary 의과대학 출신의 한국 자격 시험 부여 때문에 여러 가지로 소송에 걸리고 복잡한 일이 많다.

어느 외국에서 졸업을 하던 일단 학교 졸업 후에는 수련의 과정을 미국에서 거친 후에 다시 한국으로 들어가는 것이 조금 더 수월할 수도 있다.

지금 그 전초의 제일 먼저 제주도에 외국인을 위한 medical system이 셋업되었는데, 여러 가지 행정 issue로 건물이 오픈 준비가 되었음에도 불구하고 허가가 나지 않아서 아직 빈 공간으로 남아 있다는 이야기를 마지막으로 들었다.

우크라이나는 전쟁 때문에 의과대학뿐만 아니라 다른 분야에서도 많은 기회들이 생길 것 같다.

무조건 많은 preparation과 과감하게 뛰어들면 한없이 전쟁 복구 때문에 기회들이 많이 올 것이다.

지금의 대한항공 성장은 6.25 당시 조 회장님은 중고 자동차 두 대로 government에서 인천에서 서울까지 물건을 나르는 contract을 받아 현재의 재벌급 회사로 키웠다.

Chapter 8.

# 기내에서 발생한
# 의료 사건

우리는 가끔 media를 통해 비행 운항 중 emergency가 생겨 응급환자가 생겨 비행기가 회항을 했다든지 혹은 기장님이 심장마비를 일으켜 부기장님이 take over했다든지 혹은 양수가 파열되어 짧은 시간 내에 산모가 기내에서 출산을 했다든지 하는 뉴스를 흔하지는 않지만 가끔 접하곤 한다.

어느 승객은 아예 심장마비로 사망을 하여 그 사망하신 분을 기내 화장실 하나를 봉쇄시켜 그곳에 옮겨다 놓았다는 이야기까지 듣는다.

한편으로는 좀 잔인한 생각도 들지만 다른 한편으로는 그게 다른 승객들을 consider(고려)했을 때 최선의 방법이 될 수도 있고 아마 비행기의 운항규정상 그렇게 디자인되었을 수도 있겠다.

"학생 집에 가요?"

내 옆에 앉으신 중년 부인은 성격이 상당히 활발하셨다.

이제 nonstop으로 13시간 정도를 달려가는 비행기에서 한마디도 없이 앉아 있기가 쑥쓰러울 수 있으니, 그분이 나한테 먼저 친근감으로 얘기를 하셨다.

"네."

"학생이신 거 같은데 무슨 공부 하시나요?"라고 물으셨다.

거짓말을 할 이유는 없으니 "이제 인턴 끝났어요."라고 답했다.

"한국 몇 년 만에 가시는데?"

"집 떠나 처음 10년 만에 돌아가요."라고 했다.

"금의환향이시네?"라고 답변하신 것 같았다.

"아직 잔인한 residency(전문수련의 과정)가 앞에 있어서 그렇게까지…."

사실 우리 시절 정도의 timing에 미국이나 캐나다 학교를 끝난 학생들에게는 '인턴'이란 단어를 사용하지 않았다.

오히려 PGY-I(Post-Graduate Year I), 혹은 PGY-II(Post-Graduate Year II)라는 식으로 사용하고, 외국 출신 학생에게 인턴은 1-2년 끝내야지만 residency로 올라갈 수 있었다.

결과적으로 나는 중년 부인에게 복잡하게 설명할 필요 없이 간단하게 '인턴'을 끝냈다고 설명한 것이었다.

비행기가 어느 정도 공중으로 치솟은 후, 순조롭게 서울을 향해 달려가는데, 기장님의 안내 방송이 나온다.

지금 이 비행기는 원래 직항으로 서울로 향하는 중인데, 비행기의 맞바람이 심하기 때문에 코스를 달리해서 알라스카 앵커리지에 잠시 기착하여 re-fueling(재주유)을 한 다음에 다시 출발한다고 한다.

기내의 승객들이 웅성거리기 시작한다.

아마도 예정 시간에 마중 나올 사람들의 스케줄이 전부 엉망이 되었으니 전부들 알라스카에서 내려 다급히 국제 공중전화로 연락들을 취해야 할 판이다.

이 full stretch version of 747을 난생처음 타 보는데, 정말로 어마어마하게 큰 비행기다.

한국에서 미국으로 들어올 때 아마 727 정도로 들어온 것 같은데 그것도 서울에서 로스앤젤레스까지 들어올 수 없고, 서울에서 하네다로 Northwest Airline으로 두 시간 정도 달려와서 다음 날 Pan-Am이라는 미국 비행기로, 그 당시 로스앤젤레스는 국제공항이 아니었기에 모든 국제 항공기는 샌프란시스코로 내려야 했다.

그런데 이번에 돌아가는 길은 틀림없이 직항으로 여행사에서 티켓을 끊어 줬는데, 사실 거대한 747 비행기가 맞바람을 받으면서 13시간의 비행기를 직항으로 가기에는 힘들었을 것이다.

오히려 서울에서 미국 쪽으로 올 때는 뒤바람을 안고 오니 2시간 정도 짧은 시간이라 견딜 수 있지만, 미국에서 서울로 가는 건 힘들었을 텐데 그런데도 불구하고 여행사에서는 non-stop이라고 했는데 기장님께서는 알라스카에 기착해서 휘발유를 더 넣고 출발하겠다고 하셨다.

한 3시간 내지 4시간 정도 후 비행기에서 내려 2시간 반 정도 후에 다시 똑같은 비행기의 같은 좌석에 앉게 되었다.

알래스카를 출발해서는 기내식이 곧 serve(제공)되었는데, 기내식이 다 회수된 후, 별안간 승무원들의 움직임이 바빠진 듯한 기분이 들었다.

복도 옆을 급하게 지나가는 승무원들의 동작이 굉장히 무언가 평범치 않고 나는 아마 왼쪽 훨씬 뒤쪽에 자리 잡고 앉았었는데, 나의 대각선인 오른쪽 훨씬 앞쪽에서 승무원들이 그쪽 seat으로 몰리는 움직임이 약간 이상한 감이 들었다.

그리고는 어느 정도 시간이 지난 후 기내 방송이 나온다.

승객 중에 medical field에 종사하시는 분이 있으면 승무원한테 연락을 취해 달라는 방송이다.

나는 반응하지 않았다.

옆에 앉으신 중년 여성 승객은 나를 조금 이상하게 본 것 같은 기분이 든다.

나는 내 스스로 인턴, 병아리 의사라 나서지 않아도 400명가량 되는 승객 중에 아마도 나보다 더 경험 많은 의사가 있을 것이라고 내 스스로 확신하였고 또한 무언가 일을 벌린 타이밍이 기내식 serve 끝난 후 30분 정도 후에 벌어진 일이기에 어느 승객이 음식에 체했거나 간단한 소화불량 정도의 일을 가지고 벌인 일일 테니 별다른 조취 없어도 시간이 가면 자동적으로 소화가 될 것이고, 혹은 화장실 한 번 다녀오면 모든 일이 정상적으로 돌아올 정도라고 스스로 진단을 내려서 그대로 앉아 있었다.

내 옆의 여성 승객분도 내 의중을 respect(존중)한다는 의미로 더 이상 눈치를 주는 것 같지 않았다.

그리고는 더 이상 아무 일 없이 평온한 상태를 유지하고 내 진단명이 맞은 듯하다.

조금만 있으면 영화가 두 편 상영된다.

아마도 가운데 제일 앞쪽에 큰 스크린이 내려오고 영화가 상영될 것인지 우리에게는 청진기 스타일의 hearing device가 배포되어 있었다.

그런데 한 30-40분 정도 지난 후, 또 다시 안내 방송이 나온다.

이 비행기 내에 medical knowledge나 medical field에 종사하는 분은 다시 승무원한테 연락을 취해 달라는 똑같은 방송인데, 같은 identical 한 내용이 두 번이나 나오니 그것도 별안간 이상한 생각이 들기 시작한다.

이것이 아까 일어난 사건의 연장선인지, 아니면 그것과 무관하게 일어난 또 다른 일인지.

이쯤 되니 옆의 여성 승객이 두 번이나 안내 방송이 나오는데 respond 안 하겠냐는 식의 무언의 압력이 들어오는 것 같다.

처음에 내가 인턴을 끝냈다고 인사한 게 조금 후회스러운 생각이 든다.

그런데 두 번이나 안내 방송을 내보냈는데 무반응으로 일관한다는 것은 좀 잔인한 생각이 든다.

하는 수 없이 엉덩이를 조금 들고 주위를 둘러보았는데 나의 움직임이 의자에서 조금 일어나는 걸 인지한 옆자리 승객이 나의 intention(의도)을 알아들었는지 곧 손을 공중에 휘날리면서 마치 승무원에게 당신들이 찾고 있는 한 사람이 여기 있다는 식으로 손을 휘적인 것 같다.

승무원이 다가왔다.

조금 전에 안내 방송을 들어서 일어났다고 했다.

승무원은 따라와 달라고 한다.

나는 아까 제일 처음에 집중적으로 승무원들이 몰려든 그 자리로 가는 걸 예상했는데 오히려 복도를 통하여 나선형 모양의 step(계단)으로 올라간다.

나는 747의 구도가 2층이 이런 식으로 되어 있는지 처음 알았다.

나선형 모양의 step을 통해서 2층으로 올라서자, 그 많은 계단이 끝나는 floor(바닥)에 한 승객이 완전히 드러누워 있다.

순간적으로 깜짝 놀랄 수밖에 없다.

승객이 의자에 앉아 있는 것이 아니라 사람이 지나다니는 통로에 완전히 드러누워 있을 정도면 상당히 심각하다는 생각이 들 수밖에 없다.

어느 한 할머니 같은데, 그분 머리 쪽 위에는 할아버지가 무릎을 꿇고 그 옆에서 거들고 계신다.

그 백인 부부 승객은 아마도 홍콩으로 여행 가는 중이었던 것 같다.

할머니 쪽 옆에는 젊은 건장한 미국 사람이 서 있는데, 내가 medical intern을 끝냈다고 하니 누군가가 나한테 설명을 해 준다.

할머니께서 식사가 끝난 후에 몸에 무슨 변화가 왔었던 모양이다.

결국 그 승무원들은 이 할머니를 이코노미 좌석에서 옮겨서 이쪽으로 운반하여 통로에 드러눕게 한 것이다.

그 옆의 건장한 미국 백인은 자기 스스로의 introduction에 미국 소방대원으로 일한다고 한다.

나는 순간 큰 emergency가 생겨 심장마비 증세 때문에 심폐소생술(CPR)을 해야 하는 타이밍이 온다면 나 스스로는 one-man technique으로 하면 한 2-3분 정도밖에 견딜 수 없는 체질인데 two-men technique으로 할 경우 이 소방대원 때문에 어느 정도 훨씬 30분 정도로 길게 할 수 있는 자신감이 생긴다.

나는 보통 교육받은 대로 할머니한테 물어봤다.

"할머니, 어디가 불편하세요?

할머니, 숨 쉬는 게 불편하거나 그러진 않으세요?

어디 가슴이나 등이 아프거나 그러진 않으세요?"

할머니는 내 희미한 기억에 스스로 대답을 한 게 아니고 오히려 그 옆의 할아버지가 대신 대답을 해 준 거 같다.

아픈 데는 없다고 한다.

주기적으로 먹는 약도 없다고 한다.

할머니 스스로가 정신을 잃어서 완전히 까무러쳐 있으면 얘기가 복잡해지는데, 지시 사항을 알아들을 정도니 어느 정도 잘 견뎌 내고 계시는 것 같다.

그런데 얼핏 할머니 전체 body를 보니 양쪽 손목과 양쪽 발목이 굉장히 심하게 꼬부라져서 몸 안쪽으로 bending(휘어져) 되어 있다.

그 즉시 impression은 아마도 뇌에서 산소부족 때문에 body에 신경 지시가 잘못 전달되고 있는 것 같다.

할아버지께서는 최대한 자기 와이프의 그 잘못된 굳어진 근육을 풀어 주기 위하여 열심히 마사지를 해 주시고 계시는 중이다.

적어도 할머니가 정신을 잃은 건 아니니 좋은 징조이고, 얼핏 보기에 숨 쉬는 것도 그렇게 불편하지 않으니, 그리고 또 가슴이 아프거나 어디 등이 아프다고 하는 증세를 보이지 않으시니 어느 정도 condition-wise는 최악의 심장마비 증세나 impending(다가오는) 심장마비 같지도 않으니 나는 어느 정도 안도가 된다.

나는 그곳의 옆에 서 있는 승무원한테 물었다.

"이 비행기 내에 무슨 응급 상황 시 쓰는 약품이라든지 기구가 있는지요?"

아무것도 없다는 대답을 받았다.

조금 실망스럽지만 한편으로는 이해는 간다.

어느 누가 그런 약을 medical training이 없이 쓸 수 있는 사람이 있을 리 없으니….

혈압기나 청진기 같은 device가 있냐고도 물어봤지만 그런 것도 없다고 한다.

아무 기구가 없으니 내가 이 순간 할 수 있는 것은 한방에서 쓰는 맥박을 짚어 보는 게 유일한 진찰이다.

본과 대학 3-4학년 때 가끔 ABG(arterial blood gas)를 얻기 위하여 heparin-coated 주사기의 바늘로 찔러 보던 팔목의 동맥(radial artery)이 있는 곳에 손을 갖다 대어 보았다.

Pulsatile force, 맥박의 힘은 상당히 strong한데 뛰는 횟수가 영 엉망이다.

심장이 제대로 뛴다면 규칙적으로 pulsation이 손끝에 와닿아야 하는데, 지금 들어오고 있는 signal은 한 번 뚝 들어온 후에 상당한 시간이 지난 후에 두 번 연거퍼 뚝뚝 들어온다.

Either 굉장히 불규칙한 block-skip rhythm이든가 아예 한 번 정도 QRS complex에 해당되는 systolic ejection(심실 펌프)이 아예 없는 듯하다.

이러니 충분한 산소가 뇌에 전달될 리가 없다.

이제 아무것도 없는 상태에서 유일하게 줄 수 있는 건 산소밖에 없다.

Air disaster의 영화를 보게 되면 비행기에 응급이 생기거나 cabin pressure decompression 때문에 별안간 overhead compartment에서 oxygen mask가 떨어지곤 하는데, 나는 그 overhead compartment에서 이 할머니까지의 거리를 oxygen supply를 어떻게 연결할지 난감하다.

그 compartment를 열 수도 없고 floor까지 tubing이 extension 될지도 의심스럽다.

나는 승무원에게 oxygen supply가 필요한데 어떻게 연결될지 모르니 oxygen tank를 가져다 달라고 요청했다.

당연히 가져다줄 수 있다 했다.

그리곤 누군가가 달려가 어느 정도 그리 크지 않은 oxygen cylinder tank 하나를 가지고 왔다.

그 cylinder 위에는 gauge device가 있는데 그 rotating knob를 돌리면

그 옆에 oxygen outlet으로 산소가 빠져나오는 것 같다.

그리고 그 가운데에는 이 cylinder에 남아 있는 분량을 나타내는 gauge가 있다.

그런데 2층 비즈니스석은 어느 정도 담배 연기로 꽉 차 있다.

그 당시 non-smoking rule이 enforce되던 시절이 아니었다.

나는 oxygen tank를 열기 전에 승무원에게 담배 피는 승객들은 위험할 수 있으니 멀리 해 달라고 하니 내 희미한 기억에는 아마 그 얼마 되지 않은 승객들을 전부 아래로 내보낸 것 같다.

일등석 앞좌석으로 옮긴 건지 이코노미석 남은 자리들로 옮긴 건지는 모르겠지만, 비즈니스석 승객들은 모두 자리를 비웠었다.

산소 탱크 cylinder에서 할머니 코까지 연결하는 tubing이 필요한데 특별한 device가 없어서 하는 수 없이 청진기 design으로 되어 있는 영화 상영 시 배급된 hearing device를 변형시켜서 그 device의 한쪽을 탱크에 꼽고 그 마지막 end를 최대한 할머니 코 가까이에 대고 거리가 짧지만 몇 개를 연결해 테이프를 붙이고 band aid에 해당되는 반창고로 연결을 하여 길게 연결하는 데에 어느 정도 성공했다.

Oxygen tank를 open하여 최대한 산소가 할머니 코 가까이로 들어가게끔 연결시켰다.

지시한 대로 제일 열심히 일하는 사람은 할아버지였다.

자기 와이프를 돕기 위하여 뭐든지 시키는 건 열심히 하신 것 같다.

나는 할머니한테 계속 소리를 가끔 질렀다.

"할머니, 심호흡을 크게 천천히 들이켜 보세요."

그런데 이 조그마한 oxygen tank cylinder를 maximum으로 열자 gauge

가 곧 내려가기 시작하는데 계산상 아마 최대한 속도로 사용하면 20분 내지 30분이면 완전히 사용 완료될 거 같았다.

승무원에게 이런 oxygen tank가 몇 개나 더 available 하냐고 물었다.

Total 한 열 개 정도는 가져다줄 수 있는 것처럼 얘기했다.

나는 될 수 있으면 다 갖다 달라고 하였다.

아마 남성 승무원이 열심히 어디선가 overhead compartment에서 꺼내서 그곳으로 운반해 주었다.

그런데 이 모든 일이 진행되는 과정에서 할머니 컨디션은 악화되는 것 같은 기분은 들지 않았다.

나는 이 상태로만 좀 계속된다면 할머니가 비행기가 내릴 때까지는 견뎌 낼 수 있을 거 같은 기분이 든다.

그러나 어느 순간 갑자기 condition이 바뀔 수도 있다.

이제 열 개 가까이 oxygen tank cylinder가 도착하자 나는 할아버지께 이쪽 탱크 gauge가 떨어지면 다음 것으로 연결해서 넘어가서 산소 공급이 지속하게끔 할아버지께 instruction을 드렸다.

할아버지는 나의 아버지보다도 나이가 훨씬 많으신 분인데 너무나 열심히 내가 지시한 대로 따라 주셨다.

어느 정도 안정감이 establish 되자 승무원이 연락한 것인지 기장님이 나오셨다.

나는 사실 기장님이 내가 2층에 도착하기 전에 한 번이라도 나온 적이 있었는지 확실치 않으나 아마도 지금이 제일 첫 번째 등장이신 것 같다.

노련함이 보이는 백인 기장님이신데 나는 간단히 나를 메디컬 인턴을 끝냈다고 소개했다.

그분은 나한테 할머니 컨디션이 어떠냐고 질문하시는 것보다는 나한테 어떻게 했으면 좋겠냐고 물어보셨다.

순간 나의 decision(결정)이 어려워진다.

나는 이 할머니의 진단명도 현재 확실치 않다.

인턴도 산부인과 쪽 인턴이었지, 순수 내과 인턴보다는 아무래도 신경 내과 쪽 경력(exposure)이 적을 수밖에 없다.

Medical school lecture에서나 내과 rotation에서 뇌졸중의 전초 같은 TIA(transient ischemic attack)이라는 진단명을 들어 본 적이 있는데 과연 이런 증세를 두고 하는 말인지, 무언가 원활치 못한 산소공급 때문에 brain에서부터 body에 signal call이 효율적이지 못하여 발목과 팔목이 오그라드는 상태인 듯한데, 혹은 impending 심장마비의 증세의 전초인지 알 길은 없으나 될 수 있는 대로 빨리 할머니를 의료시설이 있는 곳으로 운반해야 한다고 생각될 뿐만 아니라 특히 나를 빤히 쳐다보는 저 할아버지 얼굴이 마치 제발 어떻게 해서든지 빨리 병원으로 옮길 수 있도록 도와달라는 애처로움이 보이니 나 스스로도 기장님한테 빨리 이 근처 공항에서 내리게 해 달라고 하였다.

기장님은 지금 태평양 한가운데에 있어 내릴 비행장이 없다고 한다.

나는 그래도 어딘가 조그마한 military airport도 있을 수도 있다고 생각해서 군대 비행장이라도 좋으니 그곳에 의료시설이 있을 텐데 내리게 해 달라고 했는데, 군대 비행장도 없다고 한다.

그러니 the next logical question(다음 당연한 질문)은 그럼 예정대로 서울로 가는 것보다 더 빨리 내릴 수 있는 공항은 어디냐고 물으니, 지금 현재 코스에서 제일 빨리 갈 수 있는 공항은 일본의 나리타 공항인데 서울로 가는 것과의 차이가 2시간 정도 절약할 수 있다고 하신다.

나는 할머니가 지금 상태를 maintain(유지)할 수만 있다면 우리와 함께 2시간 더 날아서 서울로 들어갈 수도 있지만 도저히 확신감이 생기지 않는다.

혹시나 그 시간 동안에 잘못되어서 그 두 시간 차이 사이에 할머니가 사망한다면 그 많은 blame(비난)을 일생 동안 내가 끌어안아야 하는 것도 난감하다.

특히 할아버지가 지금 나를 쳐다보는 저 얼굴을 보면….

나는 기장님한테 그럼 2시간을 더 아끼기 위해서라도 나리타 공항에 착륙해 달라고 얘기했다.

그런데 참 이 백인 기장님이 너무나도 감동적이다.

보잘것없는 병아리 의사 인턴의 suggestion에 전혀 토를 달거나 무언의 압력을 넣어서 자기가 하고자 하는 쪽으로 바꿀 만한 의도가 전혀 없다.

그분은 당연히 잘 알았다는 의미로 조종실로 들어가셨다.

나는 가끔 계속 할머니한테 소리 질렀다.

"할머니, 잘하고 계세요. 계속 심호흡 가끔씩 깊게 천천히 하세요."

할아버지는 내 말을 할머니한테 또 반복한다.

비행기 창문을 통해 바깥을 내다보니 아직도 햇빛은 밝은데 그 파란 태평양 물 위에 가끔 구름만 몇 개 보인다.

나는 계속 서 있는 상태에서 시계만 가끔 들여다보면서 바깥만 계속 쳐다보고 있는데 아직도 기장님이 말씀하신 나리타 공항으로 향하기 위해서는 아마도 네 시간인지 여섯 시간인지 더 달려가야 하는데, 그 짧은 시간이 더욱더 길게 느껴질 수밖에 없다.

나는 나대로 저 할머니가 oxygen tank를 전부 consume(사용)하게 되면 남아 있는 cylinder가 나리타 공항까지 갈 수 있는 양인지, 얼마나 더 사용할 수 있는지 계산을 해 봐야 했다.

한 cylinder당 valve를 얼마나 많이 여냐에 따라서 시간을 조금 더 길게 끌 수는 있는데, 지금 할머니한테는 최대한 pure 100% oxygen으로 많이 공급을 할 수밖에 없는 상태였다.

비행기 날아가는 시간이 oxygen이 고갈되는 시간보다 길어진다면 total outlet flow를 조금 줄여서 시간을 끌어야 한다.

조종실로 들어간 기장님은 곧 안내 방송을 내보낸다.

원래 이 비행기는 서울로 향하는 도중에 있는데, 아직도 Pacific Ocean의 맞바람이 너무 세 서울로 바로 향하지 못하고 일본 나리타 공항에 잠시 착륙한다고 아주 간단한 목소리로 안내 방송을 냈다.

나는 2층에 있어서 못 느꼈지만 아마 1층 승객들이 크게 동요했을 것 같다.

나는 그때 처음으로 아 기장님들이 편하게 써먹는 작전이 뭐든지 맞바람이 세다는 게 자주 사용되는 technique이라는 걸 인지했다.

하기야 자세하게 situation을 announce하는 것보다는 결론만 단도직입적으로 내보내는 것이 훨씬 더 편할 수밖에 없다.

비행기는 계속 4시간 이상을 달려갔는데, 나는 바깥 창문 쳐다보는 것과 가끔가다가 할머니를 쳐다보는 거 외에는 할 게 별로 없는데, 그나마 할머니 컨디션이 나빠지는 것 같지 않으니 크게 안도한다.

아래 이코노미석 승객들은 그사이에 아마 기내 영화 두 편과 그 다음 기내식도 받았을 텐데 나는 전혀 대접도 못 받고 서 있는 상태에서 할머니만 그리고 바깥과 시계만 초조하게 쳐다보고 있었다.

내 기억에 나는 비즈니스석에 앉은 것 같지도 않다.

환자분이 바닥에 드러누워 있는데, 또한 할아버지는 할머니 옆에 무릎을 꿇고 있는데, 내가 비즈니스석 의자에 앉는 게 격에 맞지 않는 것 같다.

계속 서 있는 상태로 그 비행기 안에 있었다.

그런데 고맙게도 승무원이 오렌지 주스 한 잔을 나에게 가져다주었다.

그거를 마실 때 정말 꿀맛 같았다.

내가 긴장 때문에 목이 말랐던 모양이다.

계속 시계만 들여다보면서 할머니 컨디션을 확인하고 가끔가다 그 옆에 있던 소방대원과 잠시 얘기를 나누고 비행기가 드디어 도쿄 나리타 공항에 착륙한다.

활주로에 내린 후 지정된 장소에 비행기가 stop 하자 나는 바로 창문으로 바깥을 봤는데 해가 어느 정도 떨어져 가기 시작해서 그런지 조금 바깥이 컴컴해지기 시작했고 자동차가 한두 대 보이는데, 내 기억으로는 응급환자 때문에 비상으로 착륙한 비행기 옆에 빨간불이 마구 반짝이면서 차 몇 대가 서 있기를 예상했는데, 아주 예상과는 다르게 아무것도 번쩍이는 게 없다.

빨간불도 켜지 않은 것 같고 자동차 한두 대 정도밖에 겨우 보이지 않는데, 이분들이 너무나 태연한 것인지 이게 그들의 routine(평범한 행동)인지 알 수 없으나 조금 실망할 수밖에 없었다.

그 당시 미국 드라마 시리즈 〈Medical Center〉라는 매주마다 ABC 방송국에서 방영하는 프로그램이 있었는데, 아마도 beginning scene에는 UCLA Medical Center 건물에 마구 달려드는 응급차와 다급히 수술을 하기 위하여 달려드는 주인공, 아마 젊은 외과 의사인 듯한데 그는 나이가 많은 자기 보스인 외과 과장한테도 무언가 오히려 젊은 놈이 더 맞게 진단을 내린 것 같은 해괴망측한 내용이 있었는데, 한 편도 제대로 본 일이 없다.

나는 그때 아 일본 사람들은 미국 medical system을 쫓아오려면 적어도 20-30년을 더 뒤진 원시적인 곳이구나 하고 생각했다.

상당한 시간이 지난 후에 비행기 문이 열렸고, 나는 그래도 곧 제일 먼저 응급 대원이 비상 약품 통이라도 들고 들어와 이 환자부터 데려가는 것을 예상했는데, 문이 열렸는데도 불구하고 무슨 일인지 2층으로 아무도 올라오지 않았다.

오히려 그들은 왜 예정에도 없는 비행기가 이곳에 착륙했냐는 식으로 도리어 immigration(이민국)에 관한 질문으로 시간을 낭비하고 있었다.

아니 그런 시시한 질문은 먼저 환자를 이송한 후에 해도 되는데 어떻게 medical condition 때문에 비상착륙 한 비행기에 이런 시시한 routine으로 시간을 끌고 응급 대원이 전혀 올라올 생각도 안 하는 게 너무나 미국 system에 비해서 뒤떨어진 원시적인 야만인 같다는 느낌이 들었다.

그 일본인 이민국 직원들은 내 기억에 기장님이 아닌 기내 사무장과 상당한 시간을 비행기 문을 열고 여러 가지를 조사와 답변의 과정을 복잡하게 거쳐 모든 일본 쪽이 요구하는 inquiry에 satisfactory 하게 돌아가자 드디어 응급 대원들이 아주 간단한 transportation portable stretch gourney를 들고 2층으로 올라와 환자를 수송해서 내려갔다.

너무나 비행기 도착해서 이 응급환자가 내려갈 때까지 시간이 오래 걸렸다.

오히려 이렇게까지 오래 걸릴 routine(상황)이었으면 차라리 나리타 공항에 착륙하지 않고 곧장 서울로 향하는 게 훨씬 나았다고 결론 내릴 수 있는데, 사실 언제든지 바뀔 수 있는 알 수 없는 할머니 컨디션 때문에 이것이 내가 할 수 있는 한계였다.

그러나 어차피 이 할머니가 비행기에서 내릴 때까지 더 이상 증세가 악화되는 일이 없었으니 나는 어느 정도 안도의 한숨을 쉬었다.

뭐가 맞고 틀린 거에 관계없이 내가 할 수 있는 것이 이것이 끝이었다.

이제 나는 내 original 좌석으로 돌아와 앉았다.

나는 곧 비행기가 응급환자를 내렸으니 출발할 것이라고 예상했는데 한참을 기다려도 출발할 기미가 보이지 않는다.

사람들이 모두 지쳐 갈 때쯤 기장님이 안내 방송을 준다.

사연인즉 이 비행기는 곧 원래 출발할 예정이었는데, federal aviation administration regulation 자체가 일반 승객들은 이해하지 못한 oxygen tank cylinder를 다시 refill(재충전)하기 전에는 비행기가 공중에 뜰 수 없다는 것이다.

이제 어느 정도 지친 사람들은 또다시 한없이 기다리는데 나는 그 oxygen tank가 다시 배달이 되어야지만 비행기가 뜰 수 있다는 것이니 별 선택의 여지가 없다.

상당한 시간이 지나가자 처음에 비행기가 내릴 때 해가 지는 타이밍이었는데, 시간이 많이 지나서 바깥은 훨씬 어두컴컴해졌다.

그렇게 기다리다 창문 바깥으로 보니 oxygen tank cylinder가 cabin 안으로 전달된 것 같았다.

그러고는 문이 닫혔는데, 또 금방 출발할 듯했던 비행기가 전혀 출발을 하지 않는다.

사람들이 전부 지쳐 가는데 또 기장님이 안내 방송을 했다.

이 비행기는 곧 출발할 예정이었는데 서울 본사와 연락 후 그쪽에서 이 비행기가 서울로 출발하지 말라는 지시가 왔다고 한다.

아마도 이유인즉 비행기가 밤이 훨씬 컴컴해진 후 2시간 정도 더 달려가 서울에 내리게 되면 이민국과 세관을 통과한 후에는 마중 나온 사람들과 같이 공항을 벗어나기 전에 그 당시 세계에서 한국하고 몇 나라밖에 없는 curfew, 즉 통행금지 시간이 시작하기가 가까이 되기 때문에 모든 사람들이 공항에 발이 묶이게 될 테니 아예 일본에서 출발을 하지 말라는 지시였다고 한다.

그러니 기장은 오늘 밤 이곳 나리타에서 숙박을 하고 다음 날 아침 일찍 재출발하겠다고 한다.

사람들은 크게 웅성였다.

이제 아무런 선택의 여지가 없어진 승객들은 전혀 생각지도 못했던 타국의 공항에서 내려야 할 입장이다.

그런데 check-in 한 화물들은 놔두고 갖고 탔던 hand carry 짐만 가지고 내려가는 것이 아니라, 모든 짐이 전부 release 될 것이니 짐을 찾아서 이민국과 세관을 통과하여 기다리고 있는 호텔 버스를 타라는 얘기였다.

이제 사람들은 전부다 내려서 luggage pickup carousel에서 짐을 찾은 후, 원하지도 않는 나라의 입국 심사서를 써 내고 도장을 받은 후, 또 세관을 통과해야 하는데 이 일본 세관은 모든 passenger들에게 무슨 불법 물건이 있는지 확인하려 모든 짐을 개봉해서 꾸역꾸역 오른쪽 왼쪽을 다 손을 집어넣어서 물건을 확인한다.

한 사람도 예외 없이 luggage가 open 되지 않은 사람이 없는 것 같다.

이 복잡한 과정을 거쳐서 나오니 조그만 셔틀버스 몇 대가 있는데, 그중 한 버스를 타고 공항 근처의 조그만 호텔로 향하였다.

그 당시 이 나리타 국제공항이 오픈한 지 얼마 안 되는 시점이라 허허벌판에 아무것도 볼 것 없는 밭인지 농지인지, 그저 보잘것없는 조그마한 건물들이 몇 개만 서 있던 시절이었다.

조그마한 호텔에 도착하니 모든 사람들이 한꺼번에 체크인하기 위해 방 배정을 받기 위하여 줄을 서야 했다.

그런데 전혀 예상치 않게 빠르게 arrange가 된 호텔이었음에도, 그런대로 방 배정을 빨리빨리 받았다.

아마 이 조그마한 호텔에 다행히 방이 어느 정도 있었던 모양인데, 원래는 한 저녁 9시 정도에 호텔 내의 식당이 문을 닫는 시간이었던 것 같았는데, 우리가 들이닥친 시간이 10시 조금 넘었을 텐데 임시로 12시까지 식당을 연장 운영하기로 했다며 우리에게 체크인 때 조그마한 식당에서 스낵이나 밥을 먹을 수 있는 쿠폰을 하나씩 지급하였다.

호텔 방 키를 받고 짐을 끌고 방에 들어오니 벌써 11시를 넘는 정도 되었는데, 12시까지 식당이 운영을 한다고 하니 공짜 밥이 어느 정도 수준인지 알기 위하여 식당으로 향하였다.

거기서 간단한 우동 같은 것을 하나 먹고는 다시 호텔방으로 올라와 잠을 청하니 거의 새벽 1시 가까이 되었다.

그런데 아마 airline에서 호텔에서의 아침 식사를 절약하기 위하여서인지 알 수 없으나 비행기 출발 시간이 아침 7시로 잡혀 있었다.

국제공항에 도착해서 짐을 붙이고 7시에 출발하는 비행기에 무사히 탑승하려면 적어도 4시에는 일어나서 5시에는 비행장으로 향해야 하니 불과 3시간 정도 새우잠 자듯이 눈 붙이다가 일어나서 씻고 다시 공항으로 나가야 하는 스케줄이었다.

공항에 도착해서 짐을 다시 부치고 예정된 아침 7시에 비행기는 예정대로 출발을 하였다.

아침 햇살을 받으며 비행기가 뜨자 한 30분 후 기장님으로부터 안내 방송이 나왔다.

어제 우리 비행기에서 내린 승객 환자분은 이곳 일본에 있는 병원에 입원하였는데 컨디션이 괜찮다고 기장님이 비행사 쪽으로부터 연락을 받은 모양인지 우리에게 간단히 안내 방송으로 알려 주었다.

우리 비행기는 아침 10시 정도에 김포공항에 내렸다.

아버님께서는 무슨 일이 있었길래 이렇게 하루가 더 지나서 비행기가 연착해서 올 정도냐고 물어보셨다.

나는 그곳 승객 중 한 분이 medical emergency가 생겨서 어쩔 수 없이 그렇게 비행기가 일본에 내렸다고 설명하니, 차라리 한국으로 곧장 들어와 아버지한테 연락을 했더라면 아버지께서 대학병원에 있는 의사들과 구급차를 그곳 비행장에 내보낼 수도 있었을 텐데라고 하셨다.

그런데 내가 타고 온 비행기 Braniff Airline은 텍사스에서 유래한 신종 비행사인데 굉장히 빨리 비즈니스를 너무나 크게 확장시키고 있는 과정에 있었던지, 그 당시 재정적으로 상당히 압박을 받고 있는 타이밍이었던 것 같다.

나는 그 당시에는 몰랐는데, 그 비행기가 나리타 공항에 내리고 나서 3개월 혹은 6개월, 적어도 1년 안에 그 회사가 파산을 한 후에 사라졌다는 얘기를 들었다.

그때 나는 순간적으로 재정적으로 상당히 압박을 받고 있는 항공사가 엉뚱하게 또 400명이 넘는 승객들을 끌고 전혀 스케줄에 있지 않은 다른 나라 공항에 내렸기 때문에 비행기가 착륙할 때마다 감당해야 하는 어마어마한 착륙비에 호텔에서 발생한 숙박비와 식비 등 여러 가지가 가뜩이나 재정적인 압박을 받고 있는 비행사에 내 어정쩡한 맞는지 모르는지 decision이 큰 타격을 주어서 영영 파산의 길로 들어가게 만든 조그마한 자책감이 들 수밖에 없었다.

그리고 25년 정도가 지난 어느 날, 나는 뭄바이, 그 옛날 봄베이라고 불렸던 인도의 두 번째로 큰 도시에서 말레이시아 항공을 타고 쿠알라룸프르(KL)로 향하는 일정이었는데, 나는 제한된 international flight, 그리고 미국에서 domestic flight을 여러 번 타 봤지만, 한 나라의 한 공항에서 다른 나라의 공항으로 향하는데 departure 시간이 새벽 3시인 항공사의 스케줄을 한 번도 본 적이 없었다.

경험해 보니 정말 잔인한 기분이 든다.

어렵게 비싼 돈 내고 묵었던 호텔에서 침대에 들어가기가 무섭게 두 시간 후 다시 체크아웃을 한 후 국제공항에 와서 적어도 한 시까지는 공항 카운터에서 체크인하고 두 시간 정도 앉아 있다가 새벽 3시에 출발하는 비행기를 타는 형편없는 경험이었다.

그런데 뭄바이에서 쿠알라룸프르까지는 기억이 확실치 않으나 서너 시간 정도 비행하는 스케줄이었고, 별안간 컴컴한 불 꺼진 기내에서 모두 잠들어 있는 승객들을 배려하는 모양인지 아주 나지막하게 기내 방송이 흘러나왔다.

이 비행기 내에 medical field에 종사하는 사람이 있으면 승무원에게 연락을 달라는 아주 조용한 방송이었다.

데자뷰- Déjà vu-

한 25년 전의 Braniff 사건이 별안간 상기된다.

그런데 그때와 지금 다른 건 이 비행기는 새벽 3시에 출발하는 비행기라 그런지 승객이 거의 없는 상태인데, 이 몇 명 안 되는 승객 중에 medical field에 종사하는 사람이 있을 거 같지 않다.

Braniff 비행기를 탔을 때와 현저히 다른 점 하나였고, 그리고 다른 한 점은 나는 더 이상 병아리 닥터가 아닌 내 인생의 medical practice에서 peak(절정)에 와 있는 타이밍이었다.

그리고 그 당시는 태평양 바다 한가운데서 한참 달려가는 다음 비행장까지 거리가 6-8시간 달려야 했지만, 이 비행기는 서너 시간이면 원래 destination에 내릴 수 있는 상황이니 어떤 emergency 결정이 어떻게 내려도, 제 아무리 응급이라도 다른 비행장을 찾아가는 거나 예정대로 내리거나 오십보백보 똑같은 상황에 별로 문제 될 것이 없다고 생각했다.

Cabin attendant를 호출하는 버튼을 누르니 승무원이 왔다.

간단히 안내 방송 때문에 불렀다고 하니 자기를 따라와 달라고 요청했다.

컴컴하게 불이 꺼진 모두 취침 중인 통로를 걸어가니 그 많지 않은 승객 중에 한 여성분이 앉아 있는데, 그 여성이 안고 있는 조그마한 신생아, 한 3-4개월 정도 된 듯한 어린아이를 안고 있었는데, 환자가 이 신생아인 것이다.

엄마 입장에서는 어린애가 이상하게 계속 보채는 증세를 나타내는데, 무언가 잘못되었다는 얘기였다.

내 specialty(전문 분야)는 아니지만 항상 어린아이를 handle하는 과정에서 무수히 많은 neonatology, 신생아전문의들이 아기들을 핸들하는 과정을 봐 왔기 때문에 적어도 무엇을 해야 할지는 능히 와닿는다.

어린아기한테는 3가지 기능밖에 없다.

빠는 function, 싸는 function 그리고 대부분의 시간을 잠을 자는 function밖에 없다.

아기의 condition을 알아내기 위하여 엄마에게 간단히 물어보았다.

비행기 타기 전에 아프거나 열이 있었거나 했냐고 물어보니 전혀 그런 것이 없었는데, 지금 엄마 생각에 애기가 상당히 심하게 보채는 거 보니 무언가 잘못되었다는 것이다.

제일 간단한 신생아의 exam은 빠는 function을 보는 것이다.

Pacifier(플라스틱 젖꼭지 장난감)를 주어서 빠는 걸 확인할 수도 있지만, 그런 플라스틱을 찾는 것보다는 새끼손가락 하나를 입속에 넣어 보면 되는데, 내 손가락을 집어넣기 전에 적어도 내가 어디 화장실에 가서 손을 씻어야 하는데, 이 컴컴한 cabin에서 거기까지 갔다 오는 것도 좀 불편스럽다.

오히려 내 손가락이 아니라 아기 본인의 손가락을 대보는 것이 훨씬 좋을 것 같다.

나는 아기의 손목을 잡아 아기 손가락을 아기의 입안에 집어넣어 봤다.

만약 어린애가 무슨 irritation(자극)이 있거나 어딘가 몸에 잘못된 게 있으면 거부반응을 보이든가 더 보챌 텐데, 생각보다 훨씬 조용하게 그런대로 손가락을 거부하지는 않는다.

적어도 나한테는 좋은 징조이다.

그 순간을 놓치지 않고 어린아이의 배에 손을 살포시 눌렀다가 순간적으로 빨리 떼어 보았다.

Medical field에서는 peritoneal irritation(복막 자극)이라고 불리우는데, 장에 문제가 있으면 순간적으로 빨리 눌렀다 떼는 그 순간의 자극이 어린 아이의 배에 무슨 문제가 있으면 상당한 여파를 주기 때문에 곧 irritation 반응이 일어나 보채기 시작한다.

그러나 아기는 그것에 대해 전혀 불편해하지 않았다.

그러니 기저귀 problem이 아닌 이상 이 아기의 condition은 적어도 괜찮아 보이는 것뿐 아니라 일이 생겨서 비행기가 비상착륙 해야 한다고 하더라도 우리가 가는 쿠알라룸프르 공항이나 타 공항이나 거리는 오십보 백보 똑같은 상황이니 비행기가 이 정도 상태에서 목적지까지 가도 별문제가 없는 아기 같았다.

나는 승무원에게 지금 상태는 애기가 괜찮으니 만약에 예정대로 도착한 후 엄마가 그때도 아기가 이상하다고 생각하면 공항 안에 있는 medical clinic에 잠시 들러서 진찰을 다시 받거나 필요에 따라서 피검사나 초음파나 엑스레이를 찍으면 될 것 같다고 조언을 주었다.

그리고는 다시 내 자리로 돌아와서 다시 앉았는데, 한 30분 정도 후에 cabin attendant와 그녀의 supervisor처럼 보이는 승무원이 나한테 와서 환자를 봐 줘서 고맙다는 차원의 와인을 한 병 선물로 주었다.

고맙게 받았는데 30분 후에 생각지 않은 고민거리가 생겼다.

나는 환승객으로서 쿠알라룸프르에서 타이페이까지 다른 비행기로 갈아타야 하는데 선물받은 와인이 수하물로 부친 짐에 들어가 있으면 상관이 없는데 기내 수하물로 다시 들고 타야 하니 보딩할 때 북미 지역을 향하는 승객들이라면 여지없이 100cc가 넘는 liquid item은 전부 폐기 처분되거나 빼앗기는 규정이 적용이 되면 그나마 선물받은 이 와인병도 영락 없이 처분되거나 빼앗기는 경우가 될 거라고 생각을 했는데, 아마도 내 기억에 북미 쪽을 향하는 비행기가 아니라 그런지 별문제 없이 그다음 비행기에 갖고 올라탈 수가 있게 되었다.

전혀 생각지 못한 이상한 이벤트들이 조그마한 기억으로 남는다.

# Chapter 9

# The First Loss
# (첫 사망)

평범한 의료 상식을 필요로 하지 않는 분들을 위한 간단한 medical lecture입니다.

사람 몸에는 핏줄이 있고 핏줄 속에 피가 들어 있습니다.

이 피를 뽑아서 조금 기다란 cylinder glass tube에 넣고 빠른 원심분리기로 돌린 몇 분 후에 stop 시킨 후 쳐다보면 그 glass tube 아래쪽에는 침전물이 가라앉습니다.

쉽게 표현하면 고춧가루 물을 원심분리기로 돌리면 고춧가루가 제일 아래로 가라앉습니다.

이 고춧가루에 해당되는 피, 쌓여진 침전물은 RBC(red blood cell), 즉 적혈구라고 합니다.

이 적혈구의 제일 중요한 기능은 oxygen molecule(산소)를 등에 업고 우리 몸의 각 필요한 장기에 전달해 주는 아주 중요한 역할을 합니다.

이 적혈구를 현미경으로 크게 들여다보면 cartoon(만화)에서 보다시피 혈관 속을 마구 이동하는 적혈구 모양은 동그란 도넛 모양입니다.

그런데 one given amount의 피를 뽑아서 침전도를 가라앉혔을 경우,

그 given total 분량에서 가라앉은 만큼의 퍼센트를 계산하면 이것이 바로 빈혈도를 나타내는 hematocrit이고, 이 카운트의 1/3 정도를 hemoglobin 양이라고 부릅니다.

즉 주어진 분량의 가라앉은 침전도가 40%를 차지하면 40% hematocrit에 13g hemoglobin이라고 합니다.

정상적인 사람의 수치입니다.

피를 흘려 Hgb count가 3-5 아래로 내려가면 산소부족으로 창백하게 보이고, 장기가 쇼크에 빠집니다.

그리고 침전물이 아닌 윗부분, 위의 60% 정도는 serum, 혈청이라고 부르는 것인데, 고춧가루 물은 일종의 transparent(투명)한 물이지만, 고춧가루가 다 가라앉았을 경우 위에 남는 것은 깨끗한 물이지만, 사람 피에서는 적혈구가 다 가라앉은 경우 그 위에 남는 살짝 노란색을 띄는 부분은 대부분의 구성분을 albumin(알부민)이 차지합니다.

그 serum이 모든 medical test의 근본적인 매체입니다.

이 속에는 백혈구도 들어 있고, 혈소판인 platelet 도 들어 있고, 모든 병의 항원인 간염도 들어 있을 수도 있고, 매독 항원 test도 혈청을 통해 실험합니다.

그리고 이 혈청 속에는 사람이 피를 흘렸을 때 피를 멈추는 굳어지게 만드는 많은 응고 액체가 들어 있습니다.

그 응고 액체의 구성 분자의 대용품을 FFP 혹은 cryoprecipitate라고 부르는데, 사람이 피를 많이 흘려서 수혈을 할 경우, 이 serum 속에 들어 있는 중요한 구성분이 정상 복구를 해 줄 수 있는 중요한 액체입니다.

사람이 적십자사에 피를 헌혈할 경우, 그 뽑아낸 피는 냉장고에 보관해도 수명이 너무나 짧아서 곧 빠른 시간 내에 폐기 처분하게 되는데, 이 뽑아낸 피를 분리시켜서 적혈구와 serum을 분리시켜 보관할 경우 상당히 오랜 시간 냉장 보관을 해서 다시 합쳐질 수가 있습니다.

베트남전쟁 당시 한국에서 파견된 의학 상식이 뒤떨어진 위생병의 눈에는 한국 병사가 총에 맞아서 피를 흘릴 때 회복하지 못하고 사망하는 경우가 있었는데, 이상하게도 비슷한 상처 입은 미군 쪽에서는 살아나는 사람들이 훨씬 많아 보였는데, 한결같이 그들의 팔뚝에 꼽고 있는 노란 병, 나중에 알고 보니 알부민이라는 수액이었는데, 위생병의 생각에는 아마 저 노란 액체가 사람을 살리는 wonder drug이라고 생각을 했던지, 그 소문이 퍼져서 한때 한국 사회에서 마치 이 노란색 수액을 맞으면 굉장히 건강을 유지시키는 기가 막히게 좋은 약이라고 너무나 소문이 크게 나, 돈이 있는 사람들은 의원을 방문하여 요즘 자기 몸 건강상태가 기운도 없고 좋지 않은데, 이 알부민 한 대를 놔 달라고 의사들한테 부탁을 합니다.

Medical training이 있는 의사들은 당연히 필요 없는 request라고 알고 있지만, 돈 많은 사람들의 요구에 들어주지 않으면 고객을 뺏길 거 같은 위기의식 때문에 할 수 없이 공급처로부터 이 알부민을 입수하여 환자들에게 놓아 줬습니다.

의학적 입장에서는 몸 컨디션이 좋지 않았더라면 차라리 종로에 있는 설렁탕집이나 곰탕집에서 고기를 하나 더 먹는 게 훨씬 실질적 도움이 될 수 있음에도 불구하고 환자들의 demand 때문에 어쩔 수 없이, 그러나 위험하기 짝이 없는, 제대로 정제되지 않으면 모든 간염에서부터 여러 질병까지 다 남의 질병을 옮겨 받는 위험을 스스로 자처하고 있었던 것입니다.

사람이 너무나 많이 피를 흘릴 때는 이 적혈구랑 응고 기능이 있는 serum 전체를 필요하는 whole blood를 필요로 하는데, 다만 whole blood는 보존할 수 있는 시간이 너무 짧기 때문에 반드시 두 개로 나누어서 냉장고에 있어야만 상당히 오랫동안 보관할 수 있는 점이 있습니다.

사람이 급격하게 많이 피를 흘리면 적혈구가 없어서 장기에 산소가 전달될 수 없는 위험도 있지만, 또 한편으로는 세럼의 응고를 도와주는 여러 가지 구성 분자가 많은데 이것이 있지 않으면, 그리고 이것을 보충해주지 않으면 응고가 되지 않기 때문에 출혈이 지속됩니다.

응고가 되지 않고 이 출혈이 지속되는 clinical condition을 DIC(Disseminated intravascular coagulation; 파종성 혈관 내 응고)라고 부릅니다.

한국에서는 의사가 의원 office를 개원하려고 하면 유동 인구가 많은 적당한 장소를 select 하여 커다란 간판을 바깥에 걸면 그런대로 개원을 할 수 있는 듯하나, 미국은 zoning(지역 제한)이란 상당한 제재를 받기 때문에 아무 데서나 office를 낼 수가 없다.

자기 돈으로 자기가 건물을 세워 병원을 개원할 수도 있을 것 같으나, 상당히 까다로운 building 규제 때문에 병원 자체나 office 자체를 자기가 원하는 곳에 세우기가 훨씬 까다롭다.

모든 병원에 관한 규정과 소방법과, 그 지역의 구청에서 요구하는 모든 조건을 충족시켜서 규정대로 만들기가 무척 까다롭다.

그래서 대부분의 의사들이 개원을 하기 위해서는 이미 모든 조건을 충족하여 만들어진 건물의 office space를 빌려서 그곳에 본인의 office를 셋업 하면 모든 조건이 맞춰진다.

광고도 허용되지 않고, 엘리베이터 옆의 directory에 이름과 office

number를 나타내는 정도밖에, 그리고 office 문에 이름과 전문 과목밖에 허용되지 않는다.

그 건물이 지어질 때 주차장 확보도 다 규정대로 되어 있어야 하고, 장애자 환자를 위한 주차 자리도 확보되어 있어야 하고, 그 공간에 넓직한 space도 규정대로 확보되어 있어야 하고, 환자나 장애자가 문을 열 때 rotating knob이 아니라 push-down으로 문을 열게끔 규정대로 되어 있어야 하고, 화장실에 들어가서는 휠체어가 충분히 움직일 수 있는 공간도 있어야 하며, 주차장도 조금이라도 경사가 지면 그대로 콘크리트를 깨트려 평평하게 만들어야 하는데, 여러 가지 복잡한 소방 규제가 많다.

건물 안에는 당연히 일생 동안 쓰지 않더라도 벽 어느 위치에 정확하게 화재 발생 시 사용할 수 있는 소화기도 배치되어야 하고, 제 아무리 짧은 복도라도 반드시 emergency에 어느 쪽으로 환자가 이동해야 하는지 비상구 화살표와 비상구까지 그림이 그려져 있어야 한다.

사실 정말 급할 때 볼 시간도 없음에도 불구하고 그림이 붙어 있어야 한다.

당연히 그 office 내에 걸린 진열장이나 사물함에는 자물쇠로 잠글 수 있는 key system이 있어야 하고, clean area와 피를 뽑거나 여러 가지 실험을 채취할 수 있는 공간이 규정대로 떨어져 있어야 하며, 그곳을 주기적으로 소독을 해야 하는 규정도 있고, 어느 통증 약이나 마약이 정확히 누구한테 얼마나 사용되었는지 기록되어야 하는 log book도 항상 규정대로 기록이 되어야 한다.

그런데 이것은 어디까지나 office에서 의사가 환자를 진찰할 때의 이야기고, 이러한 office에서 할 수 있는 의료시술을 넘어 24시간 이상 간호원이 돌보거나 환자의 condition을 측정해야 할 경우 문을 닫는 office에서 할 수 없으니 할 수 없이 surgical facility가 provide 되는 병원으로 옮겨서 수술을 해야 한다.

그러므로 미국의 의사들은 수술이나 입원을 해야 하는 환자들의 경우 병원으로 옮겨서 procedure를 해야 하는데, 그러기 위해서는 의사가 그 해당 병원을 쓰겠다는 허가를 병원 당국으로부터 받아서 언제든지 자기 환자를 그쪽에 데리고 가 수술을 하고, 그쪽에서 회복 후 퇴원할 때까지 병원 당국의 간호원과 그곳의 nursing care를 받아야 하기 때문에 일일이 개개인의 의사가 수술실까지 확보할 필요는 없다.

그렇기 때문에 모든 의사가 자기가 쓰고 싶은 병원에 application을 넣어서 허가만 받으면 해당 병원의 staff doctor라는 자격을 부여받는다.

그러므로 어느 의사는 서울대학병원에 application을 넣어 그곳에 환자를 입원시킬 자격을 부여받으면 서울대학병원의 staff doctor가 되는 것이고, 아산병원에서나 삼성병원에서도 동시에 받을 수 있으며 자기가 원하는 아무 때고 그 병원에 환자를 입원시킬 수가 있는 자격을 부여받는다.

그런데 가성비라는 것을 따져 봐야 한다.

이 병원을 사용할 수 있는 조건은 1년에 적어도 몇몇 케이스 이상의 환자를 입원시키거나 수술하겠다는 조건이 붙고, 그 병원에서 요구하는 적어도 한 달이나 두 달에 한 번 행하여지는 병원의 medical staff 회의들을 1년에 50% 이상 참석해야 할 뿐만 아니라, 병원에서 요구하는 여러 가지 조건을 만족시켜야 한다.

입원환자가 있다면 적어도 하루에 한 번은 자기 환자의 condition을 보기 위해서 나타나 일지에 기록을 해야 하며, 병원은 병원대로 의사 스스로가 입원시키거나 수술한 케이스들이 며칠간 입원을 시켰으며 환자가 퇴원 후에 되돌아오거나 다시 complication 때문에 재수술하기 위해서 되돌아온 통계가 이 의사가 환자를 handle 하는 performance 기록으로 남는다.

그럼 병원은 2년마다 한 번씩 privilege를 갱신할 수 있는 기간이 오는데, 그때 이 의사에 대한 평가 기준으로 이 의사에게 병원을 계속 사용해도 되는지에 대한 평가가 내려지게 된다.

그리고 의사 입장에서 각 병원마다 privilege를 받을 때마다 조금 귀찮아지는 requirement는 어느 환자가 의사가 정해지지 않은 상태에서 응급실로 들어올 경우 이 환자가 누구의 환자로 기록되느냐가 어느 정도 골치 아픈 일인데, 대부분 doctor assignment 없이 들어오는 응급환자들은 무보험이며 의사 입장에서는 일종의 어쩔 수 없는 당직 스케줄에 따라 assign되는 케이스들은 어찌 보면 위험부담만 많은, 그렇다고 compensation에 대한 merit도 없는 케이스지만, 어쩔 수 없이 병원 당국에서 누군가가 치료해 줘야 하는 입장 때문에, 그렇다고 병원에서 일일이 그 많은 의사들을 고용하여 그 비싼 expense를 커버할 수 없으니 각 staff doctor마다 한 달에 몇 번씩 강제적으로 그날의 당직 스케줄에 이러이러하게 들어온 환자들을 맡도록 하게 하는 시스템을 만들어 놓았다.

별로 사용하지 않는 한 병원이지만 IPA에서 돈을 save 하기 위하여 계약을 해 놓은 보험상 어느 환자는 할 수 없이 수술이나 입원을 그 계약된 병원으로 가야지만 환자가 부담 없이 의료혜택을 받을 수 있으니 그 병원으로 데리고 가서 수술을 해야 한다.

결국 그렇게 몇 안 되는 환자들의 보험 때문에 원하지도 않은 병원에서

staff doctor로 발을 걸어 놓았는데, 별안간 환자가 들어왔는데 운 나쁘게도 그날이 내 당직 assignment가 들어왔던 날이었다.

응급실에서 나한테 전화가 온다.

어느 젊은 환자가 free standing surgical center에서 간단한 부인과 수술을 받았던 모양인데, 회복실에서 회복하는 과정에 뭔가가 환자의 condition이 stable 하지 않아 할 수 없이 surgical center보다 큰 이 병원의 응급실로 실려 왔다.

응급실에 있던 의사는 training manual에 따라서 어느 정도 자기가 여러 가지를 평가한 후, 그날의 당직 의사한테 연락하는 것이 routine인데, 그날 응급실 의사는 뭔가 귀찮다는 듯 여성 환자가 들어왔으니 아예 별 평가 없이 산부인과 당직 스케줄에 걸려 있는 내 이름을 보고는 나에게 연락을 해 왔다.

하는 수 없이 응급실로 가서 그 환자를 평가해야 한다.

환자는 계속 배가 아프고 피검사 결과는 어느 정도 빈혈이 보이는데, 아프다는 배가 free standing surgical center에서 시행했던 수술 부위와는 다른 부위였다.

정확히 어떤 수술을 했는지 물어보니, 산부인과에서 말하는 rectocele 혹은 posterior repair라는 수술인데, 순간적으로 그 누구한테나 최소한의 산부인과 쪽 트레이닝을 받은 사람한테는 도저히 이해가 되지 않는다.

그 posterior repair라는 수술은 원래 아이를 많이 출산한 사람이, 태아가 질을 빠져나갈 때 큰 stretch effect 때문에 질 조직이 늘어지는 경향이 있는데, 나이가 들면 들수록, 출산 횟수가 많아질수록, 그 stretch의 정도가 심해지고, 너무 심해지면 그것을 누르는 fascia라는 조직체가 약해지면 자궁과 방광이 내려오고, 대장의 마지막 부분인 직장이 질 위로 올라오기 때문에 부인과 수술에서는 흔한 수술 중 하나이다.

그런데 지금 이 환자는 출산 경험이 전혀 없는 젊은 베트남 여성이었는데, 그 전혀 동떨어진 posterior repair를 받았다는 얘기였다.

그런데 posterior repair를 받았으면 질 안쪽이 더 아팠을 텐데, 통증의 위치가 배 속이라고 한다.

어딘가 앞뒤가 맞지가 않는다.

이유야 어떻든 간에, 이 환자에게 이 순간부터 일어나는 모든 일은 당직인 내 책임으로 등록되어 있다.

환자가 들이닥칠 당시 응급실 의사가 생각이나 training이 제대로 된 사람이었다면 당연히 시행했어야 할 피검사 외에 영상학적 test도 환자의 컨디션 따라서 했어야 하는데, 아무것도 하지 않고 산부인과 당직에게 케이스를 넘겨 버린 것이다.

뭔가 영상학적으로 혹은 도움이 될 만한 보고서가 있어야 하는데, 이제 와서 다시 여러 가지 테스트를 시행하기엔 결과가 모두 나오기에는 시간이 너무 오래 걸릴 것이라 지금 환자 컨디션을 봐서는 그렇게 오래 기다릴 수가 없는 상황이다.

약간의 old fashion procedure이지만 간단한 바늘 테스트가 하나 있다.

나에게 궁금한 것은 이번에 이 환자의 vital sign이 왜 stable 하지 못하고 피 카운트가 낮고, 배가 아프다는데 제일 중요한 건 혹시 배에서 피를 흘리고 있는 게 아닌가 생각하는데, 이 환자가 surgical center에서 받은 수술은 간단하고 피도 거의 많이 흘리지 않는 수술이라, 배에서 출혈이 생길 이유가 없다.

하는 수 없이 환자의 영상 테스트를 해야 했지만 제일 먼저 알고 싶었던 것은 이 수술과 관계없이 배 안에서 혹시 난소의 물집이 터져서 피를 흘릴 수도 있으니 혹시 피가 배 속에 쌓여 있는 것이 아닌가 하여 할 수 없이 간단히 긴 바늘로 질 깊숙이 어느 한 부분에 찔러 보았다.

해부학적으로 사람이 서 있을 때 모든 물이 제일 아래쪽인 이곳에 고이게 된다.

'Pouch of Douglas'라고 불리우는 부위이다.

복막을 뚫고 들어가는 바늘이라 어느 순간 아플 수는 있지만, 제일 간단하게 들어가서 빠져나올 수 있는 순간을 보는 테스트인데, 놀랍게도 고였던 응고가 안 된 피가 나온다.

이 파우치에 피가 고여 있다는 것은 배 속 어디선가 출혈이 있다는 이야기이다.

이 수술과 관계없이, 혹은 이 수술과 어떻게 연관이 있는지 알 수 없으나, 배 속에 출혈이 있으니 하는 수 없이 수술실로 들어가 쳐다봐야 한다.

복강경으로 들여다보는 옵션도 있지만 무언가 바늘로 꿰매야 하는 경우가 생길 시에는 조금 어디서 일을 벌리냐에 따라서 차라리 조금 배를 자르고 들어가는 게 훨씬 더 손쉽고 편하게 끝낼 수가 있다.

개복술이 복강경보다 하나 더 advantage는 손으로 직접 만져 볼 수 있는 혜택이 있다.

수술실로 들어가 배를 조금 열고 배에 고인 피를 다 suction으로 뽑아내고 약간의 물을 부어 그곳을 조금 더 맑게 해 주고, 어디선가 피 색이 고이는 쪽의 위치를 찾아보니 배 제일 아래쪽 자궁 뒤쪽의 코너에서 일종이 작은 구멍이 보인다.

그곳의 조직이 찢어져 계속 피가 흐르고 있던 것이다.

손을 넣어 손가락으로 그 구멍을 만져 보았다.

조그만 터널이 만들어져 있다.

이론상으로 자궁 제일 아래 제일 뒤쪽은 질 쪽에서 보면 누군가가 posterior repair를 한답시고 조직을 separate 하는 과정에서 온갖 기구로 인하여 순간적으로 파열을 시킨 것이다.

그런데 그때 상처를 입은 조직체가 피를 흘렸는데 그 피가 바깥으로 나오지 않고 배 속으로만 흘려서 그동안 배 안에 피가 고인 것이다.

하는 수 없이 어려운 각도이지만 curve가 있는 바늘을 이용해 실밥을 그곳에 두 군데로 크게 끌어올리고 묶어서 그 공간을 막아 주고 나오는 피가 조직에 붙들려서 더 이상 새지 않게 repair를 끝냈다.

그리고는 나머지는 절개한 배를 꿰매고 수술실을 나오고, 간단히 몇 팩 정도 수혈로 그동안 잃은 피 카운트를 올려서 회복하게 하게끔 회복실로 보냈다.

수술 자체는 결국 uneventful 하게 되었는데, 그 회복하고 있을 당시 병원 당국 입장에서는 그 환자한테 너무나 알 수 없는 방문객들이 수시로 환자한테 approach 했던 모양이다.

나중에 여러 가지 그 환자를 책임지던 간호원들의 종합적인 얘기는, 이 수시로 마구 달려들던 환자의 직계가족이라고 생각했던 사람들은 처음에 수술을 했던 surgical center 관계자들인데, 나중에는 FBI 요원까지 이 케이스를 조사하겠다며 내 개인 office를 찾아오게 되었다.

결국 이 케이스는 '맞바꿈 수술'이 동원된 '보험사기'였던 것이다.

내막을 간단히 얘기하자면, 환자의 건강보험으로는 본인이 원하는 성형수술이 보험 처리가 안 되어서, 이 클리닉에서는 환자가 원하는 성형수술을 해 주고, 보험 처리가 될 수 있도록 성형수술이 아닌 부인과 수술로 위장해 보험금을 타낸 것이다.

서로에게 win-win 상황으로 클리닉은 보험금, 환자는 원하던 성형수술을 받을 수 있게 '맞바꿈 수술'로 의료 사기를 쳤으나, 이 과정에서 생각지 못했던 수술 부작용으로 환자는 결국 병원 응급실로 내원하게 되었고, 이로써 이런 불법 사기 행각이 만천하에 드러난 것이었다.

그것을 입막음하기 위하여 surgical center에서 수많은 관계자들이 이 환자에게 달려들어 일을 무마시키려는 시도가 있었다는 것이 들통이 났고, 환자가 거주지가 아닌 타주까지 와서 벌어진 범죄였기 때문에 연방법에 의하여 FBI까지 출동하게 된 것이다.

이 사건이 또 어느 정도 시간이 지난 후 힘들게 출산한 산모의 case를 끝내고 뒤늦게 집에 들어와 잠을 자고 있었다.

잠이 들은 지 두 시간 정도 후에 또다시 다른 병원에서 전화가 왔다.

어느 한 산모가 진통으로 들어왔는데 임신 초기에는 산전 치료를 잘 받고 있는데 government에서 guarantee 하는 Medi-Cal 보험이 있음에도 불구하고 그 후에는 산전 치료를 하지 않았던 모양이다.

지금 진통이 주기적으로 오고 있을 뿐만 아니라 그래프에는 태아가 잘하고 있지 않다는 상태를 나타내고 있다고 한다.

거기다가 이번이 이 산모의 세 번째 임신인데, 전에 두 번의 출산 모두 다 제왕절개로 출산을 했다고 한다.

이러니 내가 제일 기대하는 아침잠을 더 자고 나서 다시 산모를 평가할 수 있는 느긋한 케이스가 아니다.

40주 만기에 진통이 있고, 지난 출산들은 제왕절개였고, 태아의 상태가 좋지 않은 태동의 그래프가 있다고 하니 하는 수 없이 병원으로 바로 달려가야 한다.

이런 비슷한 케이스들은 늘 당직일 때 많이 봐 왔다.

병원 규정상 당직일 때는 내가 원하지 않아도 케이스가 들어오면 무조건 어쩔 수 없이 달려가서 환자를 봐야 하는데, 이런 류의 복잡한 케이스들은 늘 환자의 담당의에게 가지 않고 응급실로 내원하는 경우들이 흔하게 보였다.

이런 경우 결과가 늘 좋지만은 않았고, 때때로 원하지 않아도 의료 소송에 쉽사리 휘말리는 경우도 허다했다.

하지만 의사로서의 책임감과 사명감으로 결과에 상관없이 진료에 나서야 한다.

하는 수 없이 차를 타고 트래픽이 거의 없는 고속도로로 진입하기 전에 빨간 신호등에서 잠시 서게 되었다.

몇 시간만 더 나한테 전화가 늦게 왔더라면, 혹은 그 환자가 늦게 병원에 들어왔더라면 이 케이스는 다음 당직의에게 넘어갔을 테고 나는 involve 될 이유가 없었을 텐데 조금 운이 나쁘게, 후회스럽지만 어찌할 재간은 없다.

나는 빨간 신호등에 대기하는 순간 조금 이상한 기분이 들었다.

그 환자는 처음에는 산전 치료를 했었는데, 왜 계속 산전 치료를 받아서 진통이 올 때 그 닥터가 수술하는 병원으로 가서 수술을 받으면 되는 것인데, 산전 치료를 왜 중간에 중단했으며 doctor assignment이 없는 지금 내 병원으로 온 것인지 의아한 점이었다.

그러나 it doesn't matter.

지금 문제는 환자를 빨리 평가해 수술을 끝내는 것이 나의 책임이다.

병원에 도착하여 지금 나타내고 있는 환자의 컨디션을 보니 더 이상 아침까지 미룰 상황이 아니라 당장 이 순간에 수술을 하는 것이 엄마나 태아에게도 안전할 것 같다.

하는 수 없이 반복 제왕절개로 들어간다고 간호과장에게 연락하여, 간호과장은 오늘 당직 스케줄에 있는 간호원 수술 팀원 전원을 30분 안에 다 병원으로 소환한다.

당연히 마취과에도 연락이 가고, 나는 나대로 내 케이스를 assist할 의사에게 연락을 해야 하는데, 새벽 2-3시에 곤히 잠들어 있던 내 동료를 깨워야 한다는 게 미안할 수밖에 없다.

하는 수 없이 나를 항상 많이 도와주는 중국계 의사에게 assist를 와 달라고 연락을 취했다.

그는 피곤한 몸인데도 불구하고 그 스스로도 산부인과 의사이니 누구나 어쩔 수 없이 다 해야 하는 일임을 능히 이해하기 때문에 내색하지 않고 곧 나타나겠다고 했다.

준비가 끝난 후 팀들이 전부 산실에서 수술실로 환자를 이동시켰다.

배를 open 해 보니 왜 태아 검진에서 뭔가 잘하고 있지 않다고 그래프가 떴는지 이유가 등장한다.

내가 잘라야 할 자궁 아랫부분이 벌써 어느 정도 크게 찢어져 있었다.

제왕절개 두 번을 하고 똑같은 자리를 꿰맸던 모양인데, 그 자리가 진통 때문에 파열이 되어서 찢어져 있었다.

자궁파열의 일부분이다.

이 진통이 더 계속되었더라면 어린애가 자궁 경부 아래쪽으로 내려가는 것이 아니라, 이 파열된 자궁 아랫부분이 더 크게 벌어지면서 배 안이지만 자궁 바깥으로 밀려날 수 있었던 것이다.

그렇게 되면 출혈이 어마어마했을 것이고 탯줄과 연결된 태반도 쉽게 떨어져서 피뿐만 아니라 산소공급이 잘못되어서 태아가 크게 뇌성마비로 다치거나 사망할 수도 있고, 산모도 큰일이 날 수 있는 여러 가지 복잡한 일들이 일어날 수 있다.

내가 아는 어느 의사는, 담당했던 환자가 자궁 아래쪽이 그 옛날 제왕절개로 꿰맸던 부분이 파열되어서 계속되는 진통 때문에 그대로 어린아이가 파열 부분으로 빠져나가 엄마의 횡경막 아래에 꾸부러진 자세로 빠져나와 태아가 사망한 케이스가 오래전에 있었다.

이번 애기는 그런대로 바깥으로 튀어 나가지 않았으니 파열된 부분을 조금 더 확장시켜 그 공간으로 어린아이를 빼서 들어내 대기하고 있던 소아과 의사에게 인계하였다.

태반도 순조롭게 꺼냈지만 자궁을 수축시킨 후에 이미 파열된 부분을 어느 정도 보니 도저히 그냥 보통식으로 실밥으로 연결시키기엔 무리가 많다.

제대로 붙는다는 보장도 없고 이 환자가 다시 임신을 안 할 수 있지만, 다시 임신을 하게 된다면 똑같은 부위가 똑같이 파열되고 더 어린애가 disastrous 한 쪽으로 끝날 확률이 훨씬 높다.

나를 도와주는 assistant doctor도 자기 경험으로 보면 그 파열된 부분을 다시 실밥으로 붙이는 것보다는 환자의 안정성을 계산하면 차라리 자궁을 들어내는 것이 훨씬 산모한테 덜 위험할 것 같다고 한다.

하는 수 없이 우리 둘은 자궁을 들어내는 것으로 결정을 내렸다.

이제 제왕절개를 덮는 repair가 아니라 자궁 전체를 들어내는 자궁 적출 (hysterectomy)의 procedure로 들어갔다.

자궁 적출 자체도 임신이 없었을 때는 그런대로 어려운 수술이지만, 피를 지금과 같이 많이 흘리지는 않는다.

지금은 커질 대로 커진 태아의 size 때문에 자궁에 어마어마하게 피가 많이 몰려 있고, anatomical structure가 크게 달라져 있다.

사이즈가 커짐으로써 모든 포지션이 다 달라져 있는 것이다.

방광의 위치도 훨씬 더 위험스럽게 올라와 있고, 자궁의 오른쪽과 왼쪽에 붙어 있는 곳에도 피가 무서울 정도로 많이 몰려 있다.

이에 한 조직, 조직마다 다 들어내면서 바늘과 실을 이중으로 묶어서 조금씩 조직을 분리시키고, 가운데에 있는 평소보다 커진 자궁 전체를 다 들어내야 한다.

이것도 정상적인 아침이나 오후 느긋한 시간에 하는 수술도 아니고, 지금 새벽 서너 시에 선택의 여지 없이 이 procedure를 끝내야 했다.

자궁 적출된 후 나머지 묶었던 매듭을 다 일일이 확인한 후, 특별히 출혈이 있는 위험스러운 부위가 없음을 확인하고는 abdominal skin incision을 다 꿰매고 닫았다.

산전 치료를 받지 않아서 그런지 엄마의 병원에 들이닥쳤을 때 빈혈도 피 count가 평균적인 산모보다 훨씬 낮게 시작했다.

거기에다가 정상적으로 흘리는 제왕절개에서의 피, 태반이 떨어져서 자궁을 수축시킬 때 흘리는 피의 양과 어마어마하게 부풀은 자궁 옆에 적출 과정에서의 수술 때문에 수술이 끝날 때까지 출혈된 피 분량이 훨씬 평균보다 높았을 것이다.

회복실로 간 환자한테 operative dictation이 끝난 후에 환자를 일반 산과 병동이 아니라 중환실에 24시간 정도 더 가까이 쳐다보기 위하여 중환자실로 이동시키라 지시를 줬고, 빠른 시간 내에, 적어도 피 count가 낮을 것이니 아예 앞당겨 최소한 3팩 정도 수혈을 하라고 지시를 내렸다.

새벽 5시 정도에 피곤하게 집으로 돌아와 잠을 청했는데 두 시간 정도 지난 오전 7시가 조금 지난 시간에 다시 전화가 왔다.

제왕절개와 자궁 적출을 한 환자가 심정지가 와서 응급실 팀에서 달려와서 지금 심폐소생술(CPR)을 받고 있다고 보고를 받았다.

깊은 잠에 들었었지만 별안간 일어나 다급히 병원으로 향한다.

오전 7시 출근 시간이라 그런지 고속도로에 차들이 가득 차 있어서 마음은 급하지만 차들이 움직이지 않으니 어쩔 수가 없었다.

다만 병원에 있는 응급 팀이 달려들어서 환자에게 응급처치를 하고 있다니 어느 정도 마음은 놓인다.

그곳에 도착하자 곧 상황을 알아본다.

그곳에 도착하고 보니 벌써 환자는 응급실 의사들이 끝내고 철수한 모양인데, 환자는 ventilator에 계속 의식이 없이 누워 있다.

그런데 그렇게까지 중환자실에 넣어서 조금 더 vital sign에 신경 쓰고 수혈을 하라고 지시를 줬건만 하나도 수혈이 되지 않았던 모양이다.

그도 그럴 것이 규모가 작은 병원에 아침 7시면 간호원끼리 서로 교대가 되니 내 환자에 대해서 그렇게까지 열정적으로 신경을 쓰지 않았던 모양이고, 그리고 그들의 excuse는 분명히 자기네들도 blood bank에 수혈에 필요한 피를 보내 달라고 연락하였건만 도착이 아니하였는데 어떻게 자기네들이 수혈을 할 수 있는 방법이 있었겠냐, 그사이에 환자의 피 count가 낮아서 심정지가 왔다는 것이다.

사실 나는 자궁 적출 수술 후에 surgical recovery에서 환자가 이동된 후 intubation tube를 뺐는지 혹은 계속 낀 채로 중환자실로 옮겨졌는지 확실치가 않다.

어찌 되었 건 그것은 이미 지나간 일이고, 지금 이 순간에 나한테는 해야 될 게 한두 가지가 아니다.

지금 모든 available 한 personnel들을 동원해 마구 blood bank에서 피를 빨리 공급시키게 지시를 주고, 수혈 분량을 늘리고, 또한 응고에 필요한 FFP와 cryoprecipitate와 platelet도 빨리 공급하게끔 재촉한다.

그런데 그동안에 피검사 결과를 보니 돌아오는 결과가 환자가 벌써 DIC에 진입한 모양이다.

이렇게 되면 hemoglobin level이 3 내지 5라고 가정했을때, 정상범위인 10에서 13까지, 원래는 한 팩 정도 적혈구가 hemoglobin을 1그램 정도만 올려 주니, 적어도 8-9팩을 필요로 하는데 그것에 수반해서 응고제 역할을 하는 FFP가 적어도 4-5팩 정도는 최소한 더 필요하다.

그런데 환자가 DIC 과정에 이미 들어갔으면 평소의 수혈량보다 두 배가 더 들어가야 하니 이 환자에게는 적어도 14-15팩 정도를 필요로 한 것으로 계산이 되는 것이다.

Blood bank와 중환자실 간호원들을 독촉해 massive amount of transfusion이 일어나게끔 지시를 준다.

혈압은 평균보다 좀 더 낮을 수 있지만, 거기에 compensatory tachycardia, 맥박이 약 110에서 120을 뛰고 있는 것 같다.

부족한 부분을 맥박 횟수를 빨리하여 사람 몸을 반사적으로 맥박이 빨라질 수밖에 없다.

1분에 110에서 120회, 말이 쉽지, 우리가 국민학교 때 100미터 달리기를 하고 헉헉거리면서 들어온 사람들의 심박수가 그 정도인데, 이 환자는 앞으로 며칠간을 그 횟수로 뛸 확률이 높다.

나이가 많은 사람은 심장 자체가 견디지 못하는데 그래도 젊은 환자라서 그런지 잘 견뎌 내고 있는 중이다.

처음 24시간은 오로지 피 count를 혈압과 맥박이 최대한 대로 뛰어만 준다면 다급히 제일 많은 산소를 모든 장기에 공급하기 위해서는 피 count를 최대로 올려 줘야만 사람이 살 수가 있다.

그리고 응고가 안 되는 DIC니 응고가 더 잘될 수 있게 추가 blood product를 계속 주입해야 한다.

첫 24시간은 완전히 이 너무나도 내려간 피 count를 올리는 데에 다 소비했다.

서너 시간마다 피를 뽑아 현재 어느 상태에 왔는가 컨디션을 확인한다.

피를 많은 물량을 주니 올라가긴 올라간다.

밤늦게 집에 가서 잠시 눈을 붙이고 몇 시간 후 돌아올 때 이론상으로 떠날 때 blood count가 얼마이고 몇 팩을 더 수혈했으니 적어도 내 계산 속에 환자가 제대로 올라가서 숫자를 받쳐 준다면 피 카운트가 어느 정도 되어야 한다는 계산을 했는데, 6시간 후에 혹은 8시간 정도 후에 돌아와서 피 카운트를 확인해 보면 실제 카운트는 예상했던 수치에 도달해 있지 않는다.

피를 더 줘야 하는데 덜 수혈해서 이 정도밖에 안 되는 것인지, 혹은 아직도 DIC가 컨트롤이 안 되어서 아직도 속에서 출혈이 계속되고 있는 것인지 혼동스럽다.

게다가 이 중환자실에 아무도 도와주는 사람도 없고 내 스스로 ventilator의 숫자까지 내가 adjust를 해야 하는데 경험이 없으니 ventilator만 담당하는 technician을 부른다.

그 분야에 훨씬 knowledgeable 한 그의 조언에 따라 호흡기의 oxygen supply와 frequency를 조절한다.

둘째 날에도 계속 피 count와 necessary blood product를 더 줬지만 생각했던 것만큼 수치가 올라가지는 않는다.

48시간이 지났는데 또 집에 갔다가 몇 시간 후에 돌아오면 숫자가 내려가는 게 확실하다.

또 고민에 빠진다.

아직도 DIC가 improve 하지 않아서 계속 출혈이 줄지 않고 숫자가 유지되거나 향상되지 않고 계속 내려가는 것이 아닌가 하는 생각이 든다.

그래도 맥박은 빠르지만 혈압이 어느 정도 그런대로 받쳐 주고 있으니 충분히 모든 장기에 산소공급이 되고는 있는 것 같다.

3일째 들어서자 이상한 생각이 들기 시작한다.

Training 과정에서도 이렇게까지 오래 지속되는 복잡한 케이스를 handle 한 일이 없지만 그래도 한 48시간 정도 후에는 차도를 보였는데, 왜 이 환자는 아직도 살얼음 위를 걷듯이 상황이 나아지지 않으니 다른 생각이 들기 시작한다.

차라리 대학병원으로 이송해서 그쪽에서 더 많은 전문가들이 뛰어들어서 manage 하는 것이 어떤가도 생각을 했지만 수련의 과정에 있는 사람들이 내가 지금 내 환자에 대해 걱정하는 만큼 신경을 써 줄지도 확신감이 들지 않고 또 이 condition이 unstable 한 환자를 어떻게 앰뷸런스로 혹은 헬기로 이송해야 할지도 난감하다.

전기 코드가 빠지면 충전식 배터리에 의존해서 모든 것이 작동이 되어야 하는데 한 번도 해 보지 않은 시도이니 언뜻 그쪽 방향으로 결정하기가 힘들다.

사흘째 들어서자 중간에 그런 생각이 번뜩 들었다.

어제까지만 하더라도 첫 번째 날은 당연히 뒤쳐 있는 피 분량을 채우기 위해서 다량으로 수혈을 했지만, 두 번째 날은 그런대로 DIC가 향상되지 못하고 피를 계속 흘린다 추측하고 있었는데, 셋째 날은 아직도 차도가 없으니 뭔가 다른 것을 생각할 수밖에 없다.

지금까지 내가 생각한 DIC가 improvement 되지 않은 이유가, 검사 수치들이 나아지는 않는 이유가, 이 환자가 어디선가 출혈이 있기 때문이 아닌가라는 불안감이 엄습한다.

엄마 배는 측정하기 힘드나 아마 상당한 양의 피가 고여 있을 것이다.

DIC 때문에 응고가 안 된 피들이 계속 흘러서 배 안에 고여 있을 수도 있고, 혹은 다른 출혈이 있어서 피가 있을 수도 있다.

3일째 후반을 이런 식으로, 한없이 기다리는 식으로 갈 수는 없다는 결론을 내린다.

무언가 다른 분야까지 걱정해야 하고, 그러기 위해서는 무엇을 해야 하는가 생각해야 했다.

제일 간단한 방법은 수술방으로 들어가 다시 배를 개복하는 것인데, 만약 그것이 꽝으로 끝난다면 더욱 더 위험을 내 스스로 만들어 낸다.

그렇지 않아도 응고가 안 되는 환자인데 다시 개복을 한다면 한없이 흐르는 피가 응고가 안 되는데, 그러나 다른 한편으로는 어디선가 한번은 보긴 봐야 하는데 순서를 바꿔야 했다.

수술을 한다는 가정하에 수술실로 끌고 가기 전에, 방사선과의 도움으로 어디서 피가 새고 있는지 확인하고 들어간다면 훨씬 제대로 가는 방향일 것 같았다.

만약에 방사선과에서 출혈이 있다고 확인해 주면 중환자실로 돌아오는 것이 아니라 그대로 수술실로 향하는데, DIC 때문에 개복하는 것도 상당히 위험한 일이지만, 그렇다고 개복하지 않을 수도 없는 경우이니, 거기에 대한 준비도 해야 했다.

마취과와 수술방에 다시 개복수술을 해야 할지도 모르니 준비를 해 달라고 부탁했고, 환자를 영상의학실로 이동하였다.

그 이동하는 자체도 어마어마하게 time consuming에다가 어려운 일이었다.

환자의 몸에 꽂힌 tubing만 해도 10개가 넘는데, 그 많은 선들이 다 전원이 끊어져 보조배터리에 의존하며 영상의학실로 향했다.

요즘은 technology가 발전하여 영상실에서 조영제를 뿌린 후 만약 계속 흐르는 피가 있으면 그곳 가까이 플라스틱 가느다란 튜브(catheter)로 접착제를 뿌려 줌으로써 그 핏줄을 메꿔 줄 수 있는데, 그 당시에는 그런 시술을 할 사람이 없었던 것 같다.

그리고 몇 가지 다른 방법으로 피가 새는지 확인할 수 있는 방법이 있긴 한데 나에게 뭐가 있는지 옵션이 주어지지 않아 하는 수 없이 훨씬 몇 년 전에 보아온 radioisotope, 조그만 방사선 물질을 핏속으로 투여하면 그

물질이 지나가는 핏줄마다 엑스레이에 나타나는데, 만약에 어디선가 피가 새는 것이 보이면 그곳에 바깥으로 흐르는 피 때문에 그 근처에 많은 점들이 수북히 나타나기 시작한다.

그렇다면 일률적으로 배 속에 있는 분포도와 점으로 나타나는 많은 분량에 화면이 달라 보인다.

초조하게 결과를 기다리는데 결과가 드디어 나타났다.

Radioisotope이 핏줄에서 빠져나와 흘리는 부분이 네 군데가 발견되었다.

나는 놀랄 수밖에 없었다.

한 군데는 분명히 자궁 적출에서 관계된 pelvic side wall, 자궁 위치보다 훨씬 옆쪽이니 어디선가 내가 꿰메고 이중으로 묶은 매듭이 어디선가 풀렸거나 느슨해져 출혈이 생겼다는 얘기이다.

어쩔 수 없는 surgical 수술을 할 경우 다시 들어가는 재수술의 이유가 되기는 하는데 너무나 값비싼 대가의 결과이다.

그런데 내가 전혀 건드리지 않던 큰 곳이 세 군데에서 출혈이 발견되었는데, 전부 location이 간이었다.

순간 깜짝 놀랄 수밖에 없다.

간은 내가 건드리지도 않은 부분인데, 그러나 시험문제에 항상 등장하는 아주 잘 알려진 심폐소생술의 complication이다.

심폐소생술을 너무 마구 할 경우, 가운데 sternum이란 뼈에서 연결되는 어느 갈비뼈가 부러지게 되는데, 울퉁불퉁하게 부러진 부분이 그 아래에 있는 간을 찌르면서 생기는 출혈이다.

한 번도 실제로 본 적은 없지만 흔하다고 하며 시험문제에 자주 나오는 complication이다.

그러나 생사가 오가는 응급 상황에서 환자를 살리기 위해서 한 심폐소생술이니 누굴 원망할 수가 없다.

나는 영상실에서 중환자실로 가지 않고 곧장 수술실로 간다고 지시를 주었다.

그리고 이 케이스를 담당하게 될 그날 assignment에 있는 당직 마취과 과장은 한국분이셨다.

그분께 재수술 때문에 다시 개복을 해야 하는데 DIC가 호전이 되지 않은 상태이니 거기에 걸맞게 응고 blood product을 추가로 주입해 달라고 했고, 부족한 혈소판은 타 도시로부터 어느 정도 공급받아 왔다.

주입 후 혈소판이 응고를 도와주는 시간이 4시간 정도밖에 안 되니 마취과 과장한테는 환자가 수술실로 들어가는 그 순간에 혈소판을 넣어 달라고 말했다.

그리고 간 쪽에서 피를 흘리는 모양인데 내 분야가 아니니 외과 의사 한 명을 내 assistant로 불러 달라고 마취과 과장에게 얘기하였다.

일사천리로 수술 준비를 진행하였는데 내가 다시 개복수술을 시행했을 때쯤 마취과 과장이 불러 준 외과의사 Dr. A가 도착하였는데, 지금 desperate 하게 진행하고 있는 수술, 까딱 잘못하다가는 자기도 나중에 legally 소송에 involve 될 것임을 인지하였던 듯 수술실 방에서 이 케이스에서 손을 떼고 떠나겠다고 했다.

마취과 과장은 이 의사를 꾸짖었다.

지금 환자가 죽어가는데 general surgeon(외과의사) medical directory 에는 vascular surgery까지 한다고 광고를 한 그가 손을 떼고 떠난다고 하니 크게 한마디 했다.

"당신 정신이 있소? 지금 환자가 죽어가는데 어딜 나가겠다는 소리인가?"

그가 그곳을 떠나도 그의 free will(자유의지)이니 법적으로는 어찌 되는지 모르지만, Medical Ethics Committee에서는 크게 문제 삼을 일이 될 수밖에 없다.

그는 본의 아니게 이 케이스에 결국 involve 되었다.

자궁 적출 과정에서 새는 피의 location은 훨씬 간단히 찾을 수가 있었다.

X-ray상으로 어느 정도 위치 파악이 되어 있었고, 물을 마구 때려 넣고 다시 뽑아내는 과정을 몇 번 반복하면 물이 깨끗하게 보이는데 어디선가 계속 핏빛으로 변하는 부분을 쉽게 발견할 수 있으니, 이곳이 바로 출혈 부위이니 기구로 이 출혈을 붙들고 다시 봉합을 하였다.

내 쪽은 다 끝났으니 이제 procedure는 간 쪽으로 가야 했다.

간은 조직체 자체가 딱딱한 찌개용 두부 같은 견고성과 촉감이다.

피가 나는 곳을 겁 없이 실밥으로 묶을 수가 없다.

조직 자체에 힘이 없기 때문에 매듭을 묶을 경우 쉽게 깨져 버리게 된다.

무언가 다른 technique을 써야 하는데 Dr. A는 간 두세 군데에 조금 질긴 막이 있는 부분을 조그만 가느다란 고무 튜브(tourniquet; 지혈대)를 이용하여 그곳에 지나가는 피의 분량을 줄이기 위하여 조심스럽게 가느다란 튜브를 묶는 그 순간 간이 두부 깨지듯이 와장창 으스러져 버렸다.

왕창 피가 더 많이 흐를 뿐만 아니라 깨진 부분을 어떻게 붙일 수가 없었다.

순간적으로 그는 일종의 cotton laparotomy pad, 큰 수건 같은 부드러운 여러 분량의 패드를 그대로 간호원한테 count할 시간 없이 빼앗아 그대로 때려 넣어서 힘으로 지혈하기 위해서 그 부분을 눌렀다.

그런대로 임시방편으로 그 방법밖에 없다.

그리고 나머지 분량들을 그 주위에 촘촘히 cotton pad로 다 움직이지 않게 밀어 넣었다.

외상 후 trauma surgeon들이 DIC를 핸들하는 과정에서 DIC를 control 하기 위해서 그 많은 핏줄을 일일이 다 봉합하는 것이 아니라 아예 massive amount의 이런 cotton 수건들로 모든 공간을 채워서 그 밀어젖힌 tamponade의 힘으로 지혈하는 technique은 major trauma surgeon이 하는 standard technique이다.

그리고 그들은 아예 DIC가 있을 때는 그것이 나아질 때까지 배 속을 다 수건으로 꽉꽉 채워 넣어서 그 누르는 힘으로 지혈을 시키고 지혈이 되면 DIC가 control이 되기 때문에 그 후에는 굳어진 곳에서 출혈이 발생하지 않는다.

그리고 그 가운데를 어차피 또다시 열어야 하는 배의 incision을 플라스틱으로 덮은 다음에 그곳으로 고일 수 있는 피를 빼 주지 않으면 속에서 썩을 수 있는 infection 때문에 밖으로 빼 줄 수 있는 trauma vacuum-bag 이란 것을 장착한다.

그 당시 수술에는 이런 기구가 없었지만 그런대로 배에 어느 정도 cotton 수건으로 때려 넣고 수술방을 나왔다.

그런데 돌이켜 보면 사실 배에 free 공간이 있으면 메꾸는 부분들이 헐렁해져서 다시 출혈이 생길 수 있는데, 튼튼하게 하기 위해서는 움직일 수 없을 정도로 더 많은 cotton을 넣어서 패킹했어야 했는데, 어느 정도 덜 패킹을 하고 수술방을 나왔었다.

그럼에도 불구하고 패킹했던 수건들이 움직이지 않았는지, 지혈의 덕택을 조금 보았다.

중환자실로 다시 환자는 transfer 되었고, 계속 피를 부어 주고 피검사 결과가 DIC가 향상되고 있었다.

나는 아침에 돌아와 회진할 때 환자가 기도는 호흡기에 연결이 되어 있지만 눈은 뜬 것 같았다.

나는 환자한테 모든 게 다 잘되었으니 걱정하지 말라고 얘기를 해 줬고, 그 손 가운데에 내 손가락을 집어넣었고 내 손가락을 한번 세게 잡아 보라고 지시를 했는데, 내 말을 알아들었는지 내 손가락을 잘 누른다.

나한테는 아주 좋은 징조이다.

산모가 instruction을 알아듣고 손가락을 누르는 힘 또한 튼튼하고 좋다.

이제 출혈도 줄고 DIC도 improve되고 있으니 남은 숙제는 하루나 이틀 이후에 다시 수술방으로 들어가서 배를 꽉 채우고 있는 laparotomy pad 를 다 제거하는 간단한 procedure만 남은 것이다.

그 당시 몰랐는데, 차라리 이런 technique을 알았으면, 그 당시 때려 넣는 순간에 laparotomy pad들을 하나하나 긴 묶음을 만들었으면 또다시 전신마취로 들어가지 않고도 그냥 어느 정도 제일 첫 번째 것을 잡아당기면 나머지 묶음들도 고구마 덩쿨 캐듯이 천천히 모두 따라 나오는 또 한 번의 전신마취를 피할 수 있는 technique인데 Dr. A는 그런 것까지 신경 쓴 것 같지 않다.

이틀 정도 후에 DIC가 control되었다고 판단되자 다시 환자를 수술실로 데리고 가 그곳에서 그동안 배 속을 꾹꾹 눌러 왔던 laparotomy pad를 제거하였다.

그리고 속을 들여다보니 DIC가 control이 잘되어서 그런지 더 이상 걱정스럽게 흐르는 피는 없었다.

엑스레이 결과도 foreign body laparotomy pad를 배 속에 100퍼센트 남겨 두지 않은 것을 확인한 후, 개복수술을 끝냈고 다시 중환자실로 돌아왔다.

더 이상의 피도 흘리지 않고, 피 count도 stable 하고, 환자가 어제까지만 해도 내 지시를 다 알아들었고, 특별한 염증만 없으면 모든 것이 순조롭게 아문다고 생각했다.

그런데 그다음 날인가 Dr. A는 신경내과 neurologist와 얘기하고 있는 것을 멀리서 보았다.

나는 별로 neurologist의 등장에 의미를 두지 않았었고, 간단한 후유증이 있을까 봐 알아보는 정도로 Dr. A가 불러들인 것으로 생각했는데, 어느 순간 그다음 날 뇌파 EEG 결과가 비정상이며 뭔가 잘못되었다는 얘기가 들린다.

그러고는 빠른 시간 내에 환자의 가족들의 동의를 받아 respirator(호흡기)를 제거하겠다고 neurologist인지 Dr. A인지 정확히 기억나지 않지만 그쪽으로부터 연락을 받았다.

나는 전혀 이해가 안 되는 부분이었다.

Neurologist를 불러들인 Dr. A의 액션도 참 이해하기가 힘들다.

적어도 나한테 통지를 하거나 동의를 받거나 뭔가 알려 줘야 하는 위치에 있을 텐데 그것도 뻔히 이 환자의 등록에는 내가 주치의였는데, 내 동의 없이 neurologist를 불러들인 것도 이상하고, 이 신경내과의사도 나한테 얘기도 없이 EEG 뇌파가 비정상이라 호흡기를 떼야 한다는 해괴망측

한 소리가 나오는 건지 이해가 되지 않는다.

한 번도 혈압이 내려가거나 산소포화도가 내려가거나 뇌에 크게 다칠 만한 이유가 없었고 그 전날까지만 해도 멀쩡히 내 지시도 알아듣고 내 손가락도 굳건히 지시한 대로 힘 있게 잘 잡았던 환자인데, 어떻게 24시간 내지 36시간 만에 호흡기를 뗀다는 얘기가 나오는지 나한테는 도저히 앞뒤가 맞지 않는 얘기였다.

무엇이 잘못되었길래.

거기다가 다른 많은 케이스들을 봤을 때 ventilator를 stop 시키겠다고 하면 그 가족관계에 있는 사람들이 달려들어 와 조금 더 연장해 달라고 하거나 울고불고하며 달려들어 담당의한테 도와달라고 하는 식으로 많이 봐 왔는데, 어떻게 이 환자의 남편은 그런 suggestion에 쉽게 동의를 했는지 도저히 이해가 되지 않았다.

그런데 나 스스로는 EEG brain wave가 없다는데 더 이상 내가 어떻게 그들의 decision에 against해서 뭐를 할 만한 것도 없었다.

그렇게 허망하게, 끝에 가서 모든 게 잘되어 가고 있다는 그림이 한순간에 무너져 버렸다.

그 후, 그 환자는 캘리포니아와 멕시코 경계상에 있는 조그마한 도시에 묻혔다는 얘기를 들었다.

나는 나대로 내 이름이 그 환자의 main responsible doctor이니 그 환자의 친척들이 eventually 불만을 토할 수 있고, 의료 소송으로 나올 수밖에 없다고 생각하고 medical case를 최선을 다했다고 해도 해피 엔딩으로 끝나야 하는 산부인과 케이스가 산모의 죽음으로 끝났으니, litigation을 피할 수 없는 event이며 또한 jury 앞에서 점수를 딸 수 없는 케이스라고 어느 정도 예상했다.

아마 원판 chapter 18(축소판 chapter 10)에 등장한 lawfirm이 involve 되었더라면 defendant가 나 스스로, general vascular surgeon Dr. A, 마취과 Dr. K, 그리고 병원 당국도 영락없이 defendant로 소장에 이름이 나올 것 같았다.

환자가 disabled 되거나 살아서 많은 치료가 진행된다면 액수가 천문학적으로 끝나는데, 환자가 사망한 케이스는 모순되게도 훨씬 합의금이 내려간다.

Pain and suffering의 카테고리 하나만이 적용될 뿐인데 다른 주에서는 $3 million까지도 가지만 캘리포니아는 하도 소송이 많아서 그런지 최대 maximum cap이 25만 달러로 고정되어 있다.

거기다가 compensatory funeral expense(장례비) 정도 추가로 법원에서 allow 할 것이다.

그렇지만 내 이름으로 등록된 환자를 처음 loss 했다는 traumatic event는 떨쳐 낼 수가 없다.

케이스가 끝난 후 되돌아보니 그 환자에게 들어갔던 피만 48팩이었고, 내가 일을 벌린 그 당시 이 병원에서 멀지 않은 30분 정도의 거리에 있는 카이저 병원에서 임신중독증이 악화된 환자가 DIC에 들어갔는데 장장 42팩의 피를 필요로 해서 그 순간 오렌지 카운티에 별안간 피 부족 때문에 로컬 방송사에서 시민들에게 자발적 헌혈을 해 달라고 하소연할 정도로 TV 방송에 나왔었다.

시간이 어느 정도 지나 1년이 채 안 된 어느 날, Doctor's lounge에서 점심을 놓고 앉아 있는데, 때마침 소아과 의사 Dr. S가 내 앞에 자기도 음식을 갖고 와 앉았다.

그러면서 그러지 않아도 나를 찾고 있었다고 했다.

그러면서 얘기를 들려준다.

1년 정도 전에 산모가 사망한 케이스가 기억이 나냐고.

나는 뭐라고 대답했는지 기억은 없으나 '내가 어찌 잊으랴'라고 대답했을 것 같다.

자기는 그 산모의 아이를 주기적으로 2-3개월마다 예방접종 때마다 봐왔는데 처음 6개월은 그 아빠랑 같이, 또한 sister 되는 사람도 출산 당시 비슷한 시기에 출산을 한 모양인데, 아이와 같이 주기적으로 예방접종을 하고 갔는데, 어느 순간 아빠는 보이지 않고 sister가 두 어린애를 돌보면서 의원을 방문했다는 얘기이다.

거기까지는 소아과 입장에서 당연히 진행되는 흔한 얘기이니 특별한 포인트를 catch 하지 못했다.

그런데 그 후가 shocking 하다.

그 sister가 사망한 자매의 어린애를 데리고 왔는데, 요즘 들어 감기 몸살이 심한지 콧물도 많이 흘리고, 그래서 당연히 항생제로 치료를 시작했는데, 또 얼마 가지 않아 또다시 비슷한 증세로 올 뿐만 아니라, 아예 두 어린아이가 같은 방에서 있었던지, 자기 아이한테도 감기가 옮은 것 같다고 했다고 한다.

그는 신생아 소아과에게는 별다른 의미 없는 항생제를 계속 처방을 했는데 어느 순간 죽은 산모의 어린애가 자꾸 반복된 증세를 나타낼 뿐만 아니라, 어느 순간 같이 나타나던 남편도 보이지 않고, 남아 있는 sister만이 두 어린아이를 데리고 오는 게 이상하여 routine(평범)하게 아이 아빠는 어디 갔냐고 물었다.

그런데 그 당시 대답이 술술 나오는 게 아니라 오히려 순간 주춤하며 대답하는 느낌이 들어 다시 다그쳤다.

전에는 아빠도 같이 왔는데 왜 요즘은 아빠가 보이지 않고 왜 sister만 아이를 데리고 오는지, 아빠는 어디로 갔는지 물으니 그 여동생은 hesitant(주춤)하게 어차피 나중에 다 탄로 날 일인 것을 인지했던지 정직하게 털어놓았다.

아이 아빠는 사망했다고.

소아과의사 생각에는 젊고 혈기 왕성한 사람이 사망했다는 것 자체가 너무 충격적이다.

젊은 사람이 사망하기 위해서는 너무나 난폭하게 자동차 운전을 했던가, 그 당시 아마 사망률이 상당히 높았던 drug overdose, 즉 약물중독이었던가를 의심했었다.

그는 sister 보호자에게 물었다, 무슨 이유로 사망했냐고.

그랬더니 모든 것을 give up 하겠다는 듯이 아이의 이모가 대답을 내놓았다.

에이즈로 사망했다고 했다.

요즘같이 여러 약을 혼합해서 넣은 '칵테일'이라고 하는 증세를 완화시키는 약이 등장하기 훨씬 전이었다.

소아과의사는 별안간 생각난 것이 있어 그 즉시 간호원에게 저쪽 어린 아이의 피를 뽑아서 바로 실험소로 보내라고 했더니 결국 HIV 양성반응이 나왔다.

그 말을 듣자 그동안 나를 억눌러 왔던 두 가지 포인트에 대한 해답이 나오는 것 같았다.

한 살도 안 된 어린애가 HIV 양성이었으면 분명 엄마에게서 피를 받아온 것인데, 엄마가 사망할 당시 이미 HIV 양성이었다는 것이고, 요즘같이 routine 하게 병원에 입원하는 모든 환자의 피를 HIV screening 하는 시절이 아니었다.

그러니 왜 그 엄마가 산전 치료를 처음에 받다가 더 이상 원래 가던 의사에게 치료를 받지 않고, 주치의가 없는 status로 이 병원으로 진통 때 내원한 이유가 어느 정도 해답이 되었다.

또한, 내가 전혀 이해하지 못한 아빠 쪽의 결정, EEG 뇌파가 없다는 소식에 너무나 빨리 수긍하고 나한테 달려와서 호흡기를 떼지 말고 조금 더 치료를 해 달라고 pleading 하지 않은 이유가 무언가 이 진단명과 관계가 있지 않나 하는 생각이 그제서야 들었다.

어느 정도 후 다시 Dr. S로부터 들은 얘기는 이 sister가 그 어린애를 자신의 아이와 분리시키기 위하여 정부 기관의 고아원으로 포기해 버렸다는 얘기였다.

한 family가 통째로 비극으로 끝났지만, 나는 나대로 자궁 적출 과정에서 피가 새지 않았더라면… 하는 traumatic experience를 영원히 잊을 수 없다.

Chapter 10.

# Medical Legally
# Speaking
# (의료 분쟁)

Patient(환자) Susan Lee(가명): 27살의 한인 2세인데 태어나기는 Alaska주에서 태어난 모양이다.

그녀는 Seattle 근처에서 주둔하고 있던 젊은 백인 군인과 결혼하여 남편이 기갑부대에 further training을 받기 위하여 California로 재배치되어 내려왔다.

그 군인이 주둔하는 곳은 Los Angeles와 Las Vegas 중간 정도의 시골 마을이었다.

다가오는 월요일이 때마침 공휴일이라 한 6일 정도 앞인 화요일 Las Vegas 쪽으로 이번 long weekend에 놀러 갈 plan이 있었던 모양인데, 때마침 임신 7개월인 그녀는 배에서 통증을 느낀다.

그곳에서 산전 치료를 받고 있던 그녀는 의원에 연락한 후, 아기를 낳을 근처의 병원으로 들어가서 check up(진찰)을 받으라고 연락을 받고, 병원에 입원한다.

병원에서는 그녀가 들어오자 산부인과 의사의 지시를 받아 곧 그녀가 아파하는 배가 조기 진통(premature labor)이 아닌가 확인하기 위해서

fetal monitoring(태아 검진)을 attach(장착)한다.

어린아이의 심장소리를 pick up 하는 transducer와 엄마의 배가 뭉쳤다 풀렸다 하는 activity를 측정하는 tocometer.

어느 정도 시간을 두고 graph를 측정해 보니 적어도 산부인과 의사가 걱정하는 조기 진통은 아니었다.

그럼에도 불구하고 그녀는 occasional nausea and vomiting, 조금 배가 메스껍고 가볍게 토하는 증세가 있고, 배가 계속 아파하니, 조기 진통이 아닌 이상 산부인과 문제가 아니라고 생각하고 산부인과 담당의는 병원에 있는 다른 내과의사한테 consultation(협진)을 부탁한다.

그리고는 original 담당 산부인과의사 Dr. V는 out of town 약속이 있어 본인 친구인 다른 산부인과의사 Dr. A에게 부탁하고는 town을 떠난다.

그곳 내과의사인 Dr. M은 그 consultation request를 받고는 곧 간호원한테 자기가 필요로 하는 피검사를 지시하고는 그 환자를 보기 위하여 8시간 정도 후에 환자를 간단히 진찰하게 된다.

그녀는 어느 정도 지속되는 통증 때문에 몇 번 pain medication(진통제)을 받게 된다.

그 내과의사인 Dr. M은 그녀의 피검사에 의하면 췌장염을 나타내는 숫자가 조금 올라간 것을 인지하여 그녀가 아마 pancreatitis(췌장염)의 초기 증세가 아닌가 해서 그것에 집중적인 치료에 노력을 하는 중이다.

그리고는 시간이 가면서 더 경과가 어떻게 되나 보기 위하여 또다시 주기적으로 몇 시간 후에 피검사를 반복한다.

그런데 췌장의 컨디션을 나타내는 amylase라는 피검사의 결과는 upper normal, 정상에서 제일 위쪽인, 아직 비정상으로 들어가지 않았지만 그쪽 방향으로 향하는 단계인 듯하다.

하지만 피검사 결과보다 환자에게 나타나는 더 걱정스러운 증세는 de-hydration(탈수증), 수분이 부족하고 콩팥 기능이 pre-renal이라고 하는 물을 더 필요로 할 뿐만 아니라 그 dehydration의 여파가 충분히 물을 공급하지 못하였던지 kidney function(콩팥 기능)을 나타내는 creatinine 수치가 2.0 근처를 넘어가는 acute renal failure(ARF; 급성 신장 망가짐)에 있다.

그리고는 부풀어진 abdomen, 어린아이의 사이즈뿐만 아니라 환자의 배에 물이 고이는 복수(ascites)까지 development가 되고 있다.

그는 조금 벗어난 amylase 수치 때문에 pancreatitis에서 나오는 증세라고 생각하고 곧 abdominal sonogram(복부초음파)을 order 하였다.

Sonogram request를 받은 hospital의 sono-technician은 mainly upper right quadrant(오른쪽 위쪽)를 집중적으로 들여다본다.

그러나 7개월의 커다란 자궁과 아이 사이즈가 앞을 가로막는다.

Pancreas의 head는 잘 보이지가 않았던 모양인데 liver(간) 쪽은 크기가 살짝 작아 보였을 뿐, overall 특별히 크게 무언가 잘못된 것은 보이지 않는다.

Original 산부인과의사의 out of town 때문에 환자를 인수받은 다른 산부인과 Dr. A는, 이 환자는 본인의 정식 환자도 아니고 더 이상 산부인과의 case도 아니기 때문에 형식적으로 환자에게 인사만 하고 나머지 develop-ment 되는 problem들은 Dr. M이 알아서 잘 handle 할 것이라고 생각하고 그리고 산부인과 쪽에서 신경 써야 될 입장이 안 된다고 생각한다.

Dr. M은 다음 날까지 계속 열심히 pancreas을 집중적으로 지켜보고 있지만 아직까지는 복수가 어디에서 오고 있는지, 혹은 왜 kidney function 이 엉망으로 되고 수액을 충분히 공급하는데도 불구하고 계속 signal은 물을 더 필요로 하는 증세를 보이고 있는지 의아해한다.

수액이 핏줄 속에 있지 않고, third spacing(제3공간)으로 물이 다 빠져나가고 있는 것 같다.

그녀를 돌보고 있는 간호원으로부터 적어도 설사가 아닌 대변을 보았다고 보고받은 듯하다.

원래 복수는 만들어져서는 안 되는데, pathologic(병적인) condition 때문에 만들어진다면 대부분 만들어지기는 liver에서 만들어지는데, 간 기능 자체는 지금 정상이다.

피검사 CBC result는 WBC(백혈구) 10.9, 나머지 platelet(혈소판)이나 hematocrit, hemoglobin(빈혈도 카운트) 모두 정상인 것 같다.

INR-PT 결과는 확실치 않지만 별로 abnormal인 것 같지 않다.

D-Dimer 레벨도 숫자는 정확히 기억하지 않지만 striking 하게 abnormal 하지 않은 것 같다.

Chemistry panel과 metabolic panel도 특별히 잘못된 것 같지 않다. 콩팥 기능인 BUN/Creatinine 레벨만 제외하고.

하지만 이러한 검사 결과에도 불구하고 산모인 환자의 통증은 계속되었고 불편해하고, 오직 pain 약으로만 그 증세를 견뎌 내고 있다.

엄마는 preterm labor(조산기)가 있지도 않은데, 벨트를 그렇지도 않아도 아픈 배에 자꾸 메고 있는 게 불편한지 풀었고, 간호원은 계속 벨트를 채우고 지속적으로 감고 있어야 태아의 condition을 monitoring 할 수 있다고 하여 small argument가 벌어진다.

4시간 이내에 환자가 벨트를 3번 이상 풀었던 모양이다.

어차피 preterm labor가 아닌 이상 그렇게까지 그쪽에서도 엄마가 싫다는데 계속 고수해야 한다는 필요성을 느끼지 못한다.

그 ultrasound sonogram을 review 한 방사선과에서도 특별히 strange하게 abnormal 한 것을 발견하지 못한다.

그런데 problem은 잘 training 받은 radiologist라도 sonogram의 단점은 tehnician인 sonographer가 어느 곳을 집중적으로 촬영이 되었느냐에 따라 그곳밖에 볼 수 있는 area가 제한될 수밖에 없다.

하루가 더 지나도 이튿날로 넘어가자 아무런 증세를 호전시킬 방법도 없는 데다가 status quo, 증세가 똑같거나 나쁜 쪽으로만 가고 있지, 절대 좋아지는 것 같지도 않고, 이 두 큰 도시 사이에 있는 사막에 위치한 M Hospital에서는 정상 만기가 40주인데, 만약 27주의 어린 태아를 출산하게 된다면, 이 조산아를 handle 할 신생아과가 준비되어 있지 않다.

그들은 하는 수 없이 이 어린아이가 태어날 경우를 생각하여 산모를 다른 큰 병원으로 transfer(이송)시키기 위하여 다른 병원들에 연락을 취한다.

근처에서 멀지 않은 대학병원들은 신생아를 받아 줄 만한 자리가 open 된 곳이 없다.

그런데 community hospital 중에서 규모가 큰 P Hospital에서 때마침 신생아를 받아 줄 수 있는 자리가 있으니 그쪽 병원에서 일하는 perinatologist(주산과 전문의), 산과에서 특히 high risk나 아주 미숙아나 조산아에 대한 specialty training을 받은 medical group에 연락이 되어 이쪽 P Hospital에서 그녀를 받아 줄 수 있다고 연락을 취한다.

P Hospital에서는 사막 한가운데 있는 M Hospital로 앰뷸런스를 보내어

산과 간호원과 respiratory technician이 앰불런스를 타고 한 시간 반 거리의 M Hospital로부터 이 환자를 수송해 온다.

이 환자가 P Hospital에 도착하자 그녀의 transfer를 허가한 perinatologist 의사 Dr. C-2가 ultrasound를 먼저 행한 후, 태아의 사이즈와 컨디션이 overall 27주가 consist(적절)하고 특별히 immediately striking하게 잘못된 것이 없다고 판단하여 그녀를 곧바로 medical intensive care unit(MICU; 내과적 중환자실)으로 입원시킨다.

그리고 그곳 intensivist(중환자 전문의)에 연락을 하여 그녀의 현재 issue인 ascites와 복수가 많이 차서 그런지 폐에도 물이 차기 시작하는 pleural effusion(흉막삼출)에 신경을 쓰게끔 부탁을 한다.

그날 ICU 담당자인 Dr. S-1은 그녀가 medical intensive care에 들어오자 곧 그녀의 condition을 re-assess(재평가)한다.

그는 자기 친구인 pulmonary doctor(호흡기 전문의)를 또 불러서 pleural effusion에 대한 consultation을 부탁한다.

Bilateral(양쪽) pleural effusion이 있음에도 불구하고, lung의 oxygen saturation level(산소포화도)은 크게 환자 목숨을 위태로울 정도로 나빠진 것 같지는 않다.

Respiration rate(숨쉬기)은 19 per minute이다.

Dr. S-1은 intensive care doctor일 뿐만 아니라 그의 specialty는 nephrology(신장전문의)이다.

그는 곧 dehydrate 되고 renal failure에 있는 그녀의 kidney function에 집중한다.

그런데 그 스스로도 아직 그녀가 왜 kidney failure에 들어갔고 pleural

effusion과 ascites(복수)가 찬 이유를 순간적으로 찾아낼 수가 없다.

Liver function도 괜찮고 모든 CBC도 괜찮고.

M Hospital에서 pancreatitis에 신경 쓴 Dr. M의 pancreatitis issue를 examine 하긴 하나, amylase 자체가 upper normal이지만 pancreatitis에 수반되는 lipase 숫자는 오히려 정상이거나 정상보다 낮다.

그러니 그의 conclusion(결론)은 M Hospital의 Dr. M이 걱정한 pancreatitis는 별 issue가 아닌 거 같다.

그는 etiology(원인) of ascites를 찾기 위하여 혹시 ventricular cardiac dysfunction(심장 기능장애)이 아닌가 생각하고 echocardiogram(심장초음파)을 오더한다.

그리고 또한 adrenal insufficiency(부신 기능 저하증)가 아닌가 생각하여 cortisol level도 피검사로 오더 내린다.

이 환자를 받아들인 perinatologist Dr. C-2는 immediate 하게 산부인과 자체에는 문제가 없는데 그에게도 걱정스러운 것은 pleural effusion이다.

이 lung 상태가 악화되면 멀쩡히 그녀는 dry(마른) 된 방에 있지만, 그녀의 몸 컨디션은 마치 수영장의 물이 그녀의 코앞까지 차오르는 상황과 비슷하다.

그런데 불러들인 pulmonologist도 pleural effusion이 맞긴 맞지만 어디서 오는 건지 아직 확실히 찾을 수 없다고 한다.

그는 조금 더 시간을 보고 경과를 보면서 결정을 하겠다고 한다.

Perinatologist C-2는 general surgery consultation request를 하였다.

General surgeon(일반외과) S-2는 transfer되 온 그날 밤 늦게 그 환자를 exam 하였다.

그의 opinion은 그녀가 M Hospital에 있을 때 적어도 한 번 bowel movement, 대변을 본 기록이 있으니 만약에 abdominal issue가 있다면 그의 exam인 auscultation(청진)에 의하면 hypo bowel sound(장의 움직임의 소리가 얼마 들리지 않는)였다고 기록에 써 있다.

그러니 그는 만약에 bowel issue가 있으면 ileus(장이 움직이지 않는)까지는 생각할 수 있지만 bowel obstruction(장이 막힘)까지는 있을 것 같지 않다고 note에 썼다.

General surgeon S-2는 스스로는 배 속에서 일어나는 여러 가지 증세에 대해서는 상당히 expert이긴 하나, 지금 상당히 어려운 것은 임신 7개월인 산모의 배가 커져 있으니 그의 examination이 nonpregnant 환자에게 하는 것과 달라야 하기 때문에 조금의 어려움이 있을 것이다.

Perinatologist C-2는 surgical consultant인 Dr. S-2에게 possibility of CT-Scan(영상 단층 촬영)을 염두에 두었던 모양인데, Dr. S-2는 CT scan이 더 effective(효율적으로)하게 영상에서 보이기 위해서는 염색약인 dye '조영제'를 inject(주입) 해야 하는데, 대부분 정맥으로 넣어야 한다.

그런데 정맥으로 dye를 넣을 경우 clearance, 그 약이 빠져나가는 중요한 function인 kidney function인 creatinine이 2.0가 넘자 조금 kidney function이 compromise(절충)된 상태에서 dye를 inject 하는 것이 아무래도 좀 일을 벌릴 수 있다.

만약에 모든 결과가 나중에 정상으로 나오면 결과적으로 injected dye가 kidney function이 compromise된 상태에서 오히려 더 kidney function을 더욱 엉망으로 만들었을 경우 그 모든 것에 대한 것을 책임져야 하는 입장에 있다.

최악의 경우 일생 동안 투석이나 신장이식까지 걱정해야 한다.

그는 아직 CT scan을 찍어야 할 상황이 아니라는 입장을 내놓았다.

그러니 Dr. C-2의 입장에서는 불러들인 general surgeon Dr. S-2가 CT scan에서 slightly hesitant(주저)한 입장에서 그의 recommendation(추천)을 무시하고 강행할 수 없으니 그의 입장을 감안하여 조금 더 두고 보기로 결정한다.

그런데 계속 수액을 공급함에도 불구하고 kidney는 계속 물을 더 필요로 한다는 signal을 내보낸다.

소변으로 나오지 않는 이상 그 수액이 다 어디로 갔단 말인가?

전부 복수로 가는 상황일 것 같다.

악순환의 연속(vicious cycle)인 이것이 Catch-22의 상황이다.

물 부족이라 수액을 더 줬더니, 상황이 좋아지는 것이 아니라 전부 복수로 빠져나가고 그 사이에 물 부족이 계속 kidney function을 악화시킴과 복수의 물이 pleural effusion으로 숨 쉬기 힘들게 만들고, 악순환의 연속으로 해결책이 없는 상황이 반복되는 것이다.

원인을 찾아 과감하게 연결고리를 끊어 내지 않으면 궁극적으로 환자는 사망에 이르게 된다.

그러지 않아도 임신 7개월의 배인데 복수가 더 많이 찰수록 거북해지고, 또한 넘쳐 나는 물 때문에 폐에도 물이 들어오니 산모가 숨 쉬기 더 힘들어하는 상황이다.

그들은 최악의 경우 paracentisis라고 하는 복수의 물을 빼 주는 needle(바늘) procedure도 생각하고 있지만 그건 어디까지나 그 원인을 찾지 못하면 별로 크게 효과적이지 못한 치료 방법이 될 수밖에 없다.

그런데 그다음 날 이유도 찾지 못하고 계속 증상이 나빠지고 있는데 perinatologist C-2가 아침 round를 돌면서 깜짝 놀란다.

분명코 surgeon Dr. S-2는 배와 창자에는 별로 문제가 없을 것이라고 얘기했는데, 밤사이에 간호원이 NG tube(코에서 stomach에다 tube를 넣고 주기적으로 pressure를 빼 주는 용도)를 꽂아 놨기 때문이다.

Dr. C-2는 조금 후회스러운 마음이 든다.

누구의 order였는지 확실치 않지만, 만약에 이게 Dr. general surgeon S-2의 지시였는지, 혹은 intensive doctor인 S-1의 결정이었는지, 환자에게 NG tube를 밤에 꽂을 정도였으면 자기는 무리를 해서라도 CT scan을 꼭 한번 찍고 싶었는데, surgeon Dr. S-2가 말리는 바람에 CT scan을 할 수가 없었다.

이 병원에는 doctor assignment이 없거나 혹은 emergency로 들어오거나, 혹은 정해진 doctor가 있음에도 불구하고 그 담당 의사가 병원에 도착하기 전에 응급을 필요로 할 경우 그 병원에서 항상 몸이 24시간 상주하면서 산부인과에서 일어나는 일들을 처리하는 in-house hospitalist 산과 쪽과 부인과 쪽을 모두 담당하는 의사가 상주한다.

24시간 상주 의사인 C-1이란 의사도 그 환자가 병원에 들어왔을 때 Dr. C-2와 함께 환자를 exam 하였다.

C-1 의사는 24시간 그곳에서 상주하면서 벌어지는 여러 가지 emergency를 해야 하는 assignment가 있다.

그러나 이 transfer된 환자의 결정은 C-2가 하지만 많은 것은 on-call physician, 그날의 담당의인 in-house OB/GYN hospitalist에 일임한다.

들어온 날 담당의는 C-1 의사였다.

나 스스로도 24시간 교대에 그 병원 전체를 커버하는 다섯 명의 다른 의사와 rotation하는 assignment의 일원이었다.

그 admission날 Dr. C-1은 환자 차트에 abdominal exam에서 hypo bowel sound가 있었다고 기록되어 있다.

나는 그 환자가 입원한 그다음 날 그곳에 나타나 나의 colleague(동료) 인 C-1 의사로부터 그 전날 남아 있는 환자에 대한 인계를 받고 오전 7시 부터 다음 날 오전 7시까지가 나의 assignment이었다.

Dr. C-1은 아침 7시에 sign-in/sign-out할 때 나에게 그 얘기를 하였다.

그 전날 다 doctor assignment가 없이 들어왔던 환자들에 대한 정보를 인계를 한 후, 마지막에 그 얘기를 하였다.

"By the way, there is a patient in ICU that was admitted yesterday. We don't have to worry about the case. The perinatologist C-2 is following the case, so you just simply wait for his instructions."

(그건 그렇고, 어제 중환자실에 환자가 입원했어. 이 케이스는 걱정 안 해도 돼. C-2 선생이 쫓아가고 있고, 그분 지시만 기다리면 돼.)

그리고 '그 환자 자체는 OB issue 때문에 우리 department으로 들어 왔지만 지금 문제는 internal medicine problem(내과 쪽 문제)'이라고 했다.

복수가 차고 폐 쪽으로 물이 차는데, 그리고 또한 renal failure에 있는데 아직도 그 특별한 이유를 찾지 못하고 있는데, 계속 internal medicine specialist들이 집중적으로 조치하고 있으니, 산과인 우리는 아직 특별히 해야 할 일이 없다.

특히 C-2 의사가 계속 산과 쪽 issue를 쫓아가고 있으니, 그쪽에서 지시가 올 때까지 계속 기다리면 된다는 식으로 나한테 sign-out 하였다.

나는 남겨진 다른 환자들을 본 후, 낮 정도 적당한 시간에, 시간이 allow 하면 ICU에 있는 환자를 한번 볼 예정이었는데, 그렇게 하기 한 시간 전, 11시쯤 perinatologist C-2한테서 전화가 왔다.

"Dr. Kim, do you know the case in ICU?"

나는 오전 7시에 Dr. C-1이 나에게 sign-out 하면서 얘기를 들었다고 대답했다.

"내가 그 케이스 때문에 지금 전화하는데, 내가 지금 다른 병원에 와 있소. 아침에 거기 round를 하면서 다시 abdominal sonogram scan을 해 봤는데 태아 상태는 아주 좋았소. 태아의 movement가 많아서 scan하기 힘들었는데."

근데 지금 다른 병원에 있지만 그곳 병원의 ICU 간호원한테서 전화가 왔다는 얘기였다.

간호원 얘기에 의하면 모든 상태가 아침과 똑같은데, 조금 질에서 피가 난다는 얘기였다.

그런데 그 perinatologist C-2의사는 나한테 "사실 지금 이 환자의 모든 condition이 걱정스러운데, 그 etiology of renal failure, ascites, and pulmonary effusion에 대해서 걱정스러운데, 무슨 excuse(변명)를 붙여서라도 태아를 꺼내고 싶다. 그런데 때마침 간호원한테서 피가 비친다는 얘기가 들어와서 생각이 나서 하는 소리인데, 만약 그 환자의 출혈량이 조금 많아지면 placental abruption, 조기 태반 박리로 위험한 상황이 발생할 수 있으니, 정녕 그 diagnosis(진단명)가 결과적으로 그 후에 맞지 않더라도, 그 excuse로 태아를 꺼내 달라"고 한다.

그의 마지막 scan은 태아의 주수가 맞고, breech presentation(머리가 위로 올라가고 엉덩이가 아래로 있는 상태)였다고 한다.

그래서 만약 diagnosis가 틀려도 충분히 jump in 해서 태아를 꺼내는 것에 대해서는 어느 누구도 왈가왈부할 입장에 있지 않으니, 특히 자기가 방패막이가 되 줄 테니, 될 수 있는 대로 어린아이를 꺼내 달라는 부탁이었다.

그 perinatologist들은 decision(결정)은 만들지만 perform 하는 것은 병원에서 상주하는 in-house physician들인 우리에게 일임하는 hospital structure이다.

나는 그 전화를 받고 알겠다고 대답하였고, 전화는 끊겼다.

Dr. C-2의 clinical decision making이 점점 어려워질 수밖에 없다.

만약에 태아가 지금 이 순간 만기 40주 가까이 도달했더라면 어린아이의 position이 머리를 아래로 향하면 유도분만으로, 머리의 위치가 위쪽으로 엉덩이가 아래로, 즉 거꾸로 앉아 있으면 제왕절개로 엄마 몸에서 얼마든지 꺼내면 어린애의 problem은 해결된다.

그런데 지금 27주밖에 안 된 아이를 바깥으로 꺼내는 것 또한 큰 위험부담이다.

어린애의 폐도 발달하지 않았을 테고 뇌도 발달하지 못했을 텐데 최대한의 medical intervention으로 치료를 해도 어린애가 살아가는 과정에 후유증이 많을 수 있고, 까딱 잘못하다간 뇌성마비의 환자로 일생을 살게 될 확률이 높다.

그런데 엄마 몸의 자궁에 붙어서 살아야 하는 태아가 지금 알 수 없는 엄마 몸 자체의 컨디션 때문에 엄마 몸이 하강 길로 향하고 있으면 태아도 같이 선택의 여지가 없이 하강 길로 향할 수밖에 없다.

어느 쪽이던 먼저 잘못된 clinical symptom이 등장하면 급히 그쪽으로 먼저 손써야 한다.

제일 좋은 시나리오는 엄마 문제가 어디가 잘못되었는지 알아내어 해결되어서 엄마 condition이 좋아져서 태아가 더 오래 엄마 몸속에서 만기 가까이까지 시간을 끌고 가면 제일 좋은 최상의 시나리오인데, 지금 엄마의 문제가 무엇인지도 온 medical specialist들이 달려들어도 지금 그 잘못된 점을 순간 찾아내지 못하기 때문에 여러 가지 decision이 복잡한 상황이다.

그가 나한테 broad(광범위)한 decision making까지 일임한 것은 감사할 일인데, 한 가지, 현재 출혈이 보이는데 지금 들어내란 소리는 하지 않았고, 조금 더 출혈량이 늘면이라는 조건이 붙었다.

그러니 내 입장에서는 지금 출혈량은 얼마이고, 내 decision에 따라 그것보다 더 많이 난다고 생각되면 언제든지 들어내도 좋다고 하는 suggestion이다.

그러기 위해선 지금 현재 이 환자의 출혈량이 얼마인지 알기 위하여 하는 수 없이 ICU로 향한다.

한 30개의 방이 있는 design인 ICU bed가 있는데, 그 방을 찾기 위하여 몇 군데를 지나가면서 얼핏얼핏 ICU에 있는 환자들을 glance(간단히 스치고)하고 지나갔다.

대부분의 환자가 혼수상태로 누워 있거나, 나이가 많은 분들이거나, ventilator를 달고 있거나 하는 식인데, 내가 이 환자를 봤을 때 아마 ICU에 들어온 환자들 중에서 제일 젊은 환자이며, bed에 드러눕지 않은 환자이고, 제일 condition-wise는 어느 환자보다도 stable 한 상태이다.

그녀는 침대에서 벗어나 chair에 앉아 있는데 배가 아픈지 약간 앞쪽으로 구부정한 자세로 앞으로 구부려 앉아 있었다.

나는 그녀를 보자 내가 오늘 24시간 당신을 책임질 Dr. Kim이라고 인사하고는, 그 옆에 있던 간호원이 때마침 그 환자가 chair 쪽에 앉아 있자 그날 bed sheet(침대보)을 바꾸고 있는 중이었다.

난 그 간호원한테 간단하게 perinatologist C-2로부터 전화 왔는데, 지금 이 환자한테서 소량의 출혈이 있다고 보고받았으며, 그 출혈량이 어느 정도인지 알고 싶어서 올라왔다고 얘기했다.

나이가 지긋한 간호원은 "Oh, dear…(맙소사)." 한마디를 했다.

출혈이 있다고 한 건 과장된 소리고, 클리넥스 티슈로 질 아래 부분을 닦았을 때 색이 피가 살짝 섞여서 나온 듯한 색이었다는 거였지, 피가 흐른다는 정도는 아니었다고 얘기한다.

그러니 내가 그 information에 의존하여 abruptio placenta(라틴어; 조기 태반 박리)라는 단어를 붙이기에는 너무 빈약한 diagnosis가 된다.

그러나 Dr. C-2로부터 나에게 주어진 instruction은 언제든지 지금 나오는 피보다 양이 많아진다고 생각하면 진단명이 맞지 않더라도 그 excuse로 태아를 cesarean section(제왕절개; c/section)으로 꺼내 달라는 것이었으니, 나는 이제 피가 비치는 정도라는 걸 알았다는 걸 인지하였고, 간호원이 보기에 출혈이 더 생겼다고 하지 않는 이상 4시간에서 6시간 후에 다시 확인하러 오겠다고 했다.

내가 그곳을 떠날 때 조금 걱정스러운 issue는 그녀가 배가 조금 불편하여 chair의 앞쪽으로 구부정하게 앉아 있는데, 그녀에게는 fetal monitor가 attach 되어 있지 않았다.

나는 그 fetal monitoring이 있지 않은 issue에 대해서 high-risk 환자에게 왜 fetal monitor가 달려 있지 않는지에 대한 걱정이 있었으나, 지금 침대 sheet을 바꾸는 와중에 잠시 chair로 나와서 앉을 수 있을 정도는 tolerate 할 수 있는 입장이었다.

나는 그 순간 내가 다시 4시간 내지 6시간 후에 second round에 return해서 환자 condition을 봤을 때 fetal monitor가 되어 있지 않거나 침대에 누워 있지 않으면 당장 nursing station에 연락하여 어떤 order가 있었길래 fetal monitoring이 안 되어 있는지 알아볼 심산으로 잠시 그 순간에 fetal monitoring이 되어 있지 않은 상태에서 잠시 그곳을 벗어나서 내 station으로 돌아왔다.

나한테 perinatologist C-2가 전화 온 것은 오전 11시 정도 되었을 것이고, 실질적으로 환자를 보러 ICU에 올라갔던 것은 한 시간 정도 후인 12시 정도 되었을 것이다.

나는 오후 6시 정도에 한번 올라갈 계획이었는데, 5시 정도쯤 ICU nurse가 아닌 OB nurse로부터 ICU에서 전화가 왔다.

"Dr. Kim, could you come and take a look at this fetal monitor?"

그 말은 어디선가 그녀가 fetal monitoring이 달려 있었다는 얘긴데, 그럼 그렇지, 누군가가 신경 써서 fetal monitor를 다시 달았구나 생각했다.

그런데 training 된 간호원들이 그 fetal monitor가 정상이면 나한테 전화를 안 했을 텐데, 나한테 와서 보라는 얘기는 무언가 잘못되고 있다는 감이 들 수밖에 없다.

한 5-10분 정도 거리의 ICU로 향했고, 그곳에 도착했을 때 나에게 전화했던 간호원이 그 환자한테서 만들어 낸 fetal monitor graph를 나한테 멀리서 들어 보여 주면서, 내가 도착하기 바로 전에 때마침 perinatologist C-2하고 연락이 되었는데, 그녀의 보고에 의하여 태아를 c/section으로 급히 꺼내 달라는 부탁이다.

그녀가 들고 있는 fetal monitor graph는 약 10분 정도 분량이었는데, 산부인과에서 말하는 deceleration(하강) graph 폭이 상당히 steep하게 내려오고, 그 끝에 올라오는 pattern이 주기적으로 반복하고 있었다.

"큰일이다!"

Fetal monitor에서의 deceleration에는 early, late, 그리고 variable, 세 종류가 있는데, contraction pattern을 측정 못 함에도 불구하고 지금 상태에서는 이 graph는 late deceleration으로 해석할 수밖에 없다.

Perinatologist C-2의 보고에 의하면 어린아이의 머리가 위로가서 엉덩이가 아래로 와 있는 breech presentation인데, early deceleration은 특히 만기의 어린아이가 질로 빠져나올 때 head compression에서 오는 경우가 아닌 이상 그 monitoring에 contraction pattern이 없음에도 지금 아주 ominous(나쁜)한 late deceleration이다.

이는 엄마의 placenta가 어린아이의 영양 공급과 산소공급을 하는 데에 어려움이 있다는 bad sign이다.

더 문제점은 간호원이 준 10 minute segment 전에, 그 전에 얼마나 이 상태로 지속되었는지가 더 큰 issue이다.

모든 것이 bad 하고 시간상 상당히 늦었을 경우가 될 수 있다.

만약 이 상태를 장시간 동안 모르고 있었거나, 이 상태가 장시간 지속되어 왔다면 지금 상당히 치명적인 나쁜 결과로 달려가고 있다고 생각될 수밖에 없다.

나는 당장 전화를 들어 올려 산과 nursing station에다가 urgent(응급) c/section setup을 부탁하고는 여러 가지 지시를 주는 그 순간, 그 산과 간호원은 나한테 엄마가 별안간 더 배가 아파 온다면서, 엄마의 배 pressure가 상당히 커진다고 나한테 소리친다.

나는 산과 간호원에게 vaginal exam을 진행해 cervical dilation(자궁 경부의 열림)이 얼마나 열렸는지 나한테 보고하라고 한 그 순간, vaginal exam을 행하던 산과 간호원은 "membrane bulging! (양수막의 부풀음!)" 이라고 소리친다.

원래 membrane bulging은 만기인 어린아이가 자궁 경부 속을 빠져나올 경우 10cm 정도 cervical dilation의 pressure 때문에 밀어젖히는 상황인데, 지금 아직 27주밖에 되지 않은 어린아이가, 몇 cm인지 모르는 상태에서, cervical dilation을 측정할 수 없고 membrane bulging 정도면 무언가가 상당한 pressure 때문에 오픈이 되었다는 아주 emergency 한 situation이다.

그 어린아이는 만기가 아니기 때문에 10cm까지 열릴 리 없고 4-5cm까지만 열려도 full bulging 할 수밖에 없으니, 그런 조산아가 breech presentation에서 그렇게 나오는 경우에 양수가 파열될 경우, 곧 빠져나올 수 있는 umbilical cord(탯줄)에 전혀 엉덩이가 아닌 팔이나 다리가 먼저 빠져나올 경우 상당히 technical 하게 어려운 situation이 되어 버린다.

나는 urgent c/section을 crash(초응급) c/section으로 전환하겠다고 하면서, 산과 병동까지 갈 만한 상황이 안 되니 ICU 옆에 있는 main surgical operating room(수술방)에서 crash c/section을 진행하기로 플랜을 바꾸며, 모든 equipment(기구), 어린 조산아에게도 필요한 necessary equipment도 main surgical room으로 가지고 오라고 연락한다.

ICU에 있는 산과 간호원은 immediate 하게 환자한테 연결되어 있는 여러 가지 수액 IV bag을 전부 환자의 bed 쪽으로 올리고 불필요한 monitoring attachment을 전부 detach(떼다) 한 후, electric bed의 power cord도 뽑아 버리고, 곧 환자 bed 전체를 밀어서 방에서 나와 옆에 있는 surgical operating room으로 push 하기 시작한다.

Medical chart를 침대 위로 올리고 우리의 계획이 crash c/section으로 바뀌는 것을 눈치챈 ICU doctor S-1이 나에게 approach(다가오다)하면서 지금 자기네들이 ascites 때문에 고전하고 있는데 수술할 경우 복수를 같이 빼 달라고 한다.

나는 순간적으로 배를 c/section으로 열게 될 경우 그때 복막 안에 있는 ascites가 빠지게 될 테니 걱정하지 말라고 하면서 그 환자 bed를 밀며 옆방인 main surgical center로 향하였다.

모든 resuscitation equipment와 마취과 의사들도 전부 main surgical operating room으로 달려오고, emergency 속에서 환자를 surgical table에 올려놓은 후 바쁘게 진행되었다.

Operating room에 들어오자 곧 환자를 눕히고 foley catheter(소변 줄)를 넣고 산모를 고정시키고emergency c/section을 위한 prep이 끝나고 수술에 들어가기 전 마지막으로 태아의 상태를 확인하였다.

태아의 고동 소리가 1분에 140회에서 160회가 정상 수치인데, 이 태아는 111회로 나타났다.

Chemical wash를 하기 위해 배를 약품으로 닦은 후, 환자를 가운으로 덮는다.

Surgeon인 나에게 수술복이 입혀졌고, assistant doctor 한 사람이 내 반대편에 선다.

모든 preparation이 끝나자 마취과 의사는 곧 아마도 마취약인 propo-fol과 fentanyl을 넣으면서 환자가 축 늘어지자 tracheal intubation(기도확보) 후에, 언제든지 시작하라고 나에게 알려 준다.

마취과에서 오케이를 받자 곧 cesarean section에 들어가서 abdominal skin을 자르고, rectus facia를 자르고, rectus muscle을 split 한 후, perito-nium(복막)을 열자 복수가 쏟아져 나왔다.

Hawaiian punch 주스보다는 조금 더 진한 빨간색이었다.

원래 복수의 색은 약간 노란색을 띄는데 이 환자에 배에 차 있던 복수는 무언가 잘못되었는지, 왜 빨간색을 띄고 있는지, 잘못된 건 알겠지만 원인에 대해서 신경을 쓸 만한 시간적 여유가 없었다.

원체 어린아이의 컨디션이 더 큰 걱정이었다.

색이 빨간 것은 조금 후에 다시 걱정하기로 생각했다.

수술 시작 후 2분 이내에 자궁을 자르며 어린아이를 꺼낸 후 곧 short delayed cord cramping이 된 후, 기다리고 있던 neonatal team한테 조산아를 인계하였다.

그들은 어린아이를 assess(평가)한 후 더 많은 test를 진행하기 위하여 neonatal intensive care unit(신생아 중환자실)으로 조산아를 incubator에 넣고는 다른 병실로 옮겼다.

그 어린아이가 neonatal team으로 옮겨진 후에 나는 small segment of umbilical cord를 secure(확보)해서는 gas analyzing lab(탯줄 산소공급 측정)으로 보냈다.

그리고는 나머지는 일사천리로 끝냈다.

Placenta(태반)는 꺼내서 pathology(병리과)로 보냈고 uterus(자궁)는 cramping down(수축)을 시킨 후, incision은 two layer로 꿰매고는 abdominal skin 바깥으로 잠시 들어 올린 uterus는 repair가 끝난 후, 다시 abdominal skin을 retractor(견인기)로 벌린 후 uterus를 original pelvic position으로 push해서 집어넣는 그 순간, 순간적으로 a portion of(한 부분의) 작은 창자가 보였는데, 약간 색이 회색빛을 띤 것 같은 기분이 들었다.

나는 복강경으로 볼 때나, 혹은 부인과 자궁 적출 과정에서 작은창자를 laparotomy pad(거즈)로 한 코너로 몰아야 할 때 창자를 순간 볼 때가 있지만, 오늘따라 왜 창자 색이 조금 더 밝은색을 띄지 않고 조금 우중충한 회색빛이 도는지 이해가 되지 않았다.

물론 창자가 내 전문 분야는 아니지만.

그래서 나는 내 스스로에게 물어보았다.

'Dr. Kim, is this normal to you?'

(김 선생, 이게 정상으로 보입니까?)

My answer was 'I'm not sure.'

(내 대답은 '잘 모르겠어요'였다.)

So I reversed my question.

(그래서 질문을 바꿔 보았다.)

'Dr. Kim, is this abnormal to you?'

(김 선생, 이게 그럼 비정상으로 보입니까?)

My answer was 'I'm not sure either.'

(내 대답은 '이것도 잘 모르겠다'였다.)

Then, why don't you make up your mind? Your answer is neither normal nor abnormal.

(그럼 둘 중 하나로 결정을 내려야지? 대답이 정상도 비정상도 아니면 대체 무엇인가.)

나의 long training에서 오는 discipline(기율)이 나를 remind(상기)를 시킨다.

My long career에서 한 가지 중요한 simple discipline은 'if you're not sure, you must ask someone who would know about it.' ('네가 모르겠으면, 아는 사람에게 반드시 물어봐라'이다.)

내가 자신 있게 정상인지 비정상인지 스스로 결정을 못 내리면 누구한테 이것을 알고 있는 사람한테 반드시 물어봐야 한다고 training 받았다.

특히 배를 가르지 않고, 그것을 확인하기 위해서 또다시 배를 open 하고 꽝으로 끝날 경우 미안한 일이지만, 지금같이 이미 제왕절개 때문에 배를 open 해 놓은 경우에는 더욱 더 쉬운 decision이다.

특히 배 속에 손을 깊숙이 넣어 liver 쪽에서 시작으로 hand sweeping(손으로 휩쓸기)을 해 봤는데 무언가 창자 쪽으로부터 distended feeling(부풀어 오른 기분)이 오고 있다.

축 늘어져야 하는 전신마취에서 이렇게 장의 느낌이 rigid(딱딱/견고)하다는 것은 무언가 잘못된 것 같다.

나는 결정했다.

적어도 bowel(창자)에 경험 많은 사람이 '이 정도는 괜찮으니 닫아도 된다'라고 허가를 줄 때까지는 배를 닫으면 안 된다고 생각했다.

나는 circulating 간호원한테 지금 이 수술실 외 다른 방에서 수술을 하고 있는 general surgeon(일반외과의)이 있거나, 혹은 doctor's lounge에서 다음 케이스를 기다리고 있는 general surgeon이 있으면 여기로 와서 그들의 opinion(의견)을 달라고 요구하였다.

때마침 이날이 금요일 저녁 오후 6시가량이었는데, 월요일이 공휴일이라 모든 의사들이 전부 일찍 케이스들을 끝내고 병원에서 사라졌다.

현재 이 수술 구역에서는 나 혼자 수술하는 중이었다.

나는 간호원한테 만약에 병원 내에 아무도 없으면 이 근처 병원에서 누군가가 round(회진)를 늦게 돌고 있는 의사가 있을 텐데 그들에게 연락하여 올 수 있겠금 연락을 취해 달라고 하였다.

때마침 이 병원을 쓰고 있는 유능한 surgeon인데 일을 늦게 끝내고 다른 병원에서 회진을 하고 있는 general surgeon Dr. G가 있었다.

그는 다른 병원에서 round를 돌고 이 병원으로 오기까지 30분 정도가 걸린다고 하였으나, 나는 그 정도면 전혀 문제 없다고 하였다.

나는 기다리는 동안에 마취과 의사에게는 미안함이 별로 없었다.

그분은 어차피 이 환자가 마취되어 있는 시간까지 어차피 insurance 청구를 길게 할 것이기에 시간이 길어져도 그는 그때까지 투덜거릴 만한 입장이 아니다.

Assistant doctor(보조 의사)에게는 더 이상 기다리지 말고 방에서 떠나도 좋다고 하여 그녀를 내보냈다.

나는 assistant doctor 없이 나를 도와주는 scrub nurse(수술 간호사)와 나 사이에서 충분히 나머지 repair는 끝낼 수 있다.

General surgeon Dr. G는 정확히 30분 뒤에 나타났다.

나는 laparotomy pad(수술용 거즈) 물기로 incision을 cover하고 있던

곳을 벗기고 살짝 그에게 창자 쪽을 보여 주면서 "is this normal to you? (이게 정상입니까?)" 하고 물었다.

그는 조금 떨어진 거리에서 쳐다보며 아무 말도 안 하더니, 수술방을 나가 손을 씻기 시작한다.

그리고는 다시 들어와서 수술복으로 갈아입고 내 반대편, c/section 할 당시 내 assistant doctor가 서 있던 그 자리에 자리하고는 다시 한번 내가 만들어 놓은 abdominal skin을 들어서 속을 한 번 더 들여다보더니, 간호원에게 scalpel, 수술용 칼을 달라고 한다.

그는 주저 없이 산모의 배에 vertical(세로) skin incision을 만들었다.

나는 bikini line을 따라서 가로로 잘랐는데 general surgeon은 세로로 incision을 내 버렸다.

나는 순간적으로 놀랄 수밖에 없었다.

나한테는 한마디 말도 없이, future healing에서 scar(상처)가 튼튼하게 붙잡기 위하여 동서 방향인 transverse cut과 그가 만든 남북의 vertical cut은 교차되지는 않았다.

거의 바둑판 모양 비슷하도록 incision이 되었다.

그는 남북으로 가른 vertical skin incision을 통하여 창자들을 조금 바깥으로 끌어내어 보았다.

그는 무언가가 잘못된 것을 인지하고 있는 듯하였다.

그는 계속해서 작은 창자를 끄집어낸다.

그리고는 계속 무언가 이상하다는 식으로 더 많이, 결과적으로 almost 작은창자 전체를 incision 바깥으로 꺼내었다.

그때 그는 나한테 처음으로 얘기를 하였다.

"This is all dead! It's totally useless!"

(전부 죽었어! 전부 쓸모가 없어!)

나는 깜짝 놀랐다.

창자가 다 죽었다는 게 무슨 말인가?

내 일평생 동안, training 동안, 살아 있는 환자의 죽은 창자를 임상에서 본 일이 없다.

그 스스로도 puzzling(영문 모를) 한 입장에 있는데 왜 창자가 죽었는지 이유는 모르지만, 결론은 전부 쓸모없는 창자라는 식이다.

그는 다시 끄집어낸 창자를 하나하나 들어 올리기 시작한다.

그 창자의 길이는 straignt으로 빼 가지고 길이를 재면 거의 사람 키나 그 이상에 해당된다.

그는 그 창자를 계속 한쪽에서 반대쪽 끝까지 하나하나 들어서 쳐다보고 있는 중이다.

그런데 창자의 design은 창자 자체를 flexible(유연한)한 tube로 생각한다면, 그 tube 아래쪽에 일종의 thick(두꺼운), 질긴 커튼 같은 막이 있는데, 대부분 지방질인데 조금 질긴 면이 있다.

그 커튼 두께 사이에는 무수히 많은 핏줄들이 연결되어서 창자 쪽으로부터 영양분을 핏줄로 왕복하며 공급해 주는 design이다.

이 curtain에 해당되는 핏줄이 포함된 커튼의 anatomical terminology(해부학적 전문용어)는 mesentery(창자간막)이라고 한다.

그런데 그가 쫓아가고 있는 긴 창자에는 한순간 이상하게도 flexible하게 꼬부라지는 창자가 그 아래 있는 curtain의 defect의 한 곳에 구멍 뚫어진 곳으로 penetration(뚫고 들어가는)되어 있었다.

Internal hernia라고 불리우는 것이다.

원래 창자는 커튼은 커튼대로 smooth하게 다 지나가야 하는데, 창자의 한 부분이 internal hernia인 mesentery로 뚫고 들어간 것이었다.

그 순간 그도 그렇고 나도 그렇고 이해가 되지 않았다.

왜 이런 internal hernia가 생겨서 그 사이로 창자가 끼어 들어갔는지, 특히 환자 자체한테 previous abdominal surgical procedure(전 외과적 수술)를 하지 않은 이상 그 스스로도 처음부터 이렇게 된 case를 본 적이 없다.

그렇다면 만약에 이 창자가 internal hernia 때문에 penetration 되어서 blood supply가 compromise 되어서 죽었다면, 그 일정한 어느 한 부분만이 죽어야 하는데, 지금 이 순간에는 hernia는 hernia고 죽은 창자는 entire small intestine이라고 불리우는 사람 키에 해당하는 길이가 다 전부 죽어 버린 것이었다.

Medical terminology로는 ischemic bowel disease(허혈성 창자 질환)라고 불리우면서 gangrenous(썩음)라고 표현한다.

그 스스로도 왜 한 부분이 죽은 것이 아니라 모든 작은 창자가 다 일률적으로 피의 공급을 받지 못하여 썩어간 것인지 이해가 되지 않는다.

어디선가 피 돌기가 막히지 않았다면….

그러나 이 썩었다는 자체도 완전히 새카맣게 썩은 게 아니라, 정상적인 아주 밝은 색의 흰 쪽에서 slightly 회색 쪽으로, 내가 봤을 때는 조금 연한 회색 정도 같았다.

그러니 그의 diagnosis인 ischemic bowel disease와 gangrenous 단어가 clinical 하게 맞는 진단명이래도 그 etiology는 알 수가 없다.

그는 어느 정도 들여다보다가 다 소용없는 bowel은 갖고 있으면 환자가 사망에 이르기 때문에 잘라 내야 하니, 간호원에게 bowel resection에 대한 stapler를 갖고 오라고 한다.

Stapler는 옛날 surgical procedure에는 창자를 잘라 내고 실로 남은 끝과 끝을 연결해야 하는데, 요즘 technology는 특수 staple 장치로 자동적으로 잘라 주고 자동적으로 stapler로 이어 주는 기계가 있다.

그 기계를 간호원이 가져다준 후, 그는 bowel을 잘라 버리겠다고 마음먹고 시작하려는 그는 decision을 조금 바꾼다.

그 스스로 봐도 한 번도 본 일 없는 환자한테 다짜고짜 창자를 다 잘라 내고 난 후, 마취가 깬 환자에게 창자를 다 잘랐다고 고지하는 것보다는, 차라리 이 환자에게 hopeless(희망이 없다) 하지만 시간을 좀 더 주기 위하여 몇 시간 더 인내심을 발휘하기로 결정하여 그 procedure를 진행하지 않는다.

대신 다시 창자를 다 하나하나 쫓아가면서 쳐다본 후, 우선 internal hernia 쪽으로 penetrate 된 부분을 separate 시켜서 들어가 있던 창자 부분을 mesentery에서 분리시킨 후, 그 구멍이 난 mesentery를 일단 correct anatomical position으로 고쳐서 구멍을 메꾼 후에, 다시는 그 구멍으로 창자가 끌려 들어가지 않게 일단 minimum repair를 했다.

다시 그러고는 다 끄집어낸 창자를 vertical incision 속으로 다시 넣기 시작한다.

환자에게 몇 시간을 조금 더 줘 보고 내일 아침, 즉 12시간 정도 후에 다시 복강경으로 확인하거나 배를 갈라서 좋아지지 않으면 별다른 방도가 없기에 그때 절제하면 된다고 한다.

그러면서 나한테는 이 환자에게 우리가 issue를 발견하지 못하고 그냥 c/

section 후에 skin을 다 보통 상태로 꿰매고 그냥 방으로 되돌려 보냈다면 이 환자는 아마 12시간 내지 24시간 후에 사망했을 것이라고 얘기한다.

그 창자를 다 집어넣고 난 후에 그는 자기가 만든 incision을 꿰매고 나는 c/section에서 만든 transversal abdominal skin incision을 제대로 꿰맸다.

이제 더 이상 c/section의 issue가 아니니 이 환자에 대한 management 는 general surgeon에게 transfer 되는 것이다.

그는 그 환자를 다시 original ICU로 보내고 다음 날 처음에는 복강경으로 확인하고 decision을 할 듯하였으나, 그의 오랜 경험상 hopeless, 희망이 없는 걸 알고, 첫 수술 후 14시간 정도 후에 다시 환자의 배를 open 하였다.

그리고는 condition이 좋아질 리 없는 작은창자를 전부 resection(절제) 하였다.

나는 그 제왕절개 후 다음 날 오전 7시까지가 내 duty였기 때문에 Dr. G가 perform 한 small bowel resection은 오전 10시에서 11시 정도에 perform 되었기 때문에 집으로 돌아간 나는 그 수술에 참여하지는 않았다.

한 10cm 정도 남겨 놓고 small bowel이 다 제거되었다.

그 후 그 환자는 다시 intensive care unit으로 돌아가서 management plan에 들어갔는데 어디선가 shock이 왔던 모양이다.

PICC line을 넣고 right and left internal jugular vein을 확보한 후 여러 가지 line들을 꽂았고, 그 환자를 surgery부터 recovery까지 결과적으로 그녀가 제왕절개로 surgical operation을 survive 해서 집으로 돌아가는 데에 한 달 정도가 걸렸다.

그 중요한 영양 흡수를 도와주는 small bowel이 더 이상 없는 그녀는

TPN(Total Parenteral Nutrition) treatment/therapy(정맥영양공급)에 들어가야 되고, 또 eventually Gattex라 불리우는 특수 주사를 맞아서 남아있는 segment에서, 특히 colon(큰창자) 쪽에서라도 nutritional absorption(영양 흡수)을 increase 시키기 위한 주사를 맞아야 하고, absorption을 increase 하는 과정에서 side effect(부작용)인 polyp(용종)이 생기는 것 때문에 colon cancer(대장암) 확률이 높아짐으로 따라 colonoscopy(대장내시경)로 들어가서 확인해야 하는 여러 가지 procedure를 시행해야 한다.

나는 나대로 c/section이 끝난 후, post-operative report를 dictation(녹음)에 넣었다.

제일 critical issue는 umbilical cord gas analysis(탯줄 산소공급)에 venous side(정맥 쪽) of umbilical cord gas의 pH(수소이온농도)가 어린애를 들어낼 당시 6.83으로 나왔다. 정상이 7.40, 적어도 7.20까지는 들어내야 하는데, 이 어린아이가 나올 때 컨디션이 6.83이었다면 상당히 치명적인 cerebral palsy(뇌성마비)를 피할 수 없는 숫자다.

며칠간 계속해서 어린아이가 집중적으로 치료를 받는 과정에서 neonatal intensive care unit에 들어가서 아이의 condition을 들었는데, 생각한 대로 어린아이의 뇌 MRI scan finding이 점점 예상한 대로 cerebral palsy의 precursor(전초)인 HIE(hypoxic ischemic encephalopathy; 허혈성 저산소뇌병증)-한때 고등학교 여학생이 제1 논문 저자로 구설수에 오른 topic인, 산부인과 의사로서는 일생 동안 마주치지 말아야 할-, 전형적인 periventricular leukomalacia(뇌실주위 백질연화증)라는 ventricle (뇌실) 근처의 gray matter(회백질)이 점점 더 cystic structure(낭포성 구조)로 커지는 패턴으로 진행되고 있다.

어린아이는 상당한 시간을 병원에 있어야 하고 엄마는 small bowel resection이 된 후 한 달 정도 후에 병원에서 퇴원하였다.

이제 미국의 medical legal development상 피할 수 없는 medical malpractice(의료 소송)로 진행될 수밖에 없다.

\* \* \*

환자에게 불이익인 case가 발생하면 대부분 malpractice lawsuit은 상당히 빨리 file이 되는 것이 customary한 event인데, 이상하게 이 어린아이와 엄마에게 일어난 큰 사건은 상당한 시간이 흐를수록 아무런 나한테 연락이 없어서 그런지 시간이 지나면서 그 케이스를 잠시 어떻게 된 것인지 몰라 잊어버렸다.

그런데 의료 분쟁의 공소시효(statue of limitation)는 사건이 벌어지고 damage가 알려진 날짜로부터 2년 정도인데, 결국 그 2년이 채워지기 두어 달 전에 law firm으로부터 등기(certified mail)가 도착하였다.

당연히 무엇에 대한 case인지 짐작은 간다.

결국 봉투를 열어 보니 그 patient Susan Lee와 아이에 대한 malpractice complaint가 formally(정식으로) 나에게 전달된 것이다.

그런데 somewhat unique한 point는 나에 대한 case는 addendum(추가 형식)으로 도착하였다.

알고 보니 이 소송의 피고인이 12명의 doctor인데 11명까지는 이미 나에게 편지가 도착하기 훨씬 전부터 진행되고 있었고, 나는 그 후에 추가 형식으로 나한테 formal complaint이 도착한 것이다.

그런데 그들의 소장에는 내가 이 case에서 원만한 합의로 빠져나가기 위해서는 원고 쪽의 law firm에서 원하는 액수가 의사 한 명당 $25 million(약 300억 원)으로 책정이 되었다.

12명 각각 $25 million을 계산하면 대략 한화로 3천억 원 정도 되는 돈이다.

백만 원, 천만 원은 어느 정도 감이 잡히는 액수 같은데 병원까지 붙잡고 물어지면 조 단위에 육박하게 된다.

내가 할 수 있는 것이라곤 별로 없다.

내 insurance의 maximum policy(최대 금액)는 개인 환자들에 대한 보험금액은 $1 million인데 이 case는 그나마 병원에서 assign 된 의사에 대한 환자 treatment의 연장선이었기 때문에 병원에서 cover하는 insurance가 따로 extra 보호를 해 주기는 하는데 그것도 약 $1 million 정도 되는 것 같다.

그러나 내 private 환자에 대한 insurance는 이 케이스에 적용이 되지 않으니, 병원에서 apply 한 protection으로 case를 진행해야 한다.

나는 formal complaint letter를 받았음을 그 insurance company에 notify(통보)하니 이미 진행 중인 case인 만큼 이 case를 담당하고 있는 law firm에 나의 이름을 추가시킨다.

결국 나는 Dr. C-1, Dr. C-2의 case를 담당하고 있는 law firm에 같이 assign 되었다.

우선 반대쪽 원고 쪽 law firm은 doctor나 병원이 일생 동안 상대하지 말아야 할 강력한 law firm이며 오직 cerebral palsy(뇌성마비) 같은 큰 케이스의 환자들만 취급하는 강력한 law firm이다.

거기에 걸맞게 우리 병원 쪽 law firm도 상당히 강력한 변호사를 배정하였다.

이 케이스가 여러 가지를 알아보는 discovery phase(증거 수집)에서 적어도 2년 내지 2년 반의 시간이 흘러간다.

의료 분쟁에 있어서는 항상 피고 쪽 의사와 원고 쪽 환자의 statement는 각각 주장하는 merit(가치)이 있기 때문에 환자 쪽에서는 의사의 실수로 피해를 받았다는 주장일 테고, 의사의 입장에서는 given situation에 최선을 standard에 맞게끔 다 했다는 주장일 테니, jury들의 decision이 흔들릴 수밖에 없다.

결국, 결정적 증언은 원고와 피고가 retaining(보유)하는 소위 말하는 expert, 그 분야에 상당한 knowledge가 있는 전문가 쪽 의견이 배심원들의 결정을 좌우한다.

원고 측은 방대한 information을 자기네들이 그 분야의 knowledgeable한 doctor나 professor들을 찾아 그 케이스에 대한 opinion을 듣고, 피고 측 doctor가 어느 분야에서 substandard(평균에 못 미치는)나 실수를 저질렀는지에 대한 information을 다 알아본 후, 공격을 퍼붓는 것이 의료 분쟁의 핵심 포인트이다.

Similarly, 피고 쪽인 의사 쪽의 lawfirm도, 거기에 걸맞게 doctor가 주어진 standard로 최선을 다했다는 것을 말할 수 있는 expert이나 professor들을 당연히 retain 해야 한다.

Case가 진행되고 있는 동안 들어오는 information에 의하면, patient Susan과 어린아이의 대한 damage(피해)가 엄청나다.

IME(Independent medical examiner)라고 하는 medical 전문 분야는 그 분야에 대한 government가 주는 exam을 패스한 의사들이 given 환자들의 condition을 assess한 후, 이 환자가 살아가는 동안 이 condition을 치료하기 위해서 들어가는 비용을 계산하는 하나의 전문 specialty 분야의 doctor이다.

당연히 액수를 많이 받아 내야 하는 원고 쪽에서는 그 환자가 더 오래 살아서 들어가는 medical expense를 부풀릴려고 하고, 피고 쪽의 IME는 그 환자의 살아갈 수 있는 능력이 훨씬 짧기 때문에 그 돈 계산이 적어질 수밖에 없다.

우선 discovery phase가 진행되고 있는 동안 아기의 condition은 한마디로 너무나 애처로운 totally hopeless(전혀 희망이 안 보이는)이다.

어린아이는 뇌성마비의 seizure(경련) 때문에 하루에도 30초 동안 지속되는 경련이 8번 내지 10번이 매일같이 반복되고 있다.

물이나 음식을 삼키는 목구멍의 기능도 활발치 못하여, 물이나 음식이 식도로 들어가지 못하고 기도로 들어갈 때도 있어, 그 후유증인 폐염으로 발전할 가능성을 염두에 두어야 하고, posture(자세)를 제대로 maintain 하지 못하고 몸을 제대로 가누지 못하기 때문에 아이의 posture 자체도 엉망이다.

힙, 팔, 다리, 모든 것이 정상적인 posture를 maintain 하지 못하고 있다.

쉽게 말해 사각형이 사각형이 아니라, 찌그러진 사각형의 모습을 갖고 있기 때문에, 거기에 수반되는 근육도 반듯한 모양이 아닌 모습을 갖고 있다.

근육수축 때문에 수시로 근육과 살을 잘라 주는 cutting procedure(절제술)를 하여 줄어든 근육을 풀어 줘야 하는 상황이다.

Entire body에서 정상적인 것은 청각 하나뿐이다.

눈도 시력을 거의 잃어서 희미한 그림자와 희미한 물체만 어렴풋하게 보일 뿐, 선명하게 보이는 것은 하나도 없다.

그 어린아이의 developmental percentage는 microcephaly, 머리의 크기가 작아서 1% 정도밖에 안 되고 몸무게도 5% 정도밖에 안 된다.

그래도 physical therapy, occupational therapy, speech therapy, music therapy를 주기적으로 받고 있다.

IME 보고서에 의하면 이 어린아이의 life expectancy(예상 수명)는 high teen, 20살을 넘지 못할 것으로 계산하였다.

하지만 원고 측의 예상은 60세까지 살 것이라고 계산이 되어 있었다.

원고 측 IME는 어린아이가 계속 therapy를 받아야 한다고 했지만, 피고 측 IME는 지금 받고 있는 therapy 자체가 아이에게 도움이 되지 않는다고 평가한다.

그러나 적어도 학교 가는 날까지는 계속 해야 할 필요성에 대해서는 agree 한다.

"The bottom end conclusion is this child is not responsive with no real cognitive abilities and has seizures on a regular basis.

She cannot do anything for herself, and it does not appear that in the future, she'll gain any mobility or cognitive improvement.

The child will need long-term care with current life expectancy between 20 and 25 years."

라고 적힌 보고서를 제출한다.

Susan Lee에 대한 평가도 복잡하다.

작은창자가 없는 이 환자는 고단백질인 TPN therapy를 하루에 12시간 정도 지속적으로 받아야 하는데, 일주일에 적어도 여섯 번은 계속해야 한다.

Long-term으로 사체에서 창자를 떼어 내서 붙이는 cadaver transplant(사체 이식)를 lifetime 동안 세 번 정도 받아야 하는데, 그 고단백질이 직접 정맥으로 들어오기 때문에 간 기능에 eventually damage가 많이 갈 것을 예상하면 궁극적으로 cirrhosis, 간경화증으로 발전하여 중간에 어디선가 liver transplant(간이식)도 받아야 한다.

그 첫 번째 transplant는 20년 정도 후로 생각하고 있는데, 그 비용만 $1.5 million으로 책정되었다.

원고 측과 피고 측에서 각각 retain한 expert의 공격과 방어가 deposition 형식으로 시작한다.

Deposition, 즉 선서식 증언은 아마 미국에만 있는 legal system의 한 procedure인 것 같다.

한국에서는 비슷하게 '조서'라는 명목으로 행해지는 것 같으나 확실치 않다.

이 deposition은 법정 안에서 일어나는 형식과 모든 것이 똑같은 효력을 발생하는데, 다만 이 deposition이 일어나는 장소가 법정 바깥이다.

원고 쪽과 피고 쪽이 agree 한 장소라면 어디든지 상관없다.

원고 측 변호사 사무실일 수도 있고, 피고 측 사무실일 수도 있고, 병원의 conference room이 될 수도 있고, 심지어 양쪽 모두 agree 한 음식점에서 진행할 수도 있는 것 같다.

다만, 법정에서 허가한 기록을 담당하는 속기사가 모든 event를 기록으로 남긴다.

그 옛날 속기사는 특수문자 형식으로 type를 친 후, transcript manual로 활자와 문자로 보고서가 작성이 되는데, 요즘은 digital age의 출현으로 누군가 video taping을 하는 것으로 많이 발전하였다.

제일 먼저 deposition의 형식을 취하여 doctor 쪽의 변호사들이 소송을 시작한 Susan Lee에게 질문을 물어본다.

그런데 이번 lawsuit의 형식은 Susan Lee가 의사를 상대로 소송을 하는 것이기 때문에 Susan Lee에 대한 mention은 그렇게 중요치 않다.

원고 쪽 변호사들은 Susan Lee에게 training 시켜서 될 수 있으면 불필요한 disadvantage를 빠져나가기 위하여 잘 기억이 안 난다거나, 생각이 안 난다거나, 모르겠다는 대답으로 일관하게끔 training 시킨다.

피고 쪽 변호사들의 질문에 Susan Lee는 지시받은 대로 기억이 안 난다거나 잘 모르겠다고 일관하는데, 어느 한순간 Susan Lee가 중간에 무언가 잘못되고 있다는 얘기를 들었다고 하는 말을 내뱉을 때, 원고 측 변호사가 급격히 Susan Lee를 stop 시키면서 attention을 수정한다.

그러나 그 중요한 한마디는 나중에 trial(재판)로 갔을 때 under cross examination(반대 심문)에서 그녀가 처음에 내뱉은 무언가 case가 잘못되고 있다는 말을 한 그 자체를 집중적으로 공격하여 그 사실이 누가 어떻게 하여 어떤 생각으로 그런 answer가 나오게 되었는지 알아볼 수 있는 중요한 피고 쪽의 단서가 된다.

그러나 어차피 소송은 Susan Lee 쪽에서 의사들에게 행한 것이기 때문에 그렇게까지 outcome에 대해서는 문제가 될 것이 없을 것 같다.

그녀의 대답 중에서 유일하게 기억나는 doctor는 Dr. C-2와 Dr. Kim이라는 두 사람뿐이었다.

그녀는 Dr. M도 기억 없고, Dr. V나 Dr. A도 기억에 없고 surgeon S-2도 기억나지 않는다 했다.

그녀는 원고 측 변호사들이 가르킨 쪽으로 대부분 기억이 나지 않는다 거나 모른다는 식으로 빠져나갔다.

이제 원고 쪽의 deposition이 끝난 이후, 원고 쪽 변호사들에 의한 피고 쪽 doctor들에 대한 어마어마한 화력의 집중 공격이 시작된다.

원고 쪽이 retain 한 expert에 perinatologist와 surgeon이 있다.

그 둘은 제일 먼저 집중 공격의 포화를 피고 쪽 Dr. M한테 쏟아붓는다.

그들 공격의 포인트는 Dr. M은 substandard의 medical malpractice를 했다고 공격한다.

그는 diagnosis 자체도 엉망으로 잡았을 뿐만 아니라, 환자가 배가 아프고 nausea and vomiting이 있고, bowel sound가 있었는지 없었는지 확실치 않은 기록에 의존하면, 적어도 CT scan이나 MRI 혹은 x-ray KUB 정도는 최소한 order를 했어야 하는데, 전혀 도움이 되지 않은 초음파만 order 한 것은 substandard practice라고 공격한다.

특히 ultrasound report에 pancreas head(머리 쪽)가 확실히 보이지 않는 경우에서는 더욱더 자기의 working diagnosis인 pancreatitis(췌장염)에 맞는 진단명을 증명하지 못한 것이기 때문에 더욱더 다른 쪽으로 additional radiographic imaging order를 내려야 했을 뿐만 아니라, general surgeon도 involve를 시켜야 하는데 그 중요한 단계를 행하지 못한 Dr. M이 너무나 동떨어진 의료 행위였다고 공격한다.

또한 원고 쪽 expert surgeon은 P Hospital의 surgeon인 S-2의 management도 substandard였다고 공격한다.

General surgeon 입장에서 그 환자에게 적어도 bowel function에 대한 gold standard인 CT scan은 반드시 행했어야 한다고 공격한다.

Dr. S-2는 patient 일지인 progress note에 ileus(장이 움직이지 않음)에 대해 notation이 있으나 clearly 하게 no bowel obstruction(장막힘 없음)이었다고 써 있다.

그런데 원고 쪽에서는 이 case가 시작하는 beginning phase에 창자를 들어낸 Dr. G의 의견을 deposition의 형식으로 물어보았다.

아마 이 Susan Lee에 대한 모든 의료 행위를 한 doctor들 중에서 유일하게 lawsuit에 involve 되지 않은 의사는 Dr. G뿐이었다.

Dr. G는 그들의 질문인 왜 mesentery에 defect이 있었는지에 대한 질문은 아무래도 patient가 prior abdominal surgery를 한 기록이 없으니 선천적으로 생겼을 것 같다고 대답했다.

원고쪽은 계속해서 그러면 왜 창자가 그 defect으로 들어가는 internal hernia가 일어났냐고 묻자, 아마도 자기 생각에는 임신이 없었을 때는 괜찮았는데, 임신 후 자궁이 커지자 자궁이 창자를 밀어서 그쪽으로 밀려 들어간 게 아닌가 하는 opinion을 내놓았다.

원고 쪽 expert surgeon은 작은창자가 mesentery로 들어가는 internal hernia 때 bowel obstruction(장 막힘)이 시작되었다는 opinion을 내놓는다.

Susan Lee가 창자를 다 잃고 난 후, future medical treatment에 대한 follow-up으로 UCLA 대학병원을 방문하여 그곳에 short bowel syndrome(단장증후군)에 대한 opinion을 묻는 과정에서 진단명이 UCLA에는 'catastrophic 3rd trimester pregnancy complication from mesenteric venous thrombosis(혈전)'에 의한 진단명이라고 쓰여져 있다.

어쨌든 P Hospital의 surgeon S-2는 그 스스로가 오랫동안 경험이 많은 노련한 외과의사이긴 하나, 그 스스로가 환자 일지에 쓴 no bowel obstruction이란 문장에 반대쪽 expert인 surgeon에 의한 CT scan을 행하지 않은 공격에서 자유로울 수가 없다.

아마 surgeon S-2는 patient의 compromise된 kidney function 때문에 반드시 주입해야 될 dye 염색약이 만약에 bowel에 아무 일이 없었다면 그 주입한 조영제가 또 kidney function을 엉망으로 만들었을 것에 대한 생각을 했기 때문에 조금 더 증세를 관망하여야 하는 입장이었을 텐데, 조금 더 자기가 불리한 입장에 서게 된다.

그 원고 쪽 expert surgeon은 이미 결과가 다 알려진 후에 대한 진단명이니까 훨씬 더 공격하기 편한 입장에 있다.

그 bowel obstruction으로 가고 있다는 진단명 때문에 이번에는 초음파 film을 review 하고 dictation 한 방사선과 Dr. L에게도 blame(책임)이 전과된다.

그 ultrasound picture를 다 review한 원고 쪽에서는 어렴풋이 중요치 않은 위치에 있는 bowel이 보이는데, 직경이 약간 커지고 두께가 두꺼워진 한 장면을 발견한 후, 방사선과에서 bowel obstruction의 key issue가 되는 film이 있다는 것을 miss 했기 때문에 이제 방사선과 의사 L이 picutre에 대한 책임을 지게 된다.

그리고 그들은 이 film을 촬영한 sono technician을 불러들여 그가 abdominal sonogram과 upper quadrant에 대한 집중적인 촬영은 그 스스로가 dilated bowel과 thickened bowel wall에 대한 knowledge가 별로 없

음을 입증하는 statement을 받아 낸다.

결국 qualify되지 못한 sonographer가 촬영한 필름 때문에 그 sonogra-pher를 고용한 M Hospital도 그 책임을 부여받는다.

Dr. M을 대변하는 law firm에서는 그들이 retaining한 expert를 통하여 Dr. M이 환자인 Susan Lee에게 한 medical exam과 진단명은 평균적인 의사의 입장에서 그 당시 그렇게 빗나가지 않았다고 주장을 하고, 궁극적으로 surgeon을 불러들였어야 한다는 blame은 오히려 Dr. M이 아니라 그 환자를 책임지는 Dr. A나 Dr. V였다고 주장하나, 그 argument 자체는 너무나 잘못된 damage가 많은 환자 Susan Lee의 입장에서는 그렇게까지 jury들한테 appeal(영향)이 될 것 같지는 않다.

이제 원고 쪽 변호사 팀들은 hospital M과 그곳에서 일한 모든 의사들에 대한 유리한 고지를 점령하여 그들에게 궁극적으로 갖고 있는 maximum insurance policy를 give up(포기)하게 만든다.

Trial(재판)에서 싸우다가 패소하게 될 경우 각 의사당 $25 million을 내놓아야 한다.

Dr. M은 궁극적으로 $2 million(약 25억 원)을 gave up 했다.

Dr. V와 Dr. A는 궁극적으로 medical surgical problem이었지만 이 환자를 제일 먼저 책임진 의사로서 원할한 교통정리와 거기에 맞는 appro-priate 다른 specialty, such as general surgeon을 불러들이지 않은 책임으로 각각 $1 million을 포기했다.

Sonographer가 찍은 사진에만 의존한 방사선과 의사도 $2 million을 포기했다.

그 한 코너에 별로 중요치 않은 pay attention 안 한 bowel이 abnormal

하다는 것 자체를 인정하였기 때문에, 그것이 제대로 읽혀졌더라면 Dr. M 이나 Dr. V를 호출하여 다른 필름을 찍게끔 노력했어야 했는데, 그것을 fail 했기 때문에 원고 측 변호사의 attack에서 자유로울 수가 없었다.

궁극적으로 M Hospital은 얼마의 책임을 부여받았는지는 그 당시에 확실치는 않으나, 궁극적으로 hospital의 responsibility는 원고 측이 부른 액수에서 피고 쪽이 의사들이 쏟아 낸 그 차액을 짊어져야 하는 부담이 있다.

M Hospital 쪽의 hospital과 doctor들을 모두 초토화시킨 원고 쪽 변호사들은 이제 P Hospital 쪽으로 향한다.

P Hospital 쪽에서는 제일 불리한 위치에 있는 surgeon S-2는 궁극적으로 $2 million을 settlement 금액으로 합의했다.

원고 쪽 expert surgeon은 P Hospital을 상대로 유리한 고지를 점령하기 위하여 based on Dr. G가 잘라 낸 환자 Susan Lee의 창자 ischemic(장 허혈성)의 일부인 bowel의 microscopic slide를 이용하여 만약에 P Hospital 이, 특히 Dr. S-2가 조금 더 손을 썼더라면 환자 Susan Lee의 장 허혈성이, 환자가 transfer 되어서 P Hospital에 도착한 그다음 날 아침까지 surgeon S-2가 CT 촬영 후 그 known 결과를 가지고 수술에 들어갔었더라면 어느 정도 창자를 salvage(구제)할 수 있는 위치에 있었는데, S-2가 그 중요한 역할을 못 하였기 때문에 hospital P도 그 damage에 대한 책임을 져야 한다고 공격한다.

당연히 surgeon S-2가 retain 한 law firm에서는 다른 expert pathologist(병리과 전문의)를 retain 하여 어떻게 이미 사망한 장의 조직 한 부분을 microscope로 뒤늦게 들여다보면서 surgeon S-2가 환자가 transfer 되어 온 그다음 날까지의 시간에 진단명을 내려 수술에 들어갔다 하더라도 그 환자의 창자가 되살아날 수 있었다는 주장은 말도 안 되는 끼워 맞추는 터무니 없는 공격이라고 반격한다.

결국 그 원고 쪽과 피고 쪽 law firm에서는 각각 one given 산소결핍으로 이미 죽은 잘라 낸 창자를 보고 48시간 전에 살렸을 수 있었을지 없었을지에 대해서 공방전이 벌어졌는데, 양쪽 다 배심원 앞에서 그 주장을 펼쳤을 때 각각 이길 수 있는 확률과 패소할 확률을 냉정하게 따져 봐야 할 입장이다.

만약 원고 쪽에서 그 argument가 받아들여지지 않아 패소될 경우 P hospital에 있는 모든 의사들의 변호사들은 원고 측의 모든 처음부터의 주장이 일리가 없는 끼워 맞추기의 공격이라고 나오게 되면 원고 쪽 변호사의 total assessment는 모든 case들이 다 자기들한테 불리하게 돌아올 상당히 어려운 situation으로 발전할 가능성이 높기 때문에, 궁극적으로 원고 쪽 변호사 팀은 피고 쪽과 agreement를 합쳐, 적어도 재판에서는 이 pathologic slide에 의한 48시간 전의 창자는 살릴 수 있었는가 없었는가에 대해서는 절대 jury 앞에서 꺼내지 않기로 합의한다.

이 한 issue만 결과적으로 양쪽에서 합의를 보고, 이제 곧 원고 쪽 변호사 팀들은 P Hospital에 대한 공격을 감행한다.

이제 엄마 쪽의 damage에 대한 공격이 끝난 원고 측 변호사 팀들은 조숙아 신생아인 어린아이에 대한 강력한 공격이 C-1, C-2 그리고 나에게로 향한다.

원고 쪽에서 retaining 한 perinatologist에 의하면 만약에 엄마에 대한 진단명이 조금 더 빨리 일어나서 수술로 들어가서 그 창자를 save 할 수 있는 surgical treatment가 되었더라면, 어린아이 자체도 27주 만에 바깥으로 나와야 되는 일이 벌어지지 않았을 것이고, 궁극적으로 그 제대로된 진단명과 치료법이 맞게끔 perform 되었더라면 어린아이도 뇌성마비에 걸릴 이유가 없이 계속 잘 자라서 지금과 같은 상태에 이르지 않았을 것이라는 assumption(추정)으로 공격을 한다.

피고 쪽 law firm을 대변하는 perinatologist는 전혀 터무니없는 assumption의 연속이라고 반격한다.

어린아이가 잘못된 것은 엄마의 창자에서 일어나는 일과 무관하게 무언가 엄마의 잘못된 inflammatory(염증) process에 의하여 이미 어린애가 엄마의 배 속에 있을 때 이미 공격을 받아서 잘못된 상태였고, 그 여파가 때마침 뒤늦게 detect한 fetal monitor에 의하여 결과로 나타났을 뿐이라고 반격한다.

그런데 여기서 key issue인 fetal monitoring issue가 등장한다.

원고 쪽의 주장은 fetal monitoring이 끊임없이 지속되었더라면 late deceleration pattern도 조금 더 일찍 발견할 수 있었던 아기의 condition을 늦게 발견했기 때문에 거기에 대한 damage의 결과가 뇌성마비였다고 주장하는데, 환자가 P Hospital로 이송되어 왔을 때 perinatologist C-2는 continuation(지속적인) of fetal monitoring의 중요성에 대해서 환자인 Susan Lee에게 여러 번 설명하였다.

그러나 배가 아프고 불편한 환자인 Susan Lee는 M Hospital에 있을 때부터 fetal monitoring을 푸르고 remove 해 달라고 했을 뿐만 아니라, 같은 request를 P Hospital에서도 요구하였다.

그러나 단호하게 Dr. C-2는 안 된다고 했지만 결과적으로 M Hospital에서도 안 했었다는 Susan Lee의 주장 때문에 서로가 궁극적으로 agree 한

intermittent(간헐적인) fetal monitoring으로 바뀌었다.

즉, 지속되는 fetal monitoring이 아니더라도, 몇 시간 동안 fetal monitoring 없이 휴식을 취하고, 그리고 나서 15분 내지 30분간 fetal monitoring을 attach 하는 그런 pattern으로 반복하기로 agree가 되고 Dr. C-2는 환자 Susan Lee에게 fetal monitoring을 안 하고 있는 그 순간에도 어린아이가 잘못될 수 있기 때문에 거기에 대한 risk를 fully understand 해야 한다고 설명하였다.

Susan Lee는 당연히 충분히 이해한다고 얘기했고, Dr. C-2는 여러 가지 legal complication 때문에 자기가 patient 일지인 progress note에 모든 risk가 있으며 환자가 인지하고 있다는 것을 문서상으로 남겼을 뿐만 아니라, 그것도 모자라 환자로서 하여금 her own handwriting(그녀 스스로의 글씨체로)으로 자기 스스로 patient 일지인 progress note에 Dr. C-2가 말한 point를 인지한다고 글을 써 놓았다.

자기가 fetal monitoring이 되지 않는 순간에 잘못되는 일이 벌어질 경우 본인이 모든 risk를 fully understand를 한다는 agreement이었다.

결과적으로 fetal monitoring에 대한 issue는 Dr. C-2가 조금 더 유리한 위치에 있긴 하나, 그러나 그것도 jury들의 opinion이 어느 쪽으로 가는가는 장담할 수 없는 입장이다.

원고 측은 항상 이런 case에 관해서도 의사들을 공격할 때도 어차피 환자 자체는 medical issue를 모르기 때문에 제 아무리 continuous fetal monitoring이나 intermittent fetal monitoring에 대해서는 의사만큼 모든 risk를 이해하지 못하기 때문에 궁극적으로 일이 어떻게 벌어졌던 간에 모든 책임은 doctor에게 있다는 식으로 공격하기 일쑤다.

그러나 유일하게 Dr. C-2가 유리한 위치를 점령할 수 있는 한 포인트는 Susan Lee에 의한 handwriting 자체가 얼만큼 환자 스스로가 그 risk를 인정했다는 사실뿐만 아니라, 의사가 얼마만큼 그 중요성을 강조했다는 사실이 배심원들에게 충분히 인지될 수 있는 상황이다.

그러니 원고 쪽에서 fetal monitoring에 대한 blame을 Dr. C-2에게 지속적으로 공격하기에는 조금 큰 위험스러운 부담이 있다.

만약에 Dr. C-2 쪽에게 favorable 하게 jury들이 생각할 경우, 어린아이의 damage에 대한 원고 쪽의 모든 공격이 전부 무너질 수 있는 위험이다.

원고 쪽이 C-2 의사에 대해서 favorable한 포인트를 얻지 못하여 패소할 경우, 병원 자체도 모든 blame에서 벗어날 수 있는 원고 쪽 입장에서 보면 상당히 위험스러운 상황이다.

그들이 Dr. C-1이나 나 스스로에 대한 attack은 어차피 given 24시간의 환자의 progress를 돌봐야 하는 duty인데 조금 더 energetic(열정적으로)하게 환자를 evaluate 하여 CT scan 같은 영상 촬영을 앞서서 요구하지 않았다는 것이 그들의 C-1과 나를 향한 공격 포인트였다.

특히 나는 간호원을 통해 obtain 한 late deceleration에 대한 fetal monitoring에 premature labor가 상당하게 지속되어 왔다는 assumption으로 공격을 할 경우, 불리할 수 있는 위치에 있기는 하나, 어느 정도 preterm labor가 계속되었는지를 증명할 아무런 evidence가 그쪽에도 없다.

그것이 late deceleration을 발견한 그 간호원이 그 fetal monitoring을 obtain 하기 5분 전에 일어난 일인지, 5시간 전에 일어난 일인지를 증명하는 것은 원고 측의 입장인데, fetal monitoring이 그쪽에도 없는 입장에서 몇 시간 전부터 이 상태로 지속되었는지 공격하는 것은 그쪽에서도 prove

하기 쉽지 않은 상황이다.

그런데 원고 쪽은 intensive care에서도 열심히 일한 Dr. S-1과 그의 파트너인 Dr. B, 그리고 pulmonologist인 Dr. R 까지도 공격을 하긴 하나, 그들이 Susan Lee와 어린아이에 대한 damage에 대한 연관성을 가져다 붙이기에는 쉽지 않은 case이다.

이 방대한 12명의 의사를 대표하는 로펌과 원고를 대표하는 로펌의 communication이 많이 복잡해지자, 피고 쪽과 원고 쪽에서는 양쪽의 opinion을 대변할 neutral한 judge 한 사람을 appoint 하여 모든 communication의 연락을 이 arbitrator(중재자)/mediator(조정자) 형식의 새로운 judge로 하게끔 교통정리를 부탁하였다.

가운데에 있는 judge는 원고 쪽이 주장하는 포인트와, 피고 쪽에서 반박하는 포인트들을 정리하여 그 가운데 적당한 선에서 협상을 하게끔 중재를 하는 중이다.

모든 information은 가운데에 있는 arbitrator를 통하여 들어오기 시작한다.

그런데 이 와중에서 너무나 불리한 위치에 있는 의사들의 law firm들은 원고 쪽에게 어차피 싸워서 이길 수가 없으니까 협상을 통하여 reduced amount에 의한 빠져나가기 위한 작전을 구사하는데, 여기서 피고들 변호사들끼리의 싸움이 벌어진다.

만약에 너무나 obvious 하고 너무나 중대한 책임을 지는 law firm에서 원고 쪽에게 훨씬 적은 액수의 amount로 협상을 받아 내어 적은 액수의 금액을 털고 나갈 경우, 뒤쪽에 남은 다른 피고 쪽 의사들의 변호사들이 그 나머지 큰 액수를 다 짊어져야 하는 위험이 있기 때문에 싸움이 벌어지는데, 궁극적으로 그들은 어느 한 사람의 피고 쪽 변호사 팀이 원고 쪽에 agreement에 의하여 이 case를 빠져나가기 전에 반드시 그 협상된 금액에 대한 나머지 피고 쪽 law firm들에게 허가를 받아야 한다는 식으로 판결을 받아 내었다.

Intensive care에서 일한 Dr. S-1, Dr. B, Dr. R 모두 원고 쪽에게 자기네들은 잘못한 게 무엇이 있냐며 반격을 가한다.

우리 변호사도 Dr. Kim을 잡고 있는 이유가 뭐냐고 그 arbitrator judge에게 메세지를 보낸다.

우리쪽 변호사 팀은 원고 쪽에서 나의 케이스를 drop 시키지 아니하면 차라리 나의 케이스를 전면에 내세워 Dr. C-1과 Dr. C-2를 보호하겠다는 작전인 것 같다.

원고 쪽에서도 situation이 어려워진다.

까닥 잘못하다가는 내 케이스 때문에 다 잡았다고 생각한 두 토끼 C-1과 C-2도 놓칠 수 있는 위험이 있다.

나나 C-1에 대한 원고 쪽 공격의 point는 조금 더 빨리 환자의 assessment을 진행하여 imaging test를 order 했어야 하는데, given 24시간의 assignment 동안 그것을 하지 않았다는 것이 key point였는데, 첫날 입원한 Susan Lee를 examine한 C-1과 C-2는 계속 물고 늘어지고, arbitrator를 통하여 우리 변호사한테 원고 측에서 적어도 Dr. Kim은 release 할 의향이 있을 수 있다는 것으로 연락이 온 것 같다.

그러나 release 할 때 하더라도, 나는 원고 쪽의 deposition 공격에서 빠져나올 수가 없다.

원고측 변호인들이 나를 공격하여 어디선가 자기네들한테 유리한 상황이나 정보를 더 알아내게 된다면 나를 계속 붙잡고 늘어지거나, 내 information에 의하여 다른 의사들을 더욱 공격할 만한 issue가 되기 때문에, 나는 적어도 deposition까지는 그들 앞에 나타나서 주어진 질문들에 답을 해야 한다.

Deposition room에는 다른 의사들을 대변하는 8명 정도의 변호사와 원고 측 변호인단, 그리고 나와 내 변호사가 있었다.

혹여나 나의 대답으로 인해 다른 의사들의 입장이 불리해질 수 있기 때문에 그들의 변호인들도 함께 참관하는 방식이었으며, 적어도 6시간이 넘는 그들의 공격에 시달려야 했다.

Susan Lee를 담당했던 RN(간호원)들도 상대편 변호사한테 시달리고 나왔고, 이 케이스와 관계없는 nurse supervisor도 눈물을 글썽이며 deposition room에서 빠져나왔다.

그녀의 hospital contract까지 들먹였던 모양이다.

한마디 한마디의 질문에 potential $25 million이 걸려 있다.

어마어마하게 긴장된 torture(고문)이다.

당연히 주어진 질문에 답을 1초 정도 더 늦게 대답하여 우리 쪽 변호사가 함정이 있는 질문이면 다급히 나에게 대답하지 말라고 brake를 걸어야 한다.

긴장을 풀기 위하여 두 번 정도 화장실 가는 시간인 time out을 요구했다.

그 휴식 시간에도 반대 쪽 변호사 팀들은 본사에서 live video taping을 실시간으로 쳐다보며 계속 전화 메시지로 다음 질문 공격을 어느 쪽으로 끌고 가라든지, 혹은 이미 내뱉은 대답에 대해 더 깊숙이 파고들라는 지시를 변호사들끼리 서로 연락을 취하는 듯했다.

그들의 공격의 point는 당연히 given 24 hour assignment 동안에 환자

에 대한 assessment이 일어나지 않았고, preterm labor가 어느 정도 지속되었을 텐데 인지하지 못했고, 나와 Dr. C-2 사이에 주고받은 communication에 대한 information에서 공격의 point를 찾고 있는 것 같았다.

Deposition의 거의 끝에 그는 나에게 이 어린아이의 umbilical cord의 pH가 뭐냐고 물었다.

당연히 그도 알고 나도 아는 대답인데, 나로 하여금 그 낮은 숫자를 얘기하라는 것이다.

나는 나와 있는 숫자대로 6.83라고 대답하였다.

그러자 그는 전혀 예상치 못한 질문을 나한테 한다.

"What do you think about that number?"

그 숫자에 대해 어떻게 생각하냐는 질문인데, 이 질문은 전혀 예상치 못한 질문이다.

원고 측이 피고 측을 공격할 때는 opinion이나 해당 이유는 절대 묻지 않는 것이 common rule이다.

이유를 묻게 되면 별의별 설명과 excuse가 들어가기 때문에 원고 쪽에서는 항상 'isn't it true?' (이게 맞지 않소?)

혹은 'don't you think?' (당신은 그렇게 생각하지 않소?)

혹은 'isn't it the fact?' (이게 사실이 아니오?)

라는 식으로 그들의 원하는 확정적인 질문을 하는 것이 point이며, 자기들에게 유리한 쪽으로 끌어가기 위하여 확답받는 쪽으로 질문하는 것이 모든 원고 쪽 변호사들의 공격 포인트인데, 처음으로 난생 opinion을 물어보는 이상한 질문이 나에게로 왔다.

순간 나는 너무나 broad 하고 함정이 많을 수 있는 이 대답을 어떻게 해야 할 것이냐가 순간적으로 생각해야만 하기 때문에 조금 주춤할 수밖에 없는 순간이다.

나한테서 나오는 이상한 explanation에 의하여 또다시 그들에게 공격의 꼬투리를 주면 아니된다.

내가 어느 쪽으로 원만하게 neutral하게 대답을 하여 그쪽에게 꼬투리를 주지 않는 나의 idea를 formation(형성)하고 있는 그 주춤한 순간에, 우리 변호사가 급히 가로막는다.

"Don't you think we had enough on this issue with Dr. C-2?" (이 문제에 관해서는 닥터 C-2와 충분히 논쟁를 했다고 생각치 않소?)

충분히 이 숫자에 대해서는 당신이 몇 주 전에 행하였던 Dr. C-2와의 deposition에서 그렇게 많이 논란을 했는데 이제와서 Dr. Kim에게 또다시 묻는 이유가 뭐냐는 식으로 공격을 한 것이다.

원고 쪽 변호사도 그 반문 자체가 그리 틀리지 않았다고 agree 하고 있었던 모양이다.

그러나 원고 쪽에서는 계속 내 답을 들어 볼 수 있는 법적 권리가 있다.

그가 만약 계속 insist 하여 나에게서 나오는 말을 들어 보겠다고 요구할 경우, 무언가 나는 한마디를 하긴 해야 한다.

거기에 대한 제일 damage가 적을 답을 나는 찾고 있는 중이었다.

순간 몇 초간의 침묵이 흘렀지만, 그는 나로 하여금 대답을 내놓으라고 강요하지는 않았다.

그 짧은 침묵 시간에도 원고 측 변호사는 다음 공격의 point를 준비해 온 종이를 들여다보면서 찾고 있는 듯했다.

우리 변호사가 Susan Lee의 모든 산부인과 쪽의 clinical decision making

을 한 Dr. C-2하고 deposition에서 그렇게 많이 오랫동안 싸웠는데, 이제 와서 Dr. Kim한테 또 거기에 대한 무슨 답을 들어서 공격을 가하는 게 무슨 point가 있냐는 우리 변호사의 말이 어느 정도 방패막이로 작용한다.

궁극적으로 나는 대답을 내놓지는 않았지만, 그가 꼭 케이스가 끝나기 전에 나로 하여게끔 pH 6.83에 대한 opinion을 내놓으라고 demand 한다면 나는 그순간 마음은 결정하였다.

이 케이스를 더 복잡하게 만들지 않게 내가 할 수 있는 대답은:

"That's the difficulty in obstetrics."

산과를 행하는 모든 이들의 어려움이 여기에 있다는 대답밖에 할 수 없었을 것이다.

Obviously, 내가 꼬투리를 주지 않기 위해서, 원고 쪽 변호사가 듣고자 하는 대답은 아니었을 것이고, somewhat 옆으로 빗나간 무언가 질문에서는 동떨어진 대답이 될 것이다.

하지만 그 질문에 대한 대답을 계속 demand 하지 않았기 때문에 나도 내뱉지는 않았지만, 모든 의사들이 최선을 다하고 있지만 전혀 생각지 못한 outcome으로 갔을 때 이것이 산과를 handle 하는 모든 의사들의 어려움일 수밖에 없는 것이다.

Deposition 후에 궁극적으로 우리 변호사는 나를 물고 늘어지는 이유를 arbitrator한테 계속 알아본 결과, 그쪽에서는 Dr. Kim은 적어도 조만간 풀어 줄 용의가 있다는 식으로 arbitrator가 우리 변호사에게 귀띔을 해 준다.

결과적으로 내가 이 case에서 풀려났을 때 더 이상 law firm에서 이 케이스에 대한 progress에 대한 얘기가 이메일로 들어오지 않았다.

궁극적으로 그 후에는 어떻게 된 것인지 정확하게 알 수는 없지만, 추측

건데 M Hospital 관계된 의사들은 $8 million가량 포기하였고, key issue 는 어린아이에 대해 C-1, C-2에 대한 공격이었는데, 원고 측은 Dr. C-2에 대한 공격이 패소로 끝날 경우, Hospital P를 물고 늘어질 명분이 서지가 않는다.

내가, Dr. C-1이나 C-2와 달리, 수술을 행하였기 때문에 원고 쪽에 치명 적으로 협상하지 않고 패소할 수 있는 아주 위험한 순간은 수술을 행한 내가 crash c/section을 선언한 후, 태아가 나올 때까지의 시간이 30분이 넘었으면 위급한 상황에서 proper(올바르게) 하게 수술을 시행하지 못했 다는 명분을 줘서 패소할 지대한 위험에 처해질 수 있었으나, 일지에 기 록된 내가 nursing station에 전화한 시간부터 태아를 꺼낸 시간까지는 운 좋게도 정확하게 1분도 넘지 않은 꼭 30분이었다.

ICU 방에서 수액 line을 올리고 electric bed의 파워코드를 뽑고, bed rail 을 올리고, 그 묵중한 bed를 ICU 방에서 빠져나오는 데만도 5분이나 걸리 고 수술실로 달려가는 시간도 5분은 족히 걸린다.

수술실에 도착해서는 환자를 surgical table로 옮겨야 하며, foley cathe-ter(소변 라인)을 연결해야 하며, 환자를 테이블에서 움직이지 않게 고정 시키는 데도 5분 정도 걸린다.

그리고 마취과 monitoring을 환자에게 attach 하는 동시에 태아의 고동 소리도 확인해야 하고, 수술 예정 부위에 chemical wash를 하고 도포를 덮는 것만 해도 또 5분이 걸린다.

의사인 나에게 수술 가운을 입혀 주고, 환자 마취를 완료한 후 기도확보 를 한 후에 제왕절개에 들어가도, 실질적인 incision부터 시작해서 태아를 꺼낼 때까지도 평균 5분 정도는 걸린다.

이 모든 crash c/section의 emergency gold standard, 즉 legal standard 에서는 30분 이내에 태아를 꺼내야 한다.

만약 수술을 환자가 있던 중환자실 옆인 main operating room이 아니라 더 멀리 있던 산과 수술실까지 bed를 끌고 갔더라면 30분의 gold standard를 맞추지 못하였을 것이다.

돌이켜 보니 얼마나 lucky 했는지 모른다.

만약 내 케이스를 계속 진행하였고 합의를 봤을 경우에는 내 보험의 maximum 금액인 $1 million 정도로 합의를 봤을 것이지만, 내 케이스가 협상을 하지 못하고 재판으로 가서 패소했을 경우, 나는 그들의 demand 인 $25 million을 지급해야 했을 텐데, 내 보험에서 처리될 $1 million을 제외한 나머지 $24 million은 내가 자급자족으로 지급해야 했을 테니, 아마나는 개인파산을 진행해야 했을 것이다.

그리고 패소가 아닌 협상에 의하여 피고 쪽 의사들을 풀어 줄 경우, 원고 측에서 필요한 액수에 대해 amount가 부족한 것은 병원 측에서 어느 정도 내놓는 것이 지금 customary 한 일반 관례이다.

그들은 차라리 C-1, C-2를 공격하여 패소하는 것보다 hospital의 돈을 조금 받기 위하여 C-1, C-2도 궁극적으로 풀어 준다.

Susan Lee에 대한 P Hospital에서의 management 중 모든 transfer를 허락하고 거기에 대한 decision-making을 한 Dr. C-2는 처음에 모든 fetal outcome에 대하여 지대한 위기에 처하였는데, 그의 deposition이 끝난 후 그의 law firm은 아주 중요한 expert, pediatric radiologist(소아 방사선과 전문의)를 Arizona state로부터 retain 한다.

소아과 영상의학 전공을 끝내고 30-40년 동안 주로 diagnostic brain image review에 전념한 이 expert는 Dr. C-2한테 어마어마하게 이로운 증언을 deposition에서 내보낸다.

원고 쪽 law firm의 attack은 Dr. C-2에 대한 management와 decision making이 늦었기 때문에 어린아이가 permanent cerebral palsy로 들어갔다고 주장하는데, 이 피고 쪽 expert인 pediatric brain MRI에 대한 중요한 증언은 이 어린애가 태어난 후, every day 촬영된 brain image picture에 의하면, 아이가 태어날 당시 acute oxygen supply가 부족하여 뇌에 치명적인 뇌성마비를 향할 때에는, typical 하게 시간이 지나가면서 acute, subacute, and chronic 한 brain development가 단계적으로 나타나는데, 이 어린아이에게 매일같이 촬영된 brain MRI finding에 의하면 이 어린아이에 대해 나타나는 damage는 전형적인, 들어내는 과정에서의 늦은 그 당시 damage라기보다는, 이 어린아이 자체가 엄마의 배 속에서 development 되는 과정에서 적어도 7일 내지 14일 전에 이미 damage가 되고 있었다는 아주 중요한 선서를 하게 된다.

모든 어린애가 태어난 후 3일에서 10일까지의 MRI를 비교해 보면, 전부 typical 하게 일어나는 3일째 날이 아니라, 적어도 acute oxygen deprivation이 일어난 7일 내지 10일 이후에 나타나는 증세가 한 단계씩 뒤늦게 나타나는 typical 하게 무언가 엄마 배 속에 있을 때부터 7일에서 14일 전에부터 이미 그렇게 발달되고 있는 picture가 어린애가 태어난 후부터 나타나는 것이라고, 원고 쪽에서 반박할 만한 expert를 구하지 못할 경우, jury들은 그 말에 의하여 어린아이에 대한 damage는 피고 Dr. C-2의 decision making이 늦은 것이 아니라, 이미 병원에 transfer 되어서 오기 전에, 심지어 P Hospital이 아닌 M Hospital에 도착하기 1-2주 전부터 이미 일어나고 있었다는 증언이다.

이 결정적 증언은 원고 쪽에게 도저히 Dr. C-2한테 어린아이의 cerebral palsy와 거기에 합병되는 모든 damage를 전가하기에는 너무나 어려운 statement가 되었다.

원고 쪽에서 다른 expert가 나타나 이것을 반박할 수 없을 경우, 원고 쪽은 C-2한테 소송을 withdraw, 걷어 들여야 한다.

계속 물고 늘어져서 패소할 경우, 그나마 무언가 받아 낼 수 있는 P Hospital에 대한 blame도 전혀 compensation을 받을 수 없는 위기에 봉착한다.

궁극적으로는 intensive care에 있던 Dr. S-1, Dr. R, Dr. B에게도 공격을 멈춘다.

그런데 그들은 나한테 우리 변호사 쪽이 보내온 information에 의하면, ICU에 있었던 의사들을 미리 풀어 준 것을 나중에 후회한다고 한다.

조금 더 나중에 풀어 줬을 경우 무언가 더 받아 낼 수 있었던 어떤 건수가 있었던 모양인데, 그들의 경험 부족이나 실수로 ICU 의사들을 너무 일찍 풀어 줘서 후회한다고 나한테 보고서가 왔다.

그 arbitrator로 있던 judge의 말에 의하면, 적어도 P Hospital에게 원고 쪽에서 demand의 $15 million을 요구하는 것 같았다.

P Hospital에서는 $1 million 정도는 지급할 수 있다고 대답한 것 같았다.

Arbitrator judge는 15와 1의 중간인 $7 million에서 $7.5 million 정도가 양쪽이 타협을 볼 수 있는 적정한 금액이라고 suggest 한 것 같다.

M Hospital에 대한 평가는 얼마인지 들어보지 않았지만, 적어도 P Hospital과 같거나 exceeding 하지 않았을까 생각된다.

Case가 진행되고 있는 동안 Susan Lee의 남편인 군인과 그 직계가족을 cover 해 주는 government insurance에서도 한없이 청구되는 보험액에 깜짝 놀란듯 모든 이 환자들에 대한 medical record를 회수하여 들여다본다.

무슨 case가 이렇게까지 지속적으로 큰 금액이 지불되고 있고 도대체 깨진 독에 물 붓는 듯이 payment는 계속 나가는 중이었다.

궁극적으로 그들은 U. S. soldier인 남편의 직계가족이니 보험이 청구될 경우, 어쩔 수 없이 government insurance는 payment를 계속 지속해야 하지만, 때마침 그들이 retain 한 information에 의하면 현재 lawsuit에 involve 된 것에 의하여 적어도 settlement에 대한 보상이라든지 혹은 trial에 대한 승소로서 받는 액수에서 Susan Lee 쪽에 돈이 들어오는 case이기 때문에 보험회사에서 지급한 병원 치료비를 회수할 권리가 생긴다.

보험회사에서 치료비를 내놓고 Susan Lee 쪽에서 협상금이나 보상금을 받으면 extra 돈이 생기는 것이기 때문에, 보험회사에서 지불한 병원 치료비를 회수하는 것이 rule인 모양이다.

그들은 $2.3 million에 대한 lien(저당)을 설정하여 원고 쪽 변호사 팀에 정식 통보한다.

즉, 그말은 Susan Lee나 어린아이에 대한 걷어들이는 모든 협상액이나 승소 판결에 대한 judgment는 그 payment이 지불되기 전에 $2.3 million을 government insurance company에 toss back(되돌려 준다)을 해야 한다는 판결을 attach 하였다.

하지만 판결 혹은 합의 이후에 발생하는 medical injury나 보험이 필요한 치료에 대해서는 이 사건과 관계없는 medical condition에 대해서만 보험 처리를 할 수 있지만, 이 사건과 관계되거나 연결된 증상에 대해서는 지급된 합의금 혹은 판결금액에서 자비로 해결을 해야 한다.

궁극적으로 P Hospital이 얼마의 액수에 agree 했는지는 알 수가 없다.

Hospital M은 더더욱 알 수가 없다.

아마 P hospital과 비슷하거나 더 많을 수도 있다.

그 총금액에서 Dr. V, Dr. A는 $1 million each, Dr. M이 $2 million, 방사선과 의사인 L이 $2 million, Surgeon S-2가 $2 million, 그리고 양쪽 hospital에서부터 들어오는 돈, arbitrator 말에 의하면 P Hospital에서 합의할 $7.5 million 정도와 M Hospital에서 지불하게 될 적어도 $7.5 million이나 그 이상인 총 $23 million 정도가 되는 금액인데, 여기서 $2.3 million이 보험회사에게 지불되고, 총 settlement 금액의 3분의 1이 원고 쪽 변호사 팀에게 돌아갈 것이다.

물론 소송에 들어간 모든 비용은 따로 청구되어서 변호 팀에게 지불된다.

그 후에 남은 settlement의 액수는 Susan Lee와 어린아이의 medical treatment에 대한 금액으로 할당하여, long-term, 20년간이고 40년간 동안 medical expense의 연금(annuity) 형식으로 set up 되게 하고, 거기에 대한 허가를 판사로부터 최종 승낙을 받아 내게 될 것이다.

궁극적으로 regarldless of who is right or wrong, 이런 일이 벌어지게 된 건 Susan Lee의 몸이었는데, 그 환자를 치료하겠다고 원하던 원하지 않던 involve 된 의사들이, 혹은 최선을 다한 의사들이, 결과적으로 거기에 대한 모든 책임을 받게 된다.

이 시작과 case가 fully 끝나기까지 시간만도 약 6-7년 정도의 세월이 흐른다.

이것이 지금 일어나고 있는 의료 분쟁에 대한 현실이다.

Question 18-01: Which of the following legal principle applies to medical malpractice in the United States?

A) Contract

B) Tort

C) Constitutional

D) Criminal

Question 18-02: In average, which specialty attorney makes most income in United States?

A) Corporation/Business lawyer

B) Medical malpractice lawyer

C) Real Estate lawyer

D) Criminal lawyer

Chapter 11.

# Answer Key

02-03: A [대학 체육과 기말고사]

02-04: B [California 운전면허 갱신 시험]

02-05: D [California 운전면허 갱신 시험]

02-06: B [California 운전면허 갱신 시험]

02-07: C [TV 프로그램 'Family Feud']

18-01: B [의대 본과 2학년 & USMLE Part 3]

18-02: B [Business Journal]

Chapter 12.

# Preview (예고편): 원판에서 추출된 이야기

# 1. 원판 Table of Contents

16. Legally Speaking… (법적으로 얘기하면…)

17. Medically Speaking (의학적으로 얘기하면…)

18. Medical Legally Speaking (의료 분쟁)

19. Doctor T's ordeal (닥터 T의 시련)

20. The First Loss (첫 사망)

21. Gambling (도박)

22. Katie Porter of Capitol Hill (국회의사당의 Katie Porter 의원)

23. The National Anthem (미국 국가)

24. Answer Key (답안지)

# 2. 원판 Chapter 9. "No, Thank you"
## 두 마디에 날려 버린 은성 무공훈장

고급 갤러리아 백화점에서 점심 식사를 마치신 부유하신 할머니 몇 분들이 백화점 앞을 나올 때 때마침 그곳에서 TV에서 인기 절정의 탤런트도 같이 나온다.

그녀를 알아본 할머니들은 그 탤런트의 이름을 말하는 대신 그들의 머릿속에 각인된 이미지로 그 탤런트를 논한다.

"아니 저기 탤런트 저 악녀 '최 상궁' 아니야?"

이 탤런트의 입장에선 억울한 상황이다.

본인은 producer(감독)가 시키는 대로 훌륭한 연기를 한 것뿐인데 그 나쁜 악역의 캐릭터로 바깥에 나와서도 계속 악녀로 인식되고 있는 것이다.

영어 단어에도 connotation(함축/내포)이라는, 그 의미가 각인된 단어들이 많다.

단어 자체는 아무 잘못 없이 그의 주어진 역할을 충실히 하고 있는데, 우리 스스로가 이상하게 사용해 놓고는 다른 의미로 인지한다.

Now I'm proudly introducing to you…

It's my great privilege and honor to introduce to you…

It's a great pleasure to introduce to you…

Let's give an enormous welcome to…

당신이 사회자나 프로그램 진행자의 입장에 있을 경우 모든 소개 멘트의 시작은 위와 같은 문구로 시작해야 할 것입니다.

"Ladies and gentlemen(여러분)! Without further due(더이상 지체 없이), I'm introducing to you the letter(소개합니다 그 단어): Citation."

By the way, colon(:)은 그다음 말에 powerful 한 message가 나온다는 의미입니다.

예를 들자면,

'Caution(주의): Sharp Curve (급커브)'

'Danger(위험): Electrocution (감전사)'


What is citation?

당신이 새 차 전시장에서 기막힌 차를 뽑아 나와서 경부고속도로를 신나게 달리고 있을 때 순간적으로 뒷거울에 빨간색과 파란색이 번쩍했을 때, 갓길로 차를 세우게 된다.

깨끗한 유니폼에 늠름한 체격을 가진 경찰관(police officer)이 당신에게 전달하는 그 증서.

혹은 당신이 아파트에 들어갈 때 관리인이 관리비 밀린 당신에게 전달하는 그 증서.

혹은 동사무소나 구청에서 재산세 밀린 당신한테 전달하는 그 증서.

고지서라고 한다.

주는 사람의 입장은 모르겠지만 받는 사람의 입장에서는 절대 반가울 것 같지 않은 증서.

사전적 의미에서는 '고지/고발/소환'이라 쓰이고, 학계에서는 '저자인용' 때로는 경직되고 무뚝뚝한 군대에서는 '표창'이라는 의미로 가끔 쓰이기도 하나, 보통 평범한 우리에게는 공권력의 '딱지'로 인지된다.

* * *

경상남도 하동.

전쟁 때 전투가 치열했던지 미군 한 squadron(소대)이 계속 힘들게 사수를 하고 있지만 그 평행을 유지하는 저지선이 무너지면서 열심히 싸우고 있는 동안 그들은 깨닫게 됩니다.

내가 싸우고 있는 적이 내 앞쪽에도 있지만 어느 순간 내 뒤쪽에도 있다는 것을 인지했을 때, 그들은 손자병법의 마지막 option(선택), the $36^{th}$ trick(36계), 줄행랑을 선택합니다.

앞과 뒤가 막혔으니 옆으로 도망을 갈 수밖에 없습니다.

몸을 가볍게 하기 위하여 무거운 item들을 다 버리고 들키면 죽는다는 극도의 긴장감이 그들을 움직이는 유일한 힘입니다.

낮에는 숨고 밤에만 움직여야 하는 상황입니다.

먹는 것은 당연히 없고, 쏟아지는 비나 흐르는 냇물로 며칠씩 견딘 후, 7-8일 후에 국군에게 몸 condition이 말이 아닌 상태에서 발견됩니다.

그러나 전투 중에 국군도 특별히 그들을 위해 할 수 있는 아무런 시설이 없습니다.

언어장벽은 모든 소통을 더욱 더 어렵게 만듭니다.

지휘관은 다급히 '군의관을 찾되 영어가 되는 사람'을 찾으라고 명령합니다.

육군은 그 근처에 아무도 적합한 사람이 없는 듯, 때마침 그 당시 정보를 통해 해군에 한 적합한 인재가 있다는 걸 알게 됩니다.

그를 당장 호출합니다.

그분은 진해와 목포를 왔다 갔다 하는 병원선을 담당하고 있는 병원장입니다.

그들의 컨디션을 인지한 그분은 당장 입원시킬 케이스로 결정을 내리고 그들을 곧 병원선에 옮겨 싣습니다.

수액 링겔(Ringer's Lactate)이 들어가고 의학적으로 할 수 있는 모든 치료를 하면서 음식이라곤 밥, 단무지, 된장국밖에 없는 시절에 부하 하사관을 시내로 내보내 미군이 좋아하는 식빵을 구해 오게 합니다.

요즘같이 부드럽고 갓 구워진 빵이 아니라 하루 이틀 지난 딱딱하고 구워진 지 오래된 식빵입니다.

그나마 그것도 구할 수 있다는 것 자체가 감지덕지인 시절에 그것이라도 잘라서 그들에게 대접합니다.

치료하는 동안 보고서가 작성되어 미군 손에 그들의 대한 정보가 들어갑니다.

그러지 않아도 한 소대가 아무런 보고도 없이 흔적도 없이 완전히 사라진 것에 대해 크게 걱정해 온 그 순간 그 모든 소대 전원이 한국 해군 관할의 병원선에 있다는 사실에 깜짝 놀랍니다.

심각성을 인지한 그들은 당장 rescue operation(구출 작전)인지 transfer operation(이송 작전)인지를 실행합니다.

그 위급성에 걸맞게 높은 인솔 장교를 선발에 놓습니다.

그의 명령에 따라 줄줄이 몇 대의 three-quarter(자동차 무게가 1톤의 3/4에 해당하여 붙여진 듯한) 앰뷸런스가 달려갑니다.

"반갑다 전우야."

그들을 만난 병사들은 즉시 앰뷸런스로 옮겨 싣습니다.

인솔 장교는 나름 작성해야 할 여러 가지 정보가 필요하여, 그들에게 그동안 어떻게 하여 일개 소대 전원이 보고도 없이 모두 사라졌으면서, 어떻게 모두 이곳에 오게 되었는지 자세히 묻는 과정이 다 끝난 후, 그들에게 이곳에 있는 동안 가장 큰 도움을 준 사람이 누구냐 묻자, 대부분 사람들이 영어가 통하고 medical treatment에 정성을 다한 한국 군의관을 mention 합니다.

그를 불러들인 미군 장교는 군의관으로부터 거수경례를 받은 후 우리 애들을 물심양면으로 도와준 노고를 예의 치하하면서 그 문제의 말을 했습니다.

"I'll make a special citation to report you to General Headquarter…."

그가 말하고자 했던 것은 우리 미군 병사들을 위한 당신의 공로를 맥아더 본부에 특별 고지(표창)하겠다는 뜻이었지만 단어의 다양한 usage(사용법)에 익숙하지 못한 군의관은 그만 citation이라는 negative(부정적) 함축 단어에 얼어붙어 "…"에 해당되는 "for the effort you have done to our boys" 그의 말은 듣지도 못한 듯, 그분은 그가 행한 medical treatment이 잘못되어 그만 MacArthur 본부에 고발하겠다는 뜻으로 잘못 이해하고, 얼떨결에 "no, thank you(필요치 않습니다. 그러나 감사합니다)"라는 대답을 하게 됩니다.

"No, thank you."

감사하지 않다라는 뜻이 아닙니다. 해당 문장에서 "No"와 "Thank you"는 각각 다른 의미를 가지고 있습니다.

"No"는 무언가 들어온 offer(제안) 혹은 suggestion(제의)을 받아들이지 않겠다는 의미이며, 뒤에 붙은 "thank you"는 그럼에도 불구하고 그렇게까지 생각해 준 행동에 대한 감사의 표시입니다.

요즘도 이상하게 "no"라는 단어가 "thank you"를 수식하는 단어로 많이 misleading(오해)되고 있습니다. 그 궁극적 의미는 끝에 가서는 모순되게도 겹치지만.

보통 이런 식의 미군 장교의 제안이 나왔을 때 대부분의 사람들, recipient(수혜자)들은 감격한 얼굴로 너무 고맙다고 하는 게 예의 상정인데, 어찌된 것인지 잘못 해석한 이 한국 군의관의 오히려 떳떳함과 'no'가 먼저 나온 당당함에 미군 장교가 의아하게 생각합니다.

또 당황하기까지 합니다.

이게 무슨 문화적 배경의 차이에서 오는가 하고.

"In case you misunderstood me, what I have meant was… (혹시 자네가 내 말을 오해했을지 몰라, 내 말뜻은…)"

미군 장교는 이 군의관에게 본인의 말을 다시 이해시키려 나름 노력을 다하고 있는 그 순간, 성격 급하신 한국 군의관은 또다시 여태 본인이 했던 치료 방법 중 무엇인가 계속 잘못되어서 맥아더 본부에 고발하겠다는 질책받는 것으로 오해하며 꿋꿋하게 다시 "No, thank you"를 또 한번 쏟아 냈습니다. 그분은 계속 잘못된 길을 달리고 있습니다.

그리고 그분은 더욱더 걷잡을 수 없는, 전혀 쓸데없는 결정타까지 쏟아

냅니다.

"If the same situation happens again, I would have done it the same way. (다음번에 이런 기회의 똑같은 일이 벌어졌을 때도 지금과 같이 똑같이 했을 것입니다.)"

이 원투펀치에 완전히 knock down이 된 건 미군 장교였습니다.

미군 측에서는 무언가 좋은 걸 주겠다는데, 한국 군의관은 "no"라는 대답으로 일관하고 있을 뿐만 아니라, 군의관은 다음 기회에도 똑같은 치료를 하겠다고 하지만, 미군 장교 쪽에서는 그 말을 다음 기회에도 똑같이 좋은 것을 줘도 안 받겠다는 것으로 오해합니다.

그 미군 장교 입장에서는 지금까지 자기가 이런 좋은 suggestion을 했을 때, 그는 일생 동안 들어 본 일 없는 거절의 멘트인 "no, thank you"를 한국 군의관으로부터는 벌써 두 번이나 들었습니다.

하필이면 그 순간 모든 이동 절차가 끝난 듯 '차가 출발할 준비가 되었다'는 부하의 직원이 들어왔습니다.

그리고 또한 멀리서 아직까지도 대포 소리가 가끔씩 쿵쿵 들리는 와중에, 난감해진 미군 장교는

"알겠다. We will take care of it. (우리가 처리하겠다.)"

하며 hurriedly(황급히) 자리를 떠납니다.

어느 정도 시간이 지난 후 연병장에 많은 군인이 줄을 서 있습니다.

미군이 하사하는 용맹스러운 훈장 수료식 날입니다.

그 전쟁 당시 Silver Star라고 불리우는 은성 무공훈장은 별을 단 미군 장군들도 평화 시에는 군복무 일생 동안 구경하기 힘들 정도로 어려운 훈장이었습니다.

한미 양쪽이 깨끗이 차려입은 예복과 드높이 휘날리는 깃발 아래에 미 육군이 하사하는 구경하기 힘든 최상급 Silver Star 무공훈장은 이 군의관의 직속 상관의 가슴에 꽂힙니다.

'귀관의 지휘 아래 있는 군인은
위기에 처한 우리 미군 병사들의 안전과
회복에 지대한 공헌을 하였기에
그 헌신적 노력에 무한한 감사를 표하고자 하는 바이다.'

그러나 전혀 예상치 못한 훈장을 수여받은 이 직속상관의 마음은 불안하기 짝이 없습니다.

조금 전의 주섬주섬 주워 들은 통역관의 말에 의하면 자기의 아래 부하가 뭘 어쩌고저쩌고 어떻게 했다는 얘기인데 도통 감이 잡히지 않습니다.

'내 밑의 놈이 누가 무엇을 어떻게 했길래…'

'이거 괜히 주었다가 다시 빼앗는 건 아닌가…'

'괜히 망신살만 뻗치는 건 아닌가…'

반가워야 할 수료식이 오히려 그에게는 불안감으로 어느 정도 지속된 듯합니다, till the next event had taken place(적어도 다음의 일이 일어날 때까진).

그의 최고 지휘관이신 손원일 제독님의 가슴에도 미 육군이 하사하는 감사의 훈장이, 격이 약간 다르긴 하나, 가슴에 달리자 그제서야 그는 마음을 고쳐먹습니다.

'내 위의 오야께서 받으실 정도면 나도 받을 자격이 있는가 보다.'

직속상관의 위치에서 몇 발짝 뒤쪽에 서 있던 군의관은 마음이 착잡할 수밖에 없습니다.

이어지는 그분의 말씀:

"할 수 없지 뭐.

전쟁은 예나 지금이나 하도 잔인해서 어렵게 전투를 하더라도 이기면 훈장은 높은 사람한테 지금도 가는 것이 불문율이고.

다치고 팔이 짤리고 다리가 부러져 나가도 계급이 낮은 쪽은 당연히 감수해야 하는 위험이니.

그것도 내 입으로 꾸역꾸역 두 번이나 노 땡큐로 일관했으니.

나는 아직도 그 양반이 award, reward, commendation 등 좋은 단어가 많은데 하필 그 형편없는 citation이란 단어로."

그 후, 충무 무공훈장까지 받으신 군의관의 외상 후 트라우마 증후군(PTSD; Post-Traumatic Stress Disorder)은 평생을 계속한 듯합니다.

아예 처음부터 못 받은 것이 아니라, 주겠다는 그 귀중한 훈장을 잘못 인식된 단어 오해 하나로, 스스로 거절하여 놓쳤다는 막심한 후회감이, 그분에게는 life-long traumatic event로 남는 것이었습니다.

**Question 09-01: The lesson of the story is:**

A) 주는 훈장 무조건 빨리 받고 볼 일이다. (Accept willingly even if mistakenly awarded.)

B) 전쟁 시의 계급은 무조건 높고 볼 일이다. (Aim for a higher rank moreso in a war.)

C) 재주는 곰이 넘고 무엇은 왕서방이 어떻게 한다는 옛말이 거짓말이 아니다. (Someone else gets the credit for your hard work; 힘든 일은 당신이 하고 공은 다른 이가 챙긴다)

D) The ultimate price one has to pay in learning curve (배우는 과정의 피할 수 없는 지불 대가)

(……)

# 3. 원판 Chapter 10. I'm Kidding (내 장난으로 해 본 소리요)

**Question 10-01: Where is the entrance of Grand Canyon National Park? ('Colorado 강이 3000년을 흘러내려 깎은 대협곡' Grand Canyon 국립공원 입구는 어느 주에 있는가?)**
A) Nevada주
B) Utah주
C) Arizona주
D) Colorado주

캘리포니아주 옆에 네바다주가 있고, 그 옆에는 유타주가 있다.

유타주의 주도는 Salt Lake City라고 하는데 얼마 되지 않는 유타주 인구 전체의 70-80%는 The Church of Jesus Christ of Latter-day Saints라고 불리는 Mormon 교인이다.

세계에서 가장 큰 Mormon교의 headquarter가 이곳에 자리 잡고 있다.

개신교 중의 감리교(Methodist)라든지 예수 장로교(Presbyterian)라든지 침례교(Baptist)라든지 어떤 단체들은 이 몰몬교를, 서로 간의 종교적 issue가 무엇인지 확실치 않지만, 일종의 색안경으로 보는 이단으로 보고 있는 것 같다.

그러나 그들은 나름 다른 개신교보다 훨씬 절제적인 생활과 훨씬 종교적으로 더 예수의 생활을 더 가깝게 가는 식의 자부심이 많다.

이 city의 내과 의원에 이 몰몬교인이 예방 차원차 건강검진을 받기 위하여 들어온다.

대기실에서 receptionist가 바쁘신 의사 선생님의 시간을 절약하기 위해, 혹은 의사 선생님이 환자의 어느 부분에 더 집중해야 하는지 미리 알기 위하여, 기다리는 동안 questionnaire(질문지)를 넘겨 준다.

한 50개 정도의 질문이 앞면과 뒷면에 가득 차 있다.

보편적인 "다음의 증세가 있냐 없냐? (Do you have the following symptoms?)"를 묻는 질문들이다.

저녁에 식은땀이 나느냐. (Any night sweating?)

기침을 자주 하느냐. (Any coughing?)

체중이 혹시 줄거나 늘었느냐. (Any weight loss or gain?)

숨 쉬는 게 가쁘지 않으냐. (Any shortness of breath?)

심장이 두근거리지 않으냐. (Any palpitation?)

그는 모든 대답을 전부 "아니오" 혹은 "없다"에 체크 마크를 한다.

수직으로, 일률적으로 전부 아래로 내려가니 한눈에 보아도 독특하게 잘못된 것이 눈에 보이지 아니한다.

의사 선생님은 방으로 들어오자 환자분에게 간단히 인사를 한 후 그 종이를 회수하여 한눈에 들여다본다.

모든 질문의 답이 한쪽으로 전부 일사천리로 "없다" 혹은 "아니오"에 들어가 있다.

그래도 몇몇 질문은 확실시하기 위하여 의사 선생님이 환자에게 재확인한다.

"약에 대한 과민 반응은 없으시구요? (No allergies to medications?)"

"없습니다."

"담배도 안 하시고요? (No smoking?)"

"안 합니다."

"술도 안 드시네요? (No drinking?)"

"안 합니다."

철두철미한 종교적 의식 때문에 몰몬교인들은 외도(extramarital affair)도 없는 듯하다.

도박도 당연히 안 한다.

또한 건강관리에 너무나 집중적이다.

콜레스테롤이나 당을 높이는 음식, 건강에 좋지 않다는 음식들은 입에 대지도 않는 것 같다.

모든 질문의 답이 없다, 아니오, 안 한다이니, 이쯤 되면 의사 선생님의 입장에서는 별로 할 일이 없다.

환자분은 철두철미한 건강관리와 절제된 생활에 아마도 의사 선생님의 자자한 칭찬이 곧 나올 것을 기대하며 속으로 흐뭇해한다.

의사 선생님은 그 질문서의 끝에 확인했다는 서명과 날짜를 쓰고는 파일을 책상 위에 탁 놓으면서 버럭 소리를 지른다..

"I'll be honest with you" 혹은 줄여 "To be honest" 혹은 더 줄여 "tbh" (내 노골적 말이요)

"What are you living for?" (당신 인생 무슨 재미로 사시오?/당신은 왜

사시오?)

　헉.


　(……)

# 4. 원판 Chapter 13. Airworthiness (항공 안전 운항)

(⋯⋯)

KAL 비행기가 소련 전투기에 의하여 격추된 지 18년째인 same September month에 또 다른 KAL 비행기는 이번에는 최우방국인 미국에 의하여 격추될 뻔한 위기를 자처한다.

중동계 테러 그룹인 Al Qaeda 멤버들은 아침 일찍 출발하는 미국 동부쪽의 민간항공기를 납치하고는 그대로 건물을 들이받는 테러를 감행한다.

처음에는 민간항공기인 American Airline은 맨하탄 제일 남쪽에 있는 Twin Tower, 쌍둥이 빌딩인 World Trade Center의 북쪽 건물을 들이받는다.

그때만 해도 사람들은 한 비행사의 조종 실수로 부딪힌 사고로 생각했는데 15분 후에는 또 다른 항공기가 같은 World Trace Center의 남쪽 건물을 들이받음으로써 더 이상 accident가 아닌 intentional, deliberate pre-planned terror인 것을 급히 깨닫는다.

그 후 한 시간 후에는 훨씬 남쪽의 Washington D.C. 근처에 있는 국방부 Pentagon에 또 다른 비행기가 부딪힌다.

이 정신없는 순간에 Pittsburgh 위를 날으는 United Airline 비행기의 승객들은 지니고 있던 cell phone에 의하여 massive 항공기에 의한 terror attack이 일어나고 있는데 현재 탑승하고 있는 비행기도 같은 테러 그룹들에게 장악된 상황이다.

그들은 자기들 운명이 곧 다른 비행기들과 마찬가지로 어느 건물에 날아가 다 사망할 것이라는 것을 눈치채고는 이렇게 죽으나 저렇게 죽으나 매일반인이 순간 힘을 합쳐 같이 탑승하고 있던 테러리스트들과 장악 싸움을 벌이나 결국 조종간을 잡은 테러리스트는 자기들의 공격 목표인 White House나 Capitol Hill(국회의사당)에 도착하지 못하고 자살 추락한다.

깜짝 놀란 연방 항공청 Federal Aviation Administration(FAA)은 다급히 한 번도 행사하지 않은 emergency instruction을 내놓는다.

지금 미국 본토 위를 날고 있는 모든 비행기들은 이유 불문코 한 시간 이내에 가장 가까운 비행장에 immediately 착륙하라는 지시이다.

한 시간 이내에 착륙하지 않는 비행기들은 아마도 테러리스트들이 장악한 비행기가 거의 확실하다고 단정 짓겠다는 결정이었다.

제시간에 도착하지 못한 비행기들은 공군 통제소에 연락하여 fighter jet에 의하여 최악의 경우 그들이 목표물을 들이받기 전에 공대공(air-to-air) 미사일로 희생자를 줄이겠다는 결정이다.

두 비행기의 공격을 받은 twin tower는 두 시간 정도 후에 화재에 의하여 entire building이 collapse 되고 만다.

잠실의 롯데월드 타워 사이즈의 두 빌딩 전체가 주저앉은 꼴이다.

남쪽 Manhattan 전체가 잿더미 가루 속에서 사람들이 New York City를 벗어나기 위하여 모든 bridge들로 아우성치듯이 달려가는 마치 전쟁상태와 같은 사태가 되어 가는 순간이었다.

한국을 출발한 Korean Airline은 그 테러리스트가 장악한 비슷한 시각에 공중으로 이륙했기 때문에 미국에서 일어나고 있는 일을 전혀 인지하지 못한 채 뉴욕으로 향하는 도중 알래스카의 Anchorage에서 중간 lay-over를 하게 되어 있었다.

알래스카 영공에 들어서자 Alaska Air Traffic Control(ATC)은 지금 미국의 많은 지역에 비행기들이 hijacking(납치) 당한 후 테러리스트의 공격으로 상당한 비상사태가 나고 있음을 알려 준다.

그런데 이 교신이 끝난 지 몇 분 후에 airplane의 text messaging service company인 ARINC(Aeronautical Radio Incorporated) 센터에서 HJK라는 signal을 intercept(포착)한다.

이 hijacking을 의미하는 단어의 출처를 확인하니 지금 들어오고 있는 Korean Airline에서 내보낸 것이다.

자라 보고 놀란 가슴 솥뚜껑 보고 놀랄 수밖에 없는 situation.

그들은 즉각 FAA에 연락할 뿐만 아니라 북미 항공 지휘 본부인 NORAD(North American Aerospace Defense) Command Center에 연락을 취한다.

이 기지는 콜로라도주 Rocky 산맥 한가운데에 깊숙이 자리 잡고 있고, 모든 North America를 지나가는 모든 비행기들의 every single move를 추적할 수 있을 뿐만 아니라, 소련에서 날아오는 탄도미사일도 추적을 하는 전쟁 시의 제일 중요한 항공 지휘 본부이다.

한번 핵전쟁이 벌어지면 문 잠그고 독자 자생 30일간 견딜 수 있는 요새이다.

그들은 조금 전까지만 해도 테러리스트의 attack이 mainly domestic(국내) 비행기에 의한 공격으로 생각했는데, 이 hijacking code가 미국으로 들어오는 외국 비행기에서 나타나자, 테러리스트들이 domestic뿐만 아니라 international flight도 자기들 plan에 넣은 것으로 생각하게 된다.

FAA는 외국에서 들어오는 모든 비행기들이 반 이상 destination에 도달하지 못한 경우 모두 출발 시의 original airport으로 돌아가라고 명령할 뿐만 아니라, 이미 반 이상 넘어왔거나 연료 부족으로 돌아가지 못할 경우, 미국이 아닌 멕시코나 캐나다 쪽으로 전부 divert 하라고 명령을 내린다.

이 Korean Airline으로부터의 HJK 코드를 ARINC로부터 연락받은 NORAD는 Alaska ATC에게 KAL pilot이 그 코드를 정말로 내보냈는가 알아보라고 지시를 한다.

당연히 앵커리지 ATC는 단도직입적으로(straight-forward) 그 hijacking code를 내보냈냐고 KAL에게 묻고 싶은 심정이지만, 그들의 상상되는 cockpit situation이 테러리스트가 권총으로 pilot 뒤에서 위협을 행하고 있을 경우를 생각하면, 단도직입적으로 질문을 하기 힘들겠다고 결론짓는다.

Pilot 또한 freely and honestly 답을 못할 것이라고 예상을 한다.

그래서 ATC Controller는 조금 변형된 질문으로 pilot들은 능히 이해하지만, 아마도 테러리스트들은 쉽게 눈치채지 못할 다른 전문용어로 바꿔서 물어본다.

만약 당신의 flight(운항)에 technical difficulty(기술적 어려움)가 있을 경우 언제든지 당신의 transponder를 squawk 7500로 입력하라고 지시를 내린다.

짧은 순간 후 ATC에서는 그 비행기로부터 transponder code 7500가 들어온다.

그 코드는 비행사들끼리의 hijacking 당했다는 universal emergency distress code(전 세계적인 응급 구제 코드)이다.

이제 ATC controller 생각에는 hijacking 당했다는 것까지 double confirm이 된 situation이다.

그는 즉각 Alaska governor에게 테러리스트가 장악한 비행기가 곧 Anchorage로 향해 들어온다고 연락을 취한다.

Alaska governor는 emergency city alert 행정명령을 발동하여 그 즉시 고층 건물에 있는 모든 civilian들을 ground floor로 내려오게끔 행정명령을 내린다.

또한 Anchorage에서 멀지 않은 Valdez에는 석유 운반을 하는 배들이 많이 있는데 해안경비대 Coast Guard는 그 즉시 많은 유조선 배들을 바다 멀리 나가라고 내보낸다.

또한 이 information을 ATC로부터 연락받은 NORAD는 즉시 Fighter jet F-15 두 대를 Anchorage에 있는 공군기지에서 출발시킨 후 KAL 비행기 뒤에 적당한 거리를 확보한 후, 마지막 명령을 기다리라 지시한다.

소련에서의 situation과 똑같은 경우가 되었다.

그때는 밤이었지만 지금은 daytime이다.

온 건물이 다 쓰러지는 전쟁 상황을 벌이고 있는 뉴욕 맨하탄을 TV로 쳐다보고 있는 NORAD는 더 이상 지체 없이 위협이 될 만한 action을 제거해야 할 위기의식을 느낀다.

NORAD는 Anchorage ATC에게 자기네들 내부 결정은 shoot down(추락)하기로 했다고 정식 통보한다.

이제 곧 공중분해 될 운명의 KAL에 Anchorage ATC는 절대 다른 실수가 없음을 재확인하기 위해 이번에는 단도직입적으로 다시 물어본다.

조금 전에 보낸 squawk 7500가 맞느냐는 식으로.

그런데 이번에는 KAL pilot은 밋밋하게 그 코드를 "disregard(무시)"하라고 말한다.

순간 ATC controller는 당황하게 된다.

분명 180도 달라진 information을 어떻게 처리해야 할지 혼동스럽다.

혼동이 된 Anchorage ATC controller는 회사 규정대로 자기 supervisor에게 또다시 달라진 information을 전달하는데, 그 supervisor는 확실치 않은 경우 자기들 쪽의 안전을 위해 최악의 경우를 염두에 둘 뿐만 아니라 아마도 테러리스트들의 강압에 말을 바꾼 것으로 인지하여 squawk 7500를 tracking radar에 고정 입력시키라 한다.

이때 사실 KAL 기장이 테러리스트들의 위협이 없었더라면, clear intention으로 "Negative! Negative!" (아니오! 아니오!),

혹은 "I cannot do that" (그렇게 할 수 없소),

혹은 "I am not at that code" (그 코드는 할 수 없소),

혹은 "I'm not being hijacked" (납치 당하지 않았음) 중 어느 하나의 definite(절대적인)한 말 한마디만 외쳤더라도 모든 것이 clear 되는데….

Resistance가 별로 없이 "disregard"를 밋밋하게 말하는 통에 테러리스트의 강압에 의해 말을 바꾼 것으로 인지된다.

NORAD는 떨어지는 비행기의 육지에서의 희생을 줄이기 위하여, 그 비행기를 population이 더 많은 Alaska보다 인구가 거의 없는 Canada Yukon주의 Whitehorse 비행장으로 밀어내 보내 보라고 ATC에게 지시를 준다.

Anchorage ATC는 들어오고 있는 KAL의 destination인 Anchorage는 불허되었으니 Whitehorse로 바꾸라고 지시하자, 이번에는 기장이 오히려 resistant 한다.

자기는 어떻게 해서라도 Anchorage에 꼭 내려야 한다고 굳게 주장한다.

Multiple transmission이 오고 가면서 계속 resist를 하는데, resistance가 많으면 많을수록 그들은 기장이 terrorist에 장악당하여 강압에 의하여 계속하라는 지시대로 안하고 있는 것으로 더욱 더 혼동스럽게 만든다.

결국 그분은 자기가 정말로 strong 하게 resist 해야 하는 squawk 7500은 순순히 그리고 밋밋하게 말하고, 오히려 순순히 받아들여야 하는 destination change는 끝내 자꾸 받아들일 수 없다고 하니, 더욱더 그 비행기가 terrorist에게 장악당해 Anchorage에 들이받을 것으로 그들을 믿게 만든다.

그러나 pilot가 ATC controller를 이길 수는 없는 법, 결과적으로 그 pilot이 마지막으로 destination change를 할 수 없이 받아들였을 때 ATC는 의미심장한 지시를 하나 더 add 한다.

"당신이 알라스카 육지를 벗어날 때까지 절대로 인구가 많은 도시 위를 통과하지 마시오."

KAL pilot 기장님이 이 말의 의미를 어떻게 인지하셨는지 알 길이 없다.

NORAD의 생각은 비행기를 격추시키더라도 인구가 많은 도시보다는 인구가 훨씬 적은 캐나다 쪽이 더 육지에서의 희생이 적을 것이라고 계산했다.

Luckily, 그 비행기는 인구가 거의 살고 있지 않은 Alaska 육지를 통과하여 태평양 바다를 향해 빠져나간다.

태평양 바다 위를 날을 때 NORAD는 언제든지 격추시킬 수 있는 타이밍에 와 있다.

그런데 원래 공대공 미사일은 terrorist의 action이 너무나 명백하고 바로 공격을 당하는 목표물이 눈앞에 있을 때 급히 취해야 하는 행동인데, 이제 허허벌판, 아니 망망대해 아무것도 없는 바다 위에서 다급히 미사일을 발사할 명분이 없어지고, 그 비행기가 추락한 후, 잔해를 수거하는 과정에서도 바다 깊숙이 떨어진 여러 가지의 수거는 그들을 더욱더 골치 아프게 만들 것이다.

그들은 생각을 바꿔 어차피 추락을 시킬 경우 바다보다는 아무래도 land 쪽이 더 잔해를 수거하는 데에 훨씬 effort이 적을 것으로 생각한다.

그들은 얼마 되지 않은 육지까지의 도달을 인내심으로 기다린다.

하지만 정작 Canada의 땅으로 들어오니 또 이상한 생각이 든다.

제아무리 좋은 relationship을 share 하는 두 나라이긴 하나, US fighter jet이 다른 나라의 국적기를, 그것도 캐나다의 영토에서 추락시키는 게 무언가 격에 맞지 않다고 생각한 듯하다.

잘못하다가는 세 나라의 외교관계가 굉장히 복잡해진다.

Terrorist에 장악당한 KAL기는 어쩔 수 없다 하더라도, 캐나다 쪽에 미국의 작전을 알리는 게 proper한 step일 테고, courteous 한 action이 될 거 같아 Canadian Prime Minister에게 즉시 연락을 취한다.

Canadian Prime Minister (왈):

"I said, 'Yes, if you think they're terrorists, and you call me again, but be ready to shoot them down.'

("나는 말했죠, '그렇게 하시구려. 그들이 테러리스트라면 그리고 다시

한번 연락하시오. 그리고 항상 격추 준비를 하시오.')

So I authorized it in principal.

(결국 rule대로 하라고 지시를 주었소.)

It's kind of scary….

(좀 두려운 마음도 있더군요….)

In this plane with hundreds of people, and you have to call a decision like that.

(기내에 많은 승객들이 있고, 이런 결정을 내려야 한다니.)

But you prepare yourself for that.

(그러나 준비는 해야겠지요.)

I thought about it.

(생각을 하긴 했죠.)

You know that you will have to make decisions at the time that will be upsetting you for the rest of your life."

(남은 일생 동안 이런 결정을 했다는 게 나를 얼마나 괴롭히게 만들지.")


Prime Minister는 즉각 Whitehorse 마을의 관공서와 학교를 폐쇄시킨다.

캐나다 쪽으로부터 모든 허가를 받은 NORAD는 언제든지 추락시킬 수 있는 위치에 있다.

그런데 그 비행기는 고도가 계속 낮아지며 전혀 위협스러운 행동을 취하지 않으니, 다른 한편에는 공중 분쇄보다 육지에서 깨트리지 않고 intact 상태에서 문제를 해결하는 것이 훨씬 덜 골치가 아플 것이라고 생각한다.

KAL기는 시골 마을 비행장으로 smooth하게 내리기 시작한다.

Fighter jet 두 대는 Anchorage 공군기지로 되돌아간다.

그날 이 비행기보다 뒤늦게 출발한 KAL 화물기도 Anchorage에서 불허되어 Whitehorse로 내려와서 착륙했다.

또한, 비슷한 시각에 뉴욕 도착 예정인 다른 KAL기가 있었는지 희미하나, 그 세 번째 항공기도 뉴욕보다 더 북쪽인 Halifax 시골 비행장에 착륙하게 되었는지도 모른다.

이 세 번째 비행기나 혹은 Whitehorse에 착륙한 두 비행기의 기장 두 분중 정확히 누구를 두고 얘기하는지 이제는 기억에서 희미하나, 캐나다 시골 비행장의 air traffic controller 왈:

"그 기장의 영어는 조금 끔찍(awful)했어요.

더욱더 걱정스러웠던 건 그분이 내 지시를 제대로 알아들었는지 의심스럽더라구요.

그러나 폭좁은 시골 비행장에 그 큰 747 비행기를 사뿐히 내리는 비행조종 기술 하나만은 일품이었죠."

사실 뉴욕과 같은 국제도시의 ATC controller들은 유럽 쪽의 많은 비영어권 조종사들과 남미 쪽의 영어가 편하지 않은 pilot들을 많이 상대하기 때문에, 어느 정도 부족한 영어 실력에도 능히 잘 이해하고 넘어간다.

그러나 오히려 작은 시골 비행장에서 영어가 아주 편한 국내선 기장들만 상대해 왔기 때문에 외국 기장들의 영어와 발음이 익숙치 않았던 모양이다.

Terrorist가 장악했다고 생각되는 그 비행기는 시골 비행장 제일 끝 쪽 corner의 tarmac 격납고 가까이에 주차된다.

무장한 Canadian 경찰들이 보이지 않는 위치에 곧 발생할 수 있는 ter-rorist들과의 총싸움에 대비하여 대기 중이다.

그들은 인내심을 가지고 terrorist가 어떤 demand를 할지 염두에 두고 기다린다.

기장은 기장대로 아무런 Canada 쪽에서 지시가 없자, 나름 아마 미국에서 큰 emergency 때문에 여러 가지 복잡한 일 때문에 자기한테 연락이 오지 않은 걸로 생각하고 무한정 조용히 기다린다.

아마 passenger들은 무언가 큰 비상사태 때문에 이곳 캐나다 시골에 내려온 것으로 인지하였을 것이고, 아무런 choice가 없는 그들은 계속 비행기 안에서 대기하고 있는 중이다.

두 시간이 지날 때까지 너무나 서로 반응이 없자 Canada 쪽에서 먼저 probe(찔러보기로) 결정한다.

사다리 step을 비행기에 가져다 댄 후, passenger들을 먼저 내보내라고 지시를 준다.

그런데 내리는 passenger들의 표정들이 전혀 terrorist에게 시달린 표정들 같지 않다.

그러나 Canada 쪽에서는 passenger로 위장한 terrorist가 반드시 있을 것이라고 생각하고, 그들을 자기들이 control 하기 쉬운 hall로 들어가게 한다.

기장까지 비행기에서 나온 게 확인되자 대기하고 있던 폭탄 제거반이 급격히 비행기에 달려든다.

아무리 뒤져도 위험스러운 폭탄물이 발견되지 않는다.

감시의 눈초리를 passenger 쪽으로 계속 보냈으나 terrorist라고 여겨지는 suspect가 전혀 보이지 않는다.

Passenger로부터 기장을 separate 시킨 조사단은 기장에게 다급히 물어본다.

아마도 terrorist가 어디에 있거나 그 사람의 인상착의가 어떠냐는 식이었을지도 모른다.

그 질문은 오히려 기장 자체한테 의아스러운 질문이 될 수밖에 없었을 것 같다.

"무슨 말씀이신지…?"

Canada 쪽에서는 무언가 terribly wrong한 것을 깨닫는다.

미국 쪽에서 supply 한 terrorist들에게 장악당했다는 information에만 의존한 캐나다 쪽 또한 아는 것이 별로 없다.

몇 번 더 미국 쪽에게 story development가 어떻게 된 것인지 알고 난 후, 기장에게 당신은 왜 HJK 코드를 내보냈냐고 묻는다.

He explains to the best of his ability.

그는 자기가 알래스카 영공으로 들어올 때 Anchorage ATC에서 미국에 납치사건이 일어났다는 얘기를 들었는데, 교신이 끝난 후 자기는 자기네 서울 본사에 '납치사건이 일어나?' 하는 식으로 'HJK' 뒤에다가 물음표를 넣으려고 했는데, 알파벳 24글자는 있는데 본인이 찾고자 하는 물음표 '?'가 비행기 instrument message typing panel에 존재치 아니해서, 처음 의도했던 질문형과는 달리, 물음표가 빠진 긍정형의 코드가 text messaging service company인 ARINC로 전송된 거라고 설명한다.

'My Gosh! (맙소사!)'

맥빠진 Canadian 당국은 그럼 왜 squawk 7500의 distress signal을 넣었

냐고 묻는다.

기장은 '순조롭게 아무 일 없이 비행기를 잘 몰고 들어오는데 오히려 느닷없이 Anchorage ATC에서 transponder code를 7500로 입력하라고 연락이 오더라. 그래서 나는 그들이 시키는 대로 했다.'라고 대답했다.

'아이고!'

누구의 잘못인지 모든 게 혼란스러운 순간이다.

그렇다고 일일이 누구의 잘잘못인지 따지기도 힘들어진다.

아마도 우리말에 '뭘 모르면 용감하다'라는 는 말이 있듯이, 차라리 너무나 몰랐기에 행복했던 순간이 아니었나.

아니면 그 비행기에는 하나님의 은혜가 충만한 아주 religious한 승객들이 많이 탑승하고 있었거나….

이 사건을 계기로 민간항공기를 격추시키기 위해서는 NORAD의 decision이 아니라 반드시 White House의 허가를 받아야 하는 것으로 regulation이 변경되었다.

Question 13-03: Unless otherwise authorized, if flying a transponder equipped aircraft, a recreational pilot should squawk which VFR code?
A) 1200
B) 7600
C) 7700

# 5. 원판 Chapter 16. Legally Speaking… (법적으로 얘기하면…)

1800년대 중반의 어느날,

'By the way, students are taught to never start a sentence with Arabian numbers. They are taught to spell out these numbers in English. (i.e. Eighteen hundreds) - 문장의 첫 글자를 아라비안 숫자로 쓰지 마시오!'

New York에서 한 상인이 인기있는 품목을 판매함으로써 상당히 짭짤한 수익을 올리고 있었다.

이 인기 있는 상품을 멀리 떨어진 California에 있는 상인이 그 좋은 물건을 이곳에도 갖고 와서 팔면 상당히 profit(이윤)이 남겠다고 생각하고 New York에 있는 상인에게 연락을 취한다.

'당신의 그 좋은 물건을 나에게도 조금 보내 주시오.'

New York에 있는 상인은 당연히 "걱정 말고 돈만 보내시오" 하고 연락한다.

California 상인은 자기가 사고 싶은 만큼의 돈을 New York 상인에게 보낸다.

New York 상인은 돈을 받은 후 정성을 다해 물건을 포장한 후 그 물건을 California로 보낸다.

　California 상인은, 여러분이 물건을 팔아 보셨다면 쉽게 이해하셨겠지만, 물건이 도착하여 창고에 보관하면서 파는 것같이 어리석은 일이 없다.

　재고가 쌓이면 돈 순환이 안되는 것이고, 물품에 먼지가 쌓이면 값어치가 떨어질 것이며, 변질에도 값어치가 떨어지며, 혹은 도둑맞을 chance도 있고 창고비용도 계산해야 할 것이다.

　당연히 그는 물건이 도착하기 전에 소매상한테 연락을 취한다.

　"New York에서 좋은 물건이 오고 있소."

　이 좋은 물건을 팔고 싶은 소매상들이 각각 달려든다.

　"나에게도 몇 개만 주시오."

　"나도요."

　그는 각각 달려드는 상인들에게 profit margin을 책정하여 물건 도착 하역 동시에 가져갈 수 있게끔 돈을 거둔다.

　요즘 stock 에서 흔히 말하는 future option(선물 지수)랑 비슷하다.

　앞으로 벌어질 상품의 값어치를 미리 측정하여 x amount를 사들인 후 y amount의 돈을 받게 되면, y minus x 가 자기 profit이 되는 것이다.

　그런데 피곤한 몸인데도 불구하고 일요일 아침 일찍 부지런히 일어나서 어디로 급히 달려가는 한 무리의 사람들이 들고 있는 검정색 book에

　'계획은 인간이 세우지만 행하심은 Lord가 결정한다'

　는 문구가 있다.

　물건은 도착했는데 오는 도중 Indian들의 공격을 받아 많은 물건들이 파손되고, 분실되고, 형편없는 한 부분만 도착하였다.

　깜짝 놀란 California 상인은 New York 상인에게 연락한다.

"내가 돈을 보냈을 때는 당연히 그 물건이 온전하게 이곳에 도착한다는 것을 가정한 것이 아니오?"

New York에 있는 상인 또한 난감한 입장에 놓여 있다.

자기는 정성을 다하여 포장해서 물건을 보냈지만 자기 손을 떠난 merchandise(상품)에 무슨 control이 있겠냐고 한다.

결국 California 상인 A가 원고가 되고 New York에 있는 상인 B가 피고가 된 dispute가 발생하는데 요즘같이 보험이라는 concept이 있을 경우 크게 문제가 되지 않지만, 이러한 system이 존재하지 아니한 그 당시에 이것에 관한 판결에 선례가 될 만한 본보기는 없었다.

하는 수 없이 U.S. Supreme Court이 관례를 만들어 놓기 위하여 머리를 맞대고 판례를 만들어 낸다.

이것을 U.S. Supreme Court landmark case라고 한다.

그들은 New York에 있는 상인 B의 편을 들어준다. (The court sided with B.)

그들이 apply 한 legal principle(법 논리)은 unforeseeable(앞을 예상할 수 없는) feature라고 한다.

천재지변, 홍수, 화재, 갱단의 출현, Indian의 공격 등 앞을 예상할 수 없을 경우 책임을 물을 수 없다는 것이다.

이제 법학 공부를 하시는 당신은 U.S. Supreme Court landmark case를 '상인 A versus(대) 상인 B'로 알아야하고 (항상 '원고 versus 피고' 형식으로 적힌다), 이것의 판례가 된 legal principle이 무엇이었으며, 어떤 issue가 그들의 dispute이 되는 것인가를 당연히 알아야 한다.

한때 의과대학의 종사자들은 조그마한 고민에 빠진다.

그들은 학생들을 가르친 후 그들이 졸업하면 골고루 underprivileged 나 의사가 많지 않은 동네에 그들이 settle down 하여 medical service를 provide 하기를 원했으나 학교 학생들은 졸업과 동시에 돈이 될 만한 곳으로 더 움직이고 백인 사회로만 진출하였다.

그래서 그들은 생각을 달리하여 학생들을 뽑을 때 처음부터 성적순으로만 뽑았다가는 1에서 100자리가 전부 공부를 열심히 한 백인과 Jewish 학생들이 차지할 것이라는 것을 걱정하게 되었고, selection process에서 차라리 한 5자리 정도는 소위 말하는 minority(소수계) 학생들로 채울 경우 그들은 졸업과 동시에 본인들의 original community로 돌아갈 것을 예상하였다.

그런데 이것을 실행해 보니, 그들이 생각한 대로, 그 학생들이 졸업과 동시에 minority community로 돌아가서 의학을 베풀게 된다.

결국 그들은 의과대학 공부를 능히 해낼 수 있는 underprivileged된 minority 학생들의 몇 자리를 꼭 그들을 위하여 학교 성적순이 아닌 selection process로 들어간다.

이것을 minority 우대 정책이라 하여 affirmative action이라고도 불리운다.

Minority의 definition은 American Indian, Alaska 원주민이나, 흑인들과 controversial Hispanic들이 들어가지만, Asian은 그 무리에 포함되지 않는다.

그런데 의과대학에 들어가지 못한 한 백인 학생이 이 minority program이 존재치 않았으면 당연히 그 자리 중 하나를 꿰찼을 텐데, 그들에게 reserve(예약)된 자리 때문에 입학하지 못했다고 소송을 하게 된다.

원래 discrimination(차별) law suit(소송)이라는 것은 갑질을 당하는 을이, 갑질을 하는 갑을 향하여 소송을 거는 것이 관례인데, 이 case는 희한하게도 갑질을 하는 갑의 위치에 있는 아이가, 갑질을 당하는 을을 상대로 하는 reverse discrimination(역차별) case가 되어 버렸다.

그런데 지금까지 이런 reverse discrimination에 대한 선례들이 존재하지 않았다.

하는 수 없이 U.S. Supreme Court이 다시 판례를 만들기 위하여 그 case를 review 하기 시작하였다.

그리고는 판결을 내려서 minority 때문에 본인이 입학하지 못했다고 투덜대는 갑의 위치에 있는 학생의 손을 들어준다.

이 갑의 학생의 이름은 Alan Bakki였고 소송은 본인이 들어가지 못했던 University of California at Davis branch(분교) 상대로 진행하였다.

U.S. Supreme Court의 decision이 그 학생의 주장에도 일리가 있다는 reverse discrimination landmark case였기 때문에 UC Davis는 1978년 Alan Bakki 학생을 의과대학 본과에 입학시켜 준다.

그는 4년 후 1982년 졸업과 동시에 마취과로 residency를 택했다.

고로, 'Alan Bakki v. UC Davis' of 1978년 케이스는 U.S. Supreme Court의 reverse discrimination landmark case라고 명명한다.


Legal issue에 흥미를 느끼시는 여러분, 다음 case들의 ruling(판결)을 어떻게 결정하실 것입니까?

Case A:

공원 벤치에 앉아서 아늑한 휴식을 취하고 있던 그는 올림픽 메달리스트인 수영선수이다.

그의 바로 눈앞에서 보이는 호숫가에는 한 사람이 배에서 노를 젓다가 순간적으로 뒤집어지는 순간에 그만 수영을 전혀 못하였던지 물 위로 한두 번 솟아난 이후에 가라앉는다.

사람들이 모여들어 발을 동동 구르지만 가까운 거리에 있던 어느 누구도 달려들지 못하고 그는 구조대에 의하여 구출되었을 때는 이미 숨이 멎은 상태였다.

이 소식을 듣고 달려온 그의 부모는 호숫가 바로 앞에 있던 수영선수에게 달려가 다짜고짜 뺨을 갈긴다.

그 좋은 수영 실력은 뒀다 어디다 쓸 심산이냐고.

그 수영선수는 뺨을 때린 그 어머니를 폭행 혐의로 고소한다.

Your verdict here is (당신의 판결은):


Explanation: 그 수영선수는 morally(도덕적으로), 수백 번을 비난받아도 당연하나, 그 수영선수에게는 he did not have the legal obligation to rescue to the person who drowned nor was he compelled to do so(구출해야 하는 채무도 없고 강요받지도 아니된다.)

그러므로 폭행죄가 성립된다.


Case B:

박봉과 오랜 근무시간에 시달리는 버스 운전사는 제시간에 도착해야 하는 pressure 때문에 과속을 자주 할 수밖에 없다.

터널 앞에 차들이 서 있었는데 어두운 터널 속이라 아마 멀리서 approach(다가올 때) 할 때 터널 속의 situation이 잘 보이지는 않았던 모양이다.

Brake를 밟았지만 이미 늦은 상황.

앞의 차를 들이받았는데 그 차는 앞의 또 다른 차가 서 있었기 때문에 sandwich처럼 crush 되었다.

어느 다치지 않은 운전사가 황급히 내려 그 찌그러진 차에 있는 운전사를 힘들게 끌어낸다.

구조대가 달려와서는 그를 조심스럽게 목 받침을 하고 운반하여 병원에 갔다.

병원에서 MRI/CT scan상으로는 다친 운전사를 구출하는 과정에서 누군가가 머리를 excessive traction을 잡아당겼기에 목 신경에 생긴 damage라고 한다.

이 neurological damage를 입은 운전사는 본인을 구출한 운전사를 상대로 소송을 건다.

"당신이 아무런 medical knowledge도 없이 본인을 무리하게 구출했기 때문에 생긴 damage"라며 "차라리 건드리지 않았더라면 이런 일이 없었을 것"이라고 하며 소송을 청구한다.

당연히 소송을 당한 운전사는 '물에 빠진 사람 건져 내니 잃어버린 보따리 내놓으라'는 식에 기막히다는 표정이다.

Your verdict is (당신의 판결):

Explanation: Good Samaritan law kicks in.

Good Samaritan Act(선한 사마리안 행위)란 무엇인가?

예수님에게 우물가에서 물을 대접한 Samaria의 여인에 대한 내용은 일요일에 교회를 다니는 교인들의 책 안에 있다.

이해타산이 전혀 없는 관계에 있는 사람이 위급한 상황에서 나름 benefit(호위)을 베풀었을 때 그 잘못된 action에 대한 consequence(결말)에 대해서는 책임을 묻지 아니한다.


Case C:

Bank에서 돈을 찾아 나오는데 어느 사람이 간단히 질문을 한다.

"선생님 시간 있으세요?"

이건 무슨 일인가?

그는 상당히 좋은 offer(제안)인데 마음 편하게 들으시고 결정하시라 한다.

자기는 얼마 전에 아버님이 돌아가셔서 집안의 상속자 아들로서 아파트를 상속받았다 한다.

지금 사는 곳은 따로 있고.

당연히 상속세도 다 납부하였고 소유권 등기이전도 법적으로 다 끝났다 한다.

하지만 자기만의 특수의 이유로써 그 아파트를 급히 처분하고자 하는데 15억의 값어치를 가진 아파트를 2천만 원에 급히 내놓으려고 한다.

이게 또 무슨 사기꾼 같은 offer인가 하고 의심하지 않을 수 없다.


(……)

## 6. 원판 Chapter 17. Medically Speaking···
## (의학적으로 얘기하면···)

Figure 1

Figure 2

**Question 17-01: What is the above [Figure 1] called?**

A) Caduceus

B) Rod of Asclepius

C) Wing of Liberty

D) Greek God of Medicine and Healing

자유, 평등, 정의, 공정 재판을 중요시하는 법학에는 가끔 상징적 symbol을 우리는 대할 때가 있다.

Official 하게는 한국어로 뭐라고 불리우는지 모르지만, 눈이 가려진 여성이 칼을 들고 있는데, 다른 손에는 추가 기울어진 저울을 들고 있는 것처럼 보인다.

법학에서는 이 상징적 여신을 "Lady of Justice"라고 부르는 모양인데, 의학에도 이와 비슷한 로고가 있다.

원래 classical 한 medical logo는 아스클레피아스의 지팡이(Rod of Asclepius, Greek God of Medicine and Healing)인데,

이 traditional symbol은 지팡이 하나와 뱀이 한 마리만 그려져 있다. [Figure 2]

그런데 어디선가 스스로, 특히 1900년도 초에 미 육군에서 사용한 로고에는 medical symbol을 잘못 이해하여 한 쌍의 뱀과 그 가운데 지팡이가 있고, 양 옆으로 위쪽에 한 쌍의 날개가 있다.

Medical symbol이 잘못 전하여저 Caduceus라고 불리우는, Rod of Asclepius를 대신하여 지금까지 발전해 왔다.

그런데 Jewish들의 지침서인 모세의 가르침인 Torah에서는 뱀과 지팡이들을 이런 식으로 설명한다.

"백성들이 하나님과 모세를 원망하였다.

왜 우리를 이집트에서 끌어내 이 사막에서 사망케 하느냐고.

빵도 없고, 물도 없고, 이 썩은 빵만 가지고 살라.

하나님은 fiery 뱀을 보내 그들을 물게 하셨고, 많은 이스라엘 백성이 죽어 갔다.

결국 그들은 모세 앞으로 다가와 자기네들이 하나님과 모세를 거슬렸음을 고백한다.

그들은 모세가 하나님께 기도드려 뱀을 우리로부터 멀리 하게끔 부탁

드린다."

모세는 하나님께 기도드린다.

하나님께서는 모세에게 말씀하신다.

"Make a fiery serpent and set it on a poll; and it shall be that everyone who is bitten, where he looks upon it, shall live."

(뱀을 만들어 지팡이에 붙이라, 물린 사람이 그것을 쳐다보면 살리라.)

Moses made a serpent of brass and put it on a pole, and it came to pass that if a serpent had bitten any man, when he beheld the serpent of brass, he lived.

(모세가 동으로 된 뱀을 만들어 그 지팡이에 붙이니, 뱀에 물린 사람들이 모세가 그 지팡이를 높이 들면 뱀에 물린 사람들이 그가 살아났다.)


(……)

# Hi, Dr. Kim

**축 소 판**

ⓒ 김영태, 2024

초판 1쇄 발행 2024년 1월 31일

지은이    김영태
펴낸이    이기봉
편집      좋은땅 편집팀
펴낸곳    도서출판 좋은땅
주소      서울특별시 마포구 양화로12길 26 지월드빌딩 (서교동 395-7)
전화      02)374-8616~7
팩스      02)374-8614
이메일    gworldbook@naver.com
홈페이지  www.g-world.co.kr

ISBN   979-11-388-2742-3 (03810)